SARFF YN EDEN

GERAINT W. PARRY

Argraffiad Cyntaf—Rhagfyr 1993

ISBN 1 85902 087 9

(h) Geraint W. Parry, 1993

Dymuna'r cyhoeddwyr gydnabod cymorth a chyfarwyddyd Adrannau'r Cyngor Llyfrau Cymraeg.

Dymuna'r awdur gydnabod yn ddiolchgar gymorth gwerthfawr y Cyngor Llyfrau Cymraeg i sicrhau cyhoeddi'r nofel hon, a chyfarwyddyd Mr T. Llew Jones wrth baratoi'r deipysgrif ar gyfer y Wasg, ynghyd â gwaith gofalus Gwasg Gomer.

Argraffwyd gan
J. D. Lewis a'i Feibion Cyf., Gwasg Gomer, Llandysul

Cyflwynaf y nofel hon i'm priod Blodwen, mewn gwerth-fawrogiad am ddeugain mlynedd o gwmnïaeth a gofal cariadlawn.

1

Roedd y tymheredd yn codi'n gyflym yn festri diaconiaid eglwys Bethesda'r Annibynwyr ym mhentref Abergwernol, ac anghydwelediad a fu'n mudlosgi ers misoedd yn bygwth ffrwydro'n gweryl agored. Asgwrn y gynnen oedd y dasg o geisio olynydd i Seimon Jones, a fu'n fugail yr ofalaeth am chwarter canrif hyd ei farw ddiwedd Rhagfyr ym mlwyddyn olaf y Rhyfel Byd Cyntaf.

Mynnai'r pen diacon Tomos Ellis, Yr Onnen—ffermwr cefnog a'i fuches o dda Duon Cymreig yn enwog drwy'r sir—mai gŵr canol-oed profiadol oedd ei angen, un a fedrai dywys yr ofalaeth yn ddiogel i'r dyfodol wedi dyddiau blin y rhyfel.

Anghytunai Ifan Dafis, Geulan Goch, ffermwr defaid llwyddiannus ar lethrau'r Foel Fawr ym mhen uchaf Cwm Gwernol. 'Na,' mynnodd, 'camgymeriad mawr fyddai hynny, Tomos. Gŵr ifanc ryden ni 'i angen, un all ddal gafael yn yr ifanc. Nhw ydi'r dyfodol.'

'Waeth iti heb na rhygnu 'mlaen fel tôn gron, Ifan,' atebodd Tomos yn bendant.

Ac felly'r aethant ymlaen gyda'r naill a'r llall yn cael cefnogaeth a'r un o'r ddau yn barod i ildio.

Clywodd y Parch. Môn Williams, bugail gofalaeth gyfagos ym Meirion, am yr helynt ac ysgrifennodd atynt yn awgrymu enw gŵr y credai y byddai'n cwrdd â'u hangen. Daeth Rhys Morgan, ysgrifennydd yr ofalaeth, â'r llythyr gerbron y cyfarfod diaconiaid a pharhaodd y trafod ar ei gynnwys am amser, nes i dymer Ifan Dafis, gŵr tawel, rhadlon fel rheol, wisgo'n denau.

'Tomos,' meddai, 'mae'n bryd iti ildio. Wyddost ti ddim ar y ddaear am y dyn 'ma, felly sut wyt ti'n medru gwrthwynebu mor styfnig?'

'A faint wyddost ti amdano, Ifan?' holodd ei wrthwynebydd. 'Dim, mwy na finne, felly paid â 'nghyhuddo i o fod yn styfnig. O leia fe wyddom yn ôl y llythyr 'na na fu ganddo 'rioed ofalaeth o'r blaen, felly faint o brofiad sy ganddo?'

'Chaiff y truan fyth brofiad gofalaeth tra bydd 'na rai fel ti'n mynnu cael rhywun canol-oed . . .'

'Ara' deg, Ifan,' torrodd Tomos ar ei draws, 'Does gen ti ddim hawl i edliw . . .'

Ymyrrodd Daniel Lloyd, hen lanc diwyd a charedig. Chwarelwr a thyddynnwr ydoedd, a pherchennog dau gae a ffiniai ar dir yr Onnen. Bu Tomos Ellis yn eu chwennych ers blynyddoedd am eu bod yn sefyll rhwng ei dir ef ac afon Gwernol, ond ni fynnai'r hen lanc eu gwerthu.

'Ffrindie,' meddai, 'cofiwn mai chwilio am fugail i'r ofalaeth yr yden ni ac nid goruchwyliwr i'r chwarel, a ddylen ni mo'i droi'n destun cweryla a gneud gwaith siarad. Mae'n wir yn ôl y llythyr 'ma nad oes gan y gŵr yma brofiad gofalaeth, ond mae o'n deud hefyd fod ganddo brofiad helaeth fel caplan yn y rhyfel. Fe greda i fod ganddo gryn brofiad o drin a thrafod dynion o dan amgylchiade dyrys iawn. Pam na rown ni gyfle iddo ddod atom am Sul neu ddau? Dydi hynny ddim yn ein rhwymo i'w alw.'

'Rwy'n cytuno'n llwyr â Daniel,' meddai Llew Pritchard, perchennog unig siop a phost y pentre. 'Mae'n hen bryd dod â'r trafod gwirion 'ma i ben rhag creu mwy o ddiflastod. Ac os wyt ti'n barod i'w gynnig, Daniel, fe eilia inne di.'

8

'Rwy'n cynnig,' atebodd Daniel yn syth, ac wedi iddynt bleidleisio gorfu i Tomos Ellis ildio'n anfoddog.

*   *   *

Bwyta'u brecwast yr oedd Alun Morris, Sara ei wraig ac Anwen eu merch pan alwodd y postman heibio â dau lythyr.

'Wel dyna ni, Sara,' meddai Alun, ar ôl darllen y cyntaf o'r ddau, 'fy nhaliad ola fel caplan. Dyn a ŵyr o ble y daw'r cyflog nesa. Does 'na argoel am ddim ar hyn o bryd.'

'Paid â siarad fel'na, Alun. Prin wedi gorffen fel caplan wyt ti. Pwy ŵyr be ddaw. Gan bwy mae'r llythyr arall?'

'Sara fach!' meddai Alun, wedi iddo'i agor a'i ddarllen yn ofalus. 'Darllen hwn.'

'O! Alun,' meddai hithau'n llawen. 'Be ddwedais i wrthat ti? Gwahoddiad i bregethu yn Abergwernol. Ble mae fan'no tybed? Chlywais i 'rioed sôn am y lle.'

'Naddo debyg, Sara. Dwn inna fawr am y lle chwaith, a deud y gwir. Pentre bychan ym Mhowys ydi o, am y ffin â Meirionnydd. Os cofia i'n iawn, bu hen frawd o'r enw Seimon Jones yn weinidog yno am chwarter canrif. Mi fu farw ddiwedd Rhagfyr dwetha. Chwara teg i Môn, fo awgrymodd fy enw, yn ôl y llythyr.'

'Mi fasa i'r dim i ti pe caet ti'r alwad, Alun—cyfle i fwynhau llonyddwch bywyd cefn gwlad wedi'r holl brofiada yn y rhyfel.'

'A lle gwych i Anwen gael 'i magu hefyd. Ond rhaid inni beidio â chamu'n rhy fras. Cofia mai mynd ar brawf y bydda i.'

*   *   *

9

Teithiodd Alun ar y trên o Fangor i Lanbrynmair, lle'r oedd Owen, mab Tomos Ellis, yn ei gyfarfod i'w hebrwng â cheffyl a chert i'r Onnen i fwrw'r Sul. Cafodd groeso cynnes a mwynhaodd bregethu i gynulliadau da, ond wedi iddo gyrraedd adref ddydd Llun ac adrodd yr hanes wrth Sara, synhwyrodd hi fod rhywbeth yn ei boeni.

'Be sy'n bod, Alun, gest ti dy siomi?'

'Naddo. Ro'n i'n teimlo reit gartrefol hefo nhw, ond . . .'

'Ond be? Os oes rhywbeth yn bod, man a man iti ddeud rŵan.'

'Wel, mi ges i'r argraff y gallai Tomos Ellis fod yn dipyn o deyrn, ac yn anodd 'i drin. Y fo ydi'r pen diacon a taswn i ddim ar delera da efo fo, fasa petha ddim yn argoeli'n rhy dda.'

'Be wnaeth iti feddwl hynny?'

'Un neu ddau o betha welais i ar yr aelwyd ac yn y capel, a deud y gwir. Roedd pawb fel petaen nhw'n aros iddo fo siarad gynta, yn enwedig ar yr aelwyd. Y wraig, un fach annwyl iawn, a'r plant yn rhyw droi ato fo cyn mentro deud dim. Doedd dim dadl nad y fo oedd y penteulu.'

'Ond Alun bach, un ymweliad! Swil oeddan nhw, debyg a thitha'n ddiarth iddyn nhw. Rhaid iti beidio â thorri dy galon cyn cychwyn. Sut deulu oeddan nhw?'

'Annwyl iawn, 'nenwedig Jane Ellis y fam. Roedd 'na dri o fechgyn—Owen yr hyna'n ddwy ar hugain, yna William, tebyg iawn i'w dad, yn ugain oed, ac Edward, y cyw melyn ola, yn naw. Un forwyn welais i, Olwen. Roedd hi'n ganol oed, ac i weld yn dipyn o ffrindia efo'r feistres.'

'Ei di yno am yr ail Sul?'

'O af, maen nhw wedi trefnu imi fynd ymhen pythefnos,

ac aros efo teulu Ifan Dafis yng Ngheulan Goch. Mae 'na wahoddiad inni'n tri.'

'Rwy'n falch o hynny, Alun. Mi fydd o'n gyfle i Anwen a minna weld yr ardal a chael cyfarfod â rhai o'r bobol. A hwyrach y cawn ni olwg ar y mans . . .'

*   *   *

Ifan Dafis ei hun ddaeth i'w gyfarfod o'r trên a'u cludo dros y mynydd i Gwm Gwernol gyda'r ferlen a'r gert. Roedd Lisa Dafis yn wraig fferm radlon a charedig a derbyniodd hwy'n groesawgar ar ei haelwyd. Rhoed Anwen yng ngofal Huw, oedd 'run oed ag Edward yr Onnen ac yn bennaf ffrind iddo. Aeth â hi i weld y defaid a'r ŵyn. Cymerodd Menna'r ferch ugain oed a Sara at ei gilydd yn syth, gan adael Alun i sgwrsio â'r tad tra oedd y fam a Gwen y forwyn yn paratoi bwyd.

*   *   *

Dydd Sul, a hwythau wedi bod ym Methesda i oedfa'r bore a Moreia'r cwm y pnawn, gwnaeth Ifan Dafis yn siŵr eu bod i lawr yn ddigon cynnar ar gyfer oedfa'r nos ym Methesda. Aeth Menna â Sara ac Anwen i lawr i sedd y gweinidog er na fu neb yn eistedd ynddi ers blynyddoedd ac arhosodd gyda hwy'n gwmni.

Dilynodd Alun Ifan Dafis i mewn i festri'r diaconiaid. Roeddynt yno i gyd eisoes, yn eistedd o gylch bwrdd crwn, a Tomos Ellis yn eistedd yn y sedd yr arferid ei neilltuo i'r gweinidog. Distawodd y sgwrsio fel y cerddodd y ddau i mewn ac amheuai Alun mai ef fu ar y bwrdd ganddynt.

11

Bu rhai eiliadau o dawelwch cyn i'r gweddill droi'n ddisgwylgar i gyfeiriad Tomos Ellis, a gwnaeth Alun yr un modd. Roedd yn amlwg pwy oedd yn dal yr awenau. Wedi i Tomos Ellis ei groesawu a dymuno'n dda iddo yn oedfa'r hwyr, trodd at y lleill i drafod rhai materion eraill. Daliodd Alun ar y cyfle i edrych ar y gwŷr y byddai'n rhaid iddo gydweithio â hwy pe câi ei alw i'r ofalaeth.

Tomos Ellis, y pen diacon. Gwisgai siwt ddu o frethyn cartref trwchus ynghyd â choler wen galed a thei du. Roedd yn gymharol fychan ond cadarn o gorff a chanddo lond pen o wallt du oedd yn dechrau britho, aeliau trwchus uwchben dau lygad treiddgar, a thrwyn a gwefusau braidd yn fain. Yn ôl yr hyn a ddywedodd Ifan Dafis yn gynharach, gallai olrhain ei achau i ddyddiau cynnar yr Annibynwyr yng Nghwm Gwernol, ac roedd yn falch o'i dras. Ymgorfforiad byw o'r hen anghydffurfiaeth, meddyliodd Alun, ac os na cha i o o'm plaid mi fydd ar ben arna i am alwad.

Rhys Morgan, a eisteddai wrth ei ochr: gŵr wedi ymddeol, ac un na lwyddodd Alun i glosio ato hyd yma, falle am iddo weld ei fod yn barod iawn i amenio pob gair o eiddo Tomos Ellis. Synnwn i damed, meddyliodd, mai rhyw geiliog y gwynt o ddyn ydi o.

Roedd yn dawelach ei feddwl pan droes i gyfeiriad *Daniel Lloyd*, stwcyn bach o ddyn y cymerodd ato'n syth. Fe'i hatgoffai o'i dad, yn enwedig pan ddeuai hwnnw adref o chwarel Llithfaen ac yntau'n mynd i'w gyfarfod. Credai fod yn Daniel Lloyd yr un rhuddin ag oedd yn ei dad, ac y gallai ymddiried ynddo pe byddai rhaid.

Mewn cyferbyniad hollol iddo, un tal, main, mewn siwt lwyd oedd *Llew Pritchard*, a eisteddai wrth ochr Daniel. Roedd yn llwyd ei wedd hefyd, am mai y tu ôl i gownter ei siop y treuliai'r rhan fwyaf o'i amser. Hoffodd

Alun ef ar ei gyfarfyddiad cyntaf. Roedd ei lygaid dwys a'i wyneb caredig yn amlygu gŵr cymwynasgar ac annwyl.

Troes oddi wrtho i edrych i gyfeiriad *Lewis Huws*, ffermwr o Gwm Tafol, gŵr trwm o gorff a chanddo chwerthiniad hapus. Yn ôl a glywsai Alun yn y tair oedfa a gafodd eisoes, roedd ganddo lais fel organ, fel y gweddai i arweinydd y gân.

Prin fod angen iddo droi i edrych ar *Ifan Dafis*, ac yntau wedi mwynhau ei gwmni ar ei aelwyd. Dyma ŵr arall trwm ei gorff ac araf ei gerddediad a'i air. Roedd ganddo lygaid glas a mwstas wedi gwynnu, a thystiai'i wyneb i'r oriau a dreuliai ar lethrau'r Foel Fawr yn bugeilio'i braidd. Dyma ŵr a chanddo natur dirion a barn bendant.

Wrth edrych arnynt o un i un gorfu i Alun gydnabod fod yr ofalaeth, ar y cyfan, yn ffodus o'i diaconiaid. Ond, yn ôl yr hyn a glywsai Sara drwy ambell air o eiddo Menna, roedd peth anghyd-weld rhyngddynt, ac ni allai Alun beidio â theimlo y gallai dylanwad Tomos Ellis a'i bartner Rhys Morgan droi'r fantol yn ei erbyn.

Llais y pen diacon a dorrodd ar draws ei feddyliau: 'Mr Morris, wnewch chi'n harwain ni mewn gweddi cyn inni fynd i'r oedfa.'

Ufuddhaodd Alun i'r gorchymyn ac yna dilynodd y pen diacon i'r capel a'r gweddill yr un modd. Roedd Eira Owen, yr organyddes, wrthi'n chwarae rhai tonau i aros dechrau'r oedfa. Dringodd yntau i'r pulpud a thra oedd hi'n dirwyn y dôn i ben edrychodd o gwmpas y gynulleidfa niferus. Roedd nifer o seddau wedi'u llenwi â theuluoedd cyfain, a'r plant yn swatio o dan lygaid barcud eu rhieni. Ychydig iawn ohonynt yr oedd yn eu hadnabod, er iddo gyfarfod â llawer yn yr oedfaon blaenorol. Gwelodd Huw a'i fam yn sedd Geulan Goch; gwyddai bellach y rheswm dros y gwahaniaeth oed rhyngddo a Menna'i chwaer. Collwyd un mab pan oedd yn ddeuddeg oed o glwy'r galon.

Bron yn union ar eu cyfer eisteddai llond sedd o deulu'r Onnen, tra oedd twr o bobl ifainc i'w gweld yn yr oriel, llawer ohonynt yn ddiamau'n weision a morynion yn ffermydd y cwm.

Distawodd seiniau'r organ a chododd Alun i gyflwyno'r emyn cyntaf. O gil ei lygaid gwelai Sara ac Anwen â'u llygaid wedi'u hoelio arno; roedd calon Sara'n siŵr o fod yn curo mor gyflym â'i galon yntau. Yn yr eiliad honno y sylweddolodd yn iawn fod llygaid y gynulleidfa fawr yn siŵr o fod yn syllu arno yntau ac yn dal ar y cyfle i fwrw llinyn mesur drosto fel y gwnaethai yntau dros y diaconiaid funudau ynghynt yn y festri.

Am be fyddan nhw'n chwilio? meddyliodd. Sut bregethwr ydw i? . . . Pa fath o fugail wna i iddyn nhw? . . . Sut un ydw i am drin plant? . . . A'r criw ifanc yn holi be fydd ganddo i'w gynnig i ni? . . . A'r merched yn siŵr o fod yn meddwl sut wraig gweinidog a wnaiff Sara?

O'u seddau, gwelai'r gynulleidfa ŵr cymharol ifanc, gweddol dal ac o gorff eithaf cadarn yn sefyll yn y pulpud: gŵr a chanddo ben o wallt du ac ambell flewyn gwyn eisoes yn gwau drwyddo, ac wyneb hirgrwn, braidd yn welw a dwys ei wedd. Gwyddent o'i glywed ar y Sul cyntaf iddo fod yno fod ganddo lais da a phersonoliaeth hoffus.

'Fe ddechreuwn ni'r oedfa drwy ganu'r emyn rhif . . .' cyhoeddodd. ' ''Cyduned nef a llawr i foli'n Harglwydd mawr . . .'' '

Gwyddai y byddai'r argraff a wnâi yn ystod y gwasanaeth yn siŵr o ddylanwadu arnynt pan ddeuai'n adeg penderfynu rhoi galwad iddo neu beidio. Roedd wedi paratoi'n fanwl ac wedi ymgynghori droeon â Sara ynglŷn â thema'r bregeth.

Roedd wedi penderfynu cymryd testun o'r Salm Fawr: 'Llusern yw dy air i'm traed, a llewyrch i'm llwybr ...', a bwriadai bwysleisio pwysigrwydd y Beibl ym mywyd y teulu.

Fel roeddynt yn canu'r emyn edrychodd Alun i lawr ar y rhes diaconiaid. Hwy, fe wyddai, fyddai'n rhoi arweiniad i'r eglwys yn eu dewis. Safai Tomos Ellis yn gadarn fel hen dderwen; prin fod unrhyw symudiad yn ei gorff wrth iddo ganu'r emyn. Mor wahanol ydoedd i Lewis Huws a safai wrth ei ochr â'i holl gorff yn ymroi i ganu'r dôn a'r geiriau; ond gwyddai Alun mai llais Tomos Ellis a gariai'r dydd yn y diwedd.

Roedd wedi synhwyro yn ystod yr adegau y bu yng nghwmni Tomos Ellis nad oedd am ryw reswm yn gwbl bleidiol iddo, ac os na fyddai ef, yna ni fyddai Rhys Morgan chwaith, a dyna agor bwlch y gallai eraill ddianc trwyddo. Edrychodd i fyny i'r oriel lle'r oedd y to ifanc yn canu'i hochr hi, a meddyliodd sut y gallai bontio'r gagendor rhyngddynt?

Aeth yr oedfa yn ei blaen yn eithaf hwylus a theimlodd yntau'n fwy hyderus wrth gyflwyno'r emyn i'w ganu cyn y bregeth. Yn ystod yr emyn, daliodd ar y cyfle i osod y nodiadau a baratoesai mor ofalus ar wyneb tudalennau agored y Beibl, ac yna ymroes i ymuno yn y canu. Yna, fel roeddynt yn canu'r pennill olaf, am ryw reswm na fedrai fyth ei esbonio'n iawn, cydiodd yn y nodiadau a'u rhoi'n ôl ym mhoced ei gôt.

Eisteddodd y gynulleidfa'n ddisgwylgar ac meddai yntau, gan anwybyddu'n llwyr y testun yr oedd wedi bwriadu pregethu arno: 'Gyfeillion, fe roes yr Iesu addewid fawr i ni: "Yr wyf yn gadael i chwi dangnefedd; fy nhangnefedd yr ydwyf yn ei roddi i chwi; nid fel mae'r byd yn rhoddi yr wyf fi yn rhoddi i chwi. Na thralloder eich calon ac nac ofned . . ." A dyna yw fy nhestun heno.' A gwelodd don o syndod yn chwalu dros wyneb Sara.

Yn y pulpud, cydiodd Alun yn ei bregeth.

'Wedi cyfnod hir o ryfela rhwng gwledydd a'i gilydd,' meddai, 'daw dyhead dwfn a gweddïo taer am heddwch, gan dybio mai oddi wrth Dduw y daw. Eithr gan amlaf o'r ddaear y daw a hynny wedi inni dalu'n ddrud amdano. Tra bod Duw drwy'i Fab yn cynnig nid heddwch ond tangnefedd a hwnnw'n gwbl rad . . . Do, fe sicrhawyd heddwch, eithr am bris a hwnnw'n drwm o'r ddwy ochr . . . miliynau wedi'u lladd a'u clwyfo a chartrefi wedi'u difrodi.

'Gwn o'm profiad fel caplan yn y fyddin beth fu cyfran o'r pris a dalwyd. Fy mraint a'm cyfrifoldeb i fu gweini i angen bechgyn o Gymru yn heldrin y rhyfel, a hynny ar feysydd lle'r oedd dynion yn wynebu'i gilydd gyda'r bwriad o ladd neu drechu gelyn na welsent erioed mohono wyneb yn wyneb.

'Troedio ffosydd lleidiog ac oer mewn ymgais i rannu ychydig o gysur fel y rhannwn iddynt sigarennau i'w sugno fel y sugnai plentyn wrth fron ei fam . . . a gorfod llechu yn y llaid pan ffrwydrai sieliau o'n cwmpas a chawodydd o fwledi'n gwibio fel cenllysg didostur.

'Gweld y bechgyn, ar orchymyn swyddog, yn gorfod dringo dros ymyl ffos, a'u gynnau'n uchel a'u lleisiau'n uwch mewn ymgais ofer i foddi'u hofnau, a rhai'n cwympo'n ôl yn gelain cyn llwyddo i ddringo drosodd.

'Cerdded rhwng gwelyau ysbyty ganfas i sŵn cwynfan dolurus y clwyfedigion . . . Aros wrth wely llanc ifanc o

Feirion a chydio yn ei law oer er y gwyddwn na allai'r gwres o'm dwylo i atal oerni'r angau oedd yn ei hawlio . . . Sefyll yn y man ar lan bedd, fel y gwneuthum lawer tro, a rhoi corff i orwedd ym mhridd estron heb fod ei deulu'n gwybod ei fod wedi marw, a gweddïo ar i Dduw eu cysuro tra canai'r gynnau gnul yn y pellter.'

Byrlymai'r geiriau ohono fel llifeiriant, yn union fel petai'n mynd drwy ryw gatharsis emosiynol ac yn ei garthu ei hun yn lân o holl brofiadau erchyll y rhyfel.

'Yma yng Nghwm Gwernol hardd a'r da'n pori'n dawel ar feysydd gwlithog, ni chlywyd sŵn y gynnau na chri'r clwyfedigion, ond lle bynnag y bu aelwyd y cymerwyd oddi arni rai i fynd i faes y gad, daeth ofn a phryder i lanw'r bwlch. Roedd heddwch yma o sŵn y rhyfel ond lle bynnag y ceisia dynion fyw heb fod cariad Crist yn eu calonnau, ni all fod tangnefedd. Er hardded yw'r cwm hwn, cofiwn fod sarff yn Eden, ac na fu ond un grym a allodd sigo'i phen, ac nid o'r ddaear y daeth hwnnw. Ond bu'r pris a dalwyd yn aruthrol fawr, eithr nid i ni ond i'r Un sy'n cynnig inni'r tangnefedd na ddaw o'r ddaear . . .'

Ni allodd ddweud wedyn am ba hyd y bu'n pregethu ond gwyddai fod rhyw rym na allai'i esbonio wedi cydio ynddo gan ei orfodi i droedio'r llwybr a wnaethai. Pan dawodd roedd y tawelwch i'w deimlo bron, a thipiadau'r cloc ar wyneb yr oriel i'w clywed yn eglur. Cyhoeddodd emyn i derfynu'r oedfa . . . 'Efengyl tangnefedd, O! rhed dros y byd . . .' ac fe'i canwyd nes bod y lle'n diasbedain, a Lewis Huws yn aildaro a'r dagrau'n llifo i lawr ei ruddiau.

Ar derfyn yr oedfa daeth y diaconiaid ato o un i un gan ddiolch am y bregeth, a'r olaf i ddod oedd Tomos Ellis.

Cydiodd yn dynn yn ei law, yn amlwg o dan deimlad, ac meddai'n floesg:

'Nid fy lle i yw siarad ar ran yr eglwys, Mr Morris, ond rwy'n rhoi 'ngair i chi, pan fyddwn ni'n trafod mater galwad ichi, mi fydda i o'ch plaid.'

'Mi roist ti'r fath fraw i mi heno pan newidiaist ti dy bregeth. Mi fu bron i mi â llewygu. Wyddwn i ddim beth oedd wedi digwydd iti. Pam wnest ti'r fath beth mor sydyn?' gofynnodd Sara yn ddiweddarach y noson honno, wedi i'r ddau noswylio.

'Dyna iti un peth na fedra i fyth 'i egluro iti, Sara. Mi ddaeth 'na ryw reidrwydd rhyfedd drosta i a doedd gen i ddim dewis.'

'Wel, beth bynnag oedd o, chlywais i 'rioed mohonot ti'n pregethu cystal. Ambell waith tra oeddet ti wrthi fe allet ti daeru fod ar bawb ofn anadlu rhag iddyn nhw golli gair. Ddwedodd y diaconiaid rywbeth?'

'Do, pob un.' Ac fe adroddodd yr hyn roedd Tomos Ellis wedi'i ddweud wrtho.

'Mae gobaith iti gael galwad yma felly?'

'Synnwn i damed. Fe gawn ni weld.'

Drannoeth, cyn troi am adref, cafodd Sara ei dymuniad pan aeth Llew Pritchard â hwy i weld y mans. Ymddiheurodd am ei gyflwr gan addo y câi'i adnewyddu'n llwyr pe câi Alun yr alwad.

*　　　*　　　*

Gwireddwyd eu gobeithion ymhen pythefnos pan ddaeth llythyr oddi wrth Rhys Morgan ar ran yr ofalaeth yn gwahodd Alun Morris i olynu'r hen fugail Seimon Jones.

Rhoes hynny gychwyn ar gyfnod prysur iawn yn eu hanes fel teulu, rhwng trafod telerau ynghyd â holl ofynion y fugeiliaeth. Llwyddwyd i ddirwyn y cyfan i ben yn foddhaol a threfnu i'r cyrddau sefydlu gael eu cynnal ar y dydd Iau cyntaf o Fedi, 1919, ac iddynt symud i'r mans ddechrau'r wythnos honno. Nid oedd problem gyda'u tŷ hwy gan mai tŷ ar rent o stad y Penrhyn ydoedd.

Gwawriodd bore dydd Iau y cyrddau sefydlu'n hynod o braf a Chwm Gwernol i'w weld ar ei orau, ac erbyn adeg dechrau oedfa'r pnawn roedd y capel yn orlawn. Fe'i llywyddwyd gan gyn-brifathro Alun o goleg yr Annibynwyr, Bala-Bangor. Aeth popeth ymlaen yn foddhaol ac ar derfyn y gwasanaeth gwahoddwyd pawb i'r festri o dan y capel i fwynhau gwledd na welwyd mo'i thebyg oddi ar y dyddiau cyn y rhyfel.

Ar gais Alun, ei hen weinidog a chyfaill iddo, y Parch. Môn Williams, a wahoddwyd i bregethu yn oedfa'r hwyr ac roedd y capel unwaith yn rhagor o dan ei sang. Alun ei hun, fel y gweinidog newydd, oedd y llywydd, a thystiodd pawb ar y terfyn iddynt gael oedfa hyfryd i gloi diwrnod cofiadwy.

*   *   *

Ym Moreia'r cwm yr oedd ei oedfa gyntaf y Sul dilynol a chychwynnodd Alun yn gynnar gan fod ganddo daith o dros dair milltir ar ei feic, a rhiwiau serth i'w hwynebu. Aeth i lawr y rhiw heibio i dalcen tafarn y Tarw Du, yr unig un yn y pentre, cyn troi i gyfeiriad pont Gwernol, pont gul a thro bach slei yn ei phen pellaf. Wedi iddo'i chroesi gorfu iddo ddisgyn oddi ar ei feic bron yn syth a chychwyn ei wthio.

Ni ddisgwyliai gynulleidfa luosog gan y gwyddai y byddai'r ffermwyr yn brysur â'u gorchwylion ac y byddai'r rhan fwyaf i lawr ym Methesda yn yr hwyr i'w oedfa gymun gyntaf.

Capel bychan clyd oedd Moreia a mynwent fechan wrth ei ochr, a phan gyrhaeddodd fe'i siomwyd o'r ochr orau pan welodd fod yno gynulleidfa dda iawn. Mwynhaodd oedfa gartrefol a'r bobl ar ei therfyn fel petaent yn gyndyn o droi am adref. Fe'i gwahoddwyd yn y man i Geulan Goch i ginio.

Buan iawn y daeth yn adeg iddo gychwyn ar ei ffordd tua chapel Peniel yng Nghwm Tafol. Golygai ddringo ar hyd llwybr gweddol gul dros ysgwydd y mynydd cyn ymuno â'r ffordd a âi i lawr i'r cwm. Fe'i hebryngwyd am sbel gan Huw, cyn iddo yntau droi'n ôl a'i adael i fynd ar ei ben ei hun.

Roedd y gweinidog newydd yn destun sgwrs yn y fferm wedi iddo fynd. 'Wyt ti'n meddwl y gwnaiff o setlo yma, Ifan, o gofio fel y bu hi arno yn y rhyfel?' holodd Lisa Dafis.

'Synnwn i damed, mae o i'w weld yn eitha cartrefol ar hyn o bryd. Falle mai dyma'r union le iddo ddod dros 'i brofiade erchyll.'

'Gobeithio'n wir, Ifan, 'tai ond er mwyn 'i wraig. Mae hi a'r eneth fach i'w gweld mor annwyl ac agos at rywun.'

Roedd hi'n bnawn clòs ac oedfa drymaidd a gafodd Alun ym Mheniel, a chryn dasg oedd llwyddo i gadw rhai o'r gynulleidfa rhag cwympo i gysgu. Pan gyrhaeddodd bysedd y cloc dri o'r gloch rhoes emyn i'w ganu i derfynu'r oedfa a'u rhyddhau o hualau'r trymder. Er iddo gael gwahoddiad i de yn fferm Cil-cwm, ymesgusododd gan ddweud yr hoffai gael cyfle i edrych dros ei bregeth cyn oedfa'r hwyr. Dyheai am gyfle i gau'i lygaid am ychydig, ond pan gyrhaeddodd adref nid felly y bu gan fod Sara ac Anwen yn awyddus i gael hanes ei daith. Cysgodd yn y man yn sŵn eu cwestiynau a gadawyd iddo fod.

Gorfu i Sara ei ddeffro a'i rybuddio ei bod yn hen bryd iddo fynd i baratoi ei hun i fynd i'r capel. Methodd gyrraedd y festri mewn pryd i arwain cwrdd gweddi byr cyn yr oedfa, a gorfu iddo wynebu llygaid treiddgar Tomos Ellis a'i gerydd: 'Mae'n hen arferiad yma inni gael gweddi yn festri'r diaconiaid, Mr Morris. Gobeithio y gallwn ni barhau i neud hynny.'

Er mai dechrau chwithig braidd a gafodd i'r oedfa fe aeth popeth rhagddo'n iawn yn y man, ac erbyn adeg gweinyddu'r cymun roedd yno awyrgylch hyfryd. Rhoes blatiau'r bara i Llew Pritchàrd a Daniel Lloyd ac yna rhoes y ddau hambwrdd ac arnynt y cwpanau gwin—rhodd, yn ôl a ddeallodd, gan deulu'r Onnen er cof am eu hynafiaid —i Ifan Dafis a Tomos Ellis.

Ar derfyn yr oedfa ymunodd Sara ac Anwen ag ef yn y porth i ddal ar y cyfle i gyfarfod â'r aelodau, a chawsant nifer fawr o wahoddiadau i ymweld â'r gwahanol aelwydydd mor fuan ag y gallent. Yna troes y tri am adref yn hapus.

2

Cyn y rhyfel, roedd yn arferiad yn yr ardal i gynnal sioe amaethyddol yn dilyn y Cyrddau Diolchgarwch, a châi'r gweision a'r morynion ffermydd ddiwrnod i'r brenin. Cyrchid anifeiliaid gorau'r ffermydd i'w harddangos a cheid cystadlu brwd ym maes cynnyrch gardd a chegin. Yna, ar derfyn y dydd cynhelid mabolgampau i'r ieuenctid ac ar y diwedd gystadleuaeth ymaflyd-codwm.

Erbyn i Alun a'i deulu ddod i fyw i'r cwm, roedd yr arferiad wedi cydio drachefn, ac yn naturiol edrychent hwy ymlaen at gael mynd i'r sioe a chael cyfle i gymdeithasu â'u haelodau.

Nid oedd Anwen, fwy na'i mam, erioed wedi gweld cymaint o anifeiliaid yn yr un man ac roeddynt wrth eu bodd yn eu gwylio, nes iddynt ddod at y ceffylau gwedd hardd, wedi'u haddurno â rhubanau a rhosglymau lliwgar. Nesaodd Anwen atynt a gweryrodd un ohonynt yn uchel gan beri iddi neidio am loches yng nghôl ei thad.

Wedi cyrraedd adran y gwartheg gwelsant Tomos Ellis yn sefyll wrth ochr tarw ifanc. 'Mae gynnoch chi anifail arbennig yn fan'na, Tomos Ellis,' meddai Alun, er na wyddai'r nesaf peth i ddim am deirw.

Roedd y gair yn plesio. 'Oes,' cytunodd y ffermwr yn falch, 'Gwernol Saeth y Cyntaf. Dyma'r anifail rwy'n gobeithio meithrin buches dda ohono yn etifeddiaeth i'r meibion acw.'

Wedi sgwrsio am ychydig symudodd y tri ymlaen i gyfeiriad pebyll y cynnyrch, lle y cafodd Sara gyfle i sgwrsio â'r gwragedd. Fel yr âi'r dydd ymlaen rhybuddiodd un o'r aelodau Alun y gallai pethau gynhesu ar y maes erbyn adeg yr ymaflyd-codwm, yn arbennig pan fyddai twr yn tyrru o'r dafarn i gefnogi eu ffrindiau, a phan welodd yntau arwyddion o hynny'n digwydd awgrymodd i Sara mai doeth fyddai i Anwen a hithau droi am adref.

Erbyn yr ornest ar derfyn y sioe roedd cylch o bobl wedi crynhoi i wylio'r cystadleuwyr a gweld pwy fyddai'r pencampwr. Erbyn y diwedd Lewsyn, gwas Geulan Goch, ac Owen yr Onnen a wynebai ei gilydd.

Roedd gan Lewsyn gryn enw fel ymladdwr ffyrnig eisoes, yn enwedig pan fyddai wedi cael llond bol o gwrw. Roedd yn greadur cyhyrog, cryf ac olion llawer sgarmes ar ei wyneb hagr. Un gwahanol iawn oedd Owen, ysgafnach o gorff ond chwim ar ei draed. Un golygus hefyd. Llwyddodd i ddenu sawl merch o'r cwm i fwrw'i phlu i'w gyfeiriad, a mwynhau cyfle i swatio yn ei gesail yng nghornel ambell das wair.

Roedd hynny'n ddraenen yn ystlys Lewsyn. Safodd yn hy i wynebu'i wrthwynebydd gan edliw i'r dorf y byddai wedi rhwbio pig ceiliog bach yr Onnen yn y baw cyn pen dim! Eithr ni phrofodd hynny mor hawdd ag y tybiodd, gan fod cyflymdra Owen yn ei rwystro pob gafael nes peri iddo wylltio a gweiddi:

''Sa'n llonydd y cythra'l, ac mi gei weld pwy sy'n ben!'

'Haws deud na gneud, Lewsyn,' heriodd Owen.

Synhwyrodd y dorf fod pethau'n dechrau poethi a dechreuasant weiddi'n uwch gan herio'r naill neu'r llall i wneud rhywbeth. Yna, yn gwbl annisgwyl, gyda thro sydyn a hergwd, llwyddodd Owen i daflu Lewsyn. Ceisiodd ddal ei ysgwyddau'n dynn i'r ddaear, ond roedd ei elyn yn rhy gryf iddo ac fe'i taflodd oddi wrtho a chodi ar ei draed. Wynebodd y ddau'i gilydd drachefn a thymer Lewsyn wedi codi'n enbyd erbyn hyn am iddo gael ei daflu. Rhoes gam sydyn at Owen a chau'i freichiau'n dynn am ei ganol a dechrau ei wasgu, a chyn i Owen fedru gwneud dim yn ei gylch, rhoes ergyd greulon iddo yn ei fol â'i ben-glin gan ei yrru i'w liniau'n griddfan gan boen. Roedd hynny'n ddigon o gyfle i was Geulan Goch. Bwriodd ei hun ar ei wrthwynebydd a sodro'i ysgwyddau'n dynn ar y ddaear cyn neidio ar ei draed gan weiddi, 'Cana rŵan, geiliog bach yr Onnen!' Yna troes ar ei sawdl a phrysuro tua'r Tarw Du i ddathlu ei fuddugoliaeth.

Aeth Alun adre'n dawel ac wedi adrodd peth o'r hanes wrth Sara, ychwanegodd, 'Dydw i ddim yn credu mai dyna fydd y diwedd. Synnwn i nad oes 'na ryw elyniaeth ryfedd rhyngddyn nhw.'

*   *   *

Ciliodd yr hydref a daeth tymor prysur y gaeaf i hawlio'u sylw a'u hamser, ac roedd Sara yr un mor brysur ag Alun. Teimlai'r ddau fod eu gwreiddiau'n cydio'n dda ym mhridd y cwm, ac roedd Anwen wedi setlo'n hapus yn yr ysgol. Roedd bron dwy filltir ganddi i fynd yno, a gofalai Huw Geulan Goch ac Edward yr Onnen amdani, gan ei chyrchu yno bob yn ail ar eu beiciau.

Un noson, wedi diwrnod prysur o ymweld, a chyfarfod gweddi'r hwyr ym Moreia, cyrhaeddodd Alun adref wedi ymlâdd. 'Wyddost ti be, Sara fach,' meddai, 'sôn am ddod i gefn gwlad i ymlacio, prin rydw i'n cael amser i sgrifennu pregeth!'

'Mae'n well iti fel'na na bod â gormod o amser i hel meddylia. Dwyt ti ddim yn difaru dod yma, gobeithio?'

'Nac ydw, siŵr iawn. Dw i wrth 'y modd yma, ond mi fydda i'n cael rhyw bwl bach o hiraeth ambell dro am gwmni'r bechgyn a'u cyfeillgarwch. Mae o'n beth rhyfedd, ond yma yn y cwm, er mor ffeind ydi'r trigolion, maen nhw fel petai arnyn nhw ofn closio ata i am ryw reswm. Yn y fyddin roeddwn i'n un ohonyn nhw.'

'Dyddia rhyfel oedd y rheini, Alun, a byd hollol wahanol.

Dwi'n siŵr na fynnet ti ddim mynd 'nôl i'r dyddia hynny. Rhaid iti gofio nad dros nos mae gneud ffrindia.'

'Mi fedra i ddallt hynny, Sara, ond roedd 'na rywbeth arbennig yng nghyfeillgarwch y ddrycin. Rhaid imi fod yn amyneddgar, debyg.'

'Mae gen ti rywbeth arall i'w gofio a diolch amdano, Alun. Dwyt ti ddim yn cael yr hunllefa mor aml o lawer rŵan.'

'Nac ydw, diolch i Dduw.'

Ond wedi iddynt noswylio, tra cysgai Sara'n dawel, gorweddai Alun yn effro a'i feddyliau'n mynnu crwydro'n ôl i'r gorffennol. Deuai wynebau rhai o'r bechgyn yn y fyddin yn fyw o flaen ei lygaid, a llawer o brofiadau melys a chwerw yn ôl i'w gof. Yn y man cwympodd i gwsg anesmwyth . . .

Bu'n swatio am amser yng ngwaelod y ffos gyda'r bechgyn, a'r llaid yn cuddio'u hesgidiau tra chwyrlïai sieliau o'u cylch, a phan ffrwydrai ambell un yn agos nid oedd dewis ond suddo'n is i'r llaid i gysgodi rhag y shrapnel miniog oedd yn eu bygwth. Roedd fel bod yn uffern. Ffrwydrodd un siel mor agos atynt nes taflu cawod o laid drostynt, ac fe'i cafodd Alun ei hun yn ymbalfalu'n wyllt am ymyl y ffos a rhywle i ddianc iddo. Llwyddodd i godi i fyny'r ochr ac fel yr oedd ar ddringo allan sathrodd troed drom milwr Almaenig ei ddwylo'n greulon. Rhoes floedd o boen a llithrodd yn ôl i'r gwaelod. Cofio am Sara a'i awydd i fyw a'i gorfododd i wneud un ymgais arall, ac fel yr oedd ar lwyddo neidiodd llygoden ffrengig am ei wyneb a rhoes sgrech o fraw . . .

Deffrôdd Sara'n syth yn sŵn ei floedd a gwyddai ar unwaith beth oedd yn bod. Neidiodd ar ei heistedd a chydio'n dynn ynddo. 'Alun! Alun!' meddai. 'Mae popeth yn iawn, rwyt ti'n ddiogel!'

Deffrôdd yntau'n foddfa o chwys oer. Gafaelodd Sara ynddo'n dynn nes i'r cryndod gilio. 'Yr un hunlle oedd hi eto?' gofynnodd yn dawel.

'Ia,' atebodd yntau'n drist. 'Dydw i ddim yn meddwl y ca i wared ohonyn nhw byth.'

'Paid â deud hynny, 'nghariad i. Maen nhw wedi arafu. Rhaid iti fod yn amyneddgar. Trio anghofio a pheidio â sôn am gyfnod y rhyfel fydda ora iti. Tria gysgu rŵan.'

Ac fe'i daliodd yn ei chôl nes iddo fynd i gysgu'n dawel.

*   *   *

Er i'r gaeaf gilio'n araf, ni chiliodd yr hunllefau'n llwyr, ond daeth tymor y gwanwyn i sirioli'r cwm â'i fywyd a'i brysurdeb. Ymroes Alun i ymweld yn gyson â'i aelodau ac âi Anwen gydag ef weithiau, yn enwedig i'r ffermydd, ac ambell waith câi gyfle i weld oen yn cael ei eni.

Un min nos, wedi i Anwen fynd i'w gwely, dywedodd Sara: 'Alun, mae gen i newydd i ti. Os aiff popeth yn iawn mi ddylai fod gan Anwen gwmni tua dechrau'r flwyddyn nesa.'

Edrychodd arni mewn syndod am rai eiliadau, fel petai heb amgyffred yn iawn yr hyn a ddywedodd. 'Sara! Dwyt ti 'rioed yn . . . ?' meddai o'r diwedd.

'Ydw, Alun,' atebodd hithau'n llawen.

'Sara annwyl!' meddai, gan ei chofleidio. 'Mi fydd Anwen wrth 'i bodd.'

'A be amdanat ti?'

'Does dim raid iti ofyn, 'nghariad i. Ac mi gei di weld

26

mai brawd fydd hi eisio. Mae hi'n byw a bod yng nghwmni Huw Geulan Goch ac Edward yr Onnen.'

*   *   *

Pan ddaeth tymor cneifio i'r cwm penderfynodd Alun un bore fynd i fyny i Geulan Goch i gynnig helpu.

'Alun bach!' meddai Sara, 'Wyddost ti ddim byd am gneifio.'

'Mi fedra i gynnig gneud rhywbeth ac mae diwrnod cneifio'n un arbennig. Mi fydd yn dda imi gael y profiad.'

Pan gyrhaeddodd ffald Geulan Goch, roedd arwyddion prysurdeb ym mhob cyfeiriad ac nid oedd Alun yn hollol siŵr ble i fynd i gynnig ei gymorth. Penderfynodd fynd i'r gegin i holi Lisa Dafis, ond dychrynodd am ei fywyd pan welodd yr holl wragedd wrthi'n brysur yn paratoi bwyd, a bu o fewn dim iddo droi ar ei sawdl, ond clywodd Lisa Dafis yn galw arno:

'Mr Morris, be sy wedi'ch gyrru chi i fyny mor gynnar?'

'Wel chware teg ichi am gynnig,' meddai wedyn, wedi iddo yntau egluro'i fwriad, 'ond dydi'r sied gneifio ddim yn lle i chi yng nghanol y llwch a'r gwres. 'Rhoswch fan hyn yn gwmni i ni.'

Doedd hynny ddim yn apelio ato o gwbl. 'Na, dim diolch,' meddai, 'dod i helpu efo'r cneifio wnes i.'

'Mynd draw i'r sied gneifio a cheisio gweld Menna fydde ore ichi felly,' meddai hithau. 'Mi roith hi chi ar ben ffordd.'

Pan gamodd i'r sied gneifio y cyntaf a welodd oedd Ifan Dafis a dafad yn ei freichiau. Amneidiodd hwnnw arno a cherdded yn ei flaen. Safodd Alun yn ei unfan yn ansicr beth i'w wneud nesaf. Pan welodd Menna yn dod tuag ato

27

yn cludo coflaid o gnu, rhoes ochenaid dawel o ddiolch. 'Menna,' meddai, 'be ga i neud i helpu?'

Edrych arno mewn syndod wnaeth hithau hefyd. 'Mr Morris annwyl, does dim lle i chi fan hyn yng nghanol yr holl lwch.'

Mynnu aros a wnaeth nes iddi gytuno yn y diwedd. 'O'r gore,' meddai, 'ond mi fydd rhaid ichi dynnu'r gôt 'na a gwisgo ffedog fras, neu mi fydd golwg y byd arnoch chi'n mynd adre. Mi gewch helpu i rowlio a chario'r cnu o'r sied.'

Roedd gwres ac arogl y sied bron â mynd yn drech nag ef, ac roedd yn falch o glywed y gloch fwyd yn canu o'r diwedd. Ymunodd yn ddiolchgar â'r gweddill wrth iddynt ymateb i'r alwad. Fe'u gwelodd yn aros wrth gafn dŵr ger drws y gegin ac yn 'molchi'u dwylo, a gwnaeth yntau'r un modd cyn eu dilyn i'r gegin.

Fe'i rhoed i eistedd wrth fwrdd hir gyda'r rhai hŷn tra oedd y rhai ieuengaf gyda'i gilydd wrth fwrdd arall. Prin yr oedd wedi eistedd pan roes Lisa Dafis blataid helaeth o gig oen o'i flaen a'i orchymyn i helpu'i hun i'r llysiau oedd ar y bwrdd. Edrychodd ar y bwyd ac wrth feddwl am orfod dychwelyd i'r sied bu o fewn dim i godi a throi am adref ond gwyddai na feiddiai wneud hynny. Cymerodd gyfran o'r llysiau a dechrau bwyta, ac er syndod iddo fe'i cafodd ei hun yn mwynhau'r pryd yn arw.

'Mae diwrnod cneifio'n siŵr o fod yn brofiad go newydd i chi, Mr Morris,' meddai'r gŵr a eisteddai un ochr iddo. 'Ydech chi am fentro cydio mewn gwellau?'

'Go brin,' atebodd yntau â gwên. 'Mi fasa'n drugaredd â'r ddafad druan imi beidio. Mae'r ewyllys yn barod, cofiwch, ond y ddawn yn brin.'

Yng nghanol miri'r bwyta a'r siarad galwodd Lewsyn

ar draws y byrddau, 'P'run yw'r defaid anodda i'w trafod, Mr Morris, rhai'r mishtir ynte'ch rhai chi?'

'Wel Lewsyn,' atebodd, 'o'r rhai a welais i bore 'ma, synnwn i damed nad oes mwy o fywyd yn rhai dy fishtir. Ond cofia, mae ambell i ddafad ddu ddeudroed yn ddigon anodd i'w thrafod!'

'Rho honna yn dy getyn, Lewsyn,' galwodd un o'r criw ifanc yng nghanol chwerthin braf.

Ond doedd Lewsyn ddim wedi gorffen. 'Ie,' meddai, 'ond mi fydde cael ci defaid da'n siŵr o fod o help. Be am Owen fan hyn, dydi o ddim yn cnoi!'

'Llynca dy boer, Lewsyn, a bwyta'n dawel!' gorchmynnodd Menna o ben y bwrdd, ac ufuddhaodd y gwas yn syth.

Mwynhaodd Alun y sgwrsio wrth y bwrdd a chael cyfle i wrando ar ambell stori am ddyddiau cneifio a fu, ond yng nghanol yr holl sŵn ni allai beidio â chlywed sŵn herio rhwng Owen a gwas Geulan Goch. Beth oedd wrth wraidd y peth, tybed? Teimlai y dylai geisio gwneud rhywbeth ynglŷn ag o er mwyn osgoi cweryl agored rhyngddynt.

Daliodd ar ei gyfle ar y ffordd allan pan ddigwyddodd y gwas aros gerllaw iddo. 'Lewsyn,' meddai, 'be sy rhyngot ti ac Owen yr Onnen? Mi 'dach chi'n brathu ar eich gilydd byth a beunydd. Dydi o ddim yn beth cyfeillgar iawn.'

Cyndyn fu'r gwas i ymateb. 'Hen gocyn bach ydi o,' meddai o'r diwedd, 'ac mae o'n meddwl am 'i fod o'n fab yr Onnen fod pob merch yn y cwm 'ma am redeg wrth 'i gwt. Does 'na ddim mêr yn 'i esgyrn o.'

'Mae o'n fachgen annwyl iawn. Mi fasa'n well ichi fod yn ffrindia nag yn elynion.'

'Mater i mi ydi hynny, Mr Morris,' meddai Lewsyn yn swta. 'Mae 'na waith yn aros,' ac i ffwrdd ag ef.

Doedd gan Alun ddim dewis ond ei ddilyn.

Pan ddaeth yn adeg troi am adref ar derfyn y dydd prin y gallai godi un goes dros far ei feic. Roedd yn falch mai i lawr y rhiwiau yr oedd y daith. Edrychai ymlaen at gael eistedd yn dawel a mwynhau ei getyn, ond pan welodd Sara yr olwg oedd arno mynnodd ei fod yn ymolchi a newid ar unwaith. Wedi gwneud, teimlai'n llawer llai blinedig. Taniodd ei getyn cyn dechrau adrodd hanes y dydd.

'Roedd o'n brofiad amheuthun,' meddai, 'ac mi deimlais am y tro cynta, am wn i, 'mod i'n un ohonyn nhw. Mi ddweda i un peth wrthat ti, roedd Owen yr Onnen yn troi gryn dipyn o gylch Menna. Sgwn i oes 'na rywbeth rhyngddynt?'

'Mae 'na sôn fod y ddau'n caru'n glòs,' meddai Sara.

'Os ydi hynny'n wir, falle mai dyna ydi asgwrn y gynnen rhwng Lewsyn y gwas ac ynta. Roedd o'n eitha amlwg heddiw.'

'Prin y gelli di neud fawr ynglŷn â hynny, Alun, ond gobeithio'r annwyl nad ydi Owen yn chwara ffon ddwybig â Menna. Mae hi'n eneth rhy annwyl i hynny.'

'Amser a ddengys, Sara.'

*   *   *

Atgasedd Tomos Ellis at ddefaid a barodd i'r cwmwl cyntaf ymddangos yng ngweinidogaeth Alun yn y cwm, ac ef ei hun, yn ei ddiniweidrwydd, oedd yn gyfrifol am hynny. Wedi galw heibio'r Onnen un pnawn digwyddodd sôn iddo glywed fod Ifan Dafis, Geulan Goch, yn bwriadu ceisio ailgychwyn sêl ddefaid yr arferid ei chynnal ar gaeau Glan'rafon cyn y rhyfel.

Cuchiodd Tomos Ellis yn syth. 'Soniodd neb 'run gair wrtha i. Dod â'r defaid felltith 'na glawdd am glawdd â'r da unwaith eto a finne'n meddwl ein bod ni wedi cael gwared arnyn nhw am byth. Fe gawson ni lond bol arnyn nhw 'radeg hynny. Wyddoch chi, Mr Morris, credwch neu beidio, roedden nhw'n effeithio ar gynnyrch llaeth y fuches, a'u piso'n drewi'r lle 'ma am ddyddie. Rwy'n synnu fod Daniel yn ystyried y fath beth.'

Deallodd Alun yn syth iddo gymryd cam gwag a cheisiodd ei unioni. 'Falle na ddaw dim o'r peth,' meddai. Ond roedd y drwg wedi'i wneud.

Wedi gadael yr Onnen, penderfynodd mai'r peth gorau fyddai mynd draw i Glan'rafon a rhoi gwybod i Daniel Lloyd am y storm a allai grynhoi o'i gylch.

Gwenu wnaeth yr hen frawd. 'Peidiwch â phoeni dim, Mr Morris, nid gan Tomos Ellis mae'r hawl i benderfynu pa ddefnydd wna i o'r caeau. Yma efo fy nain y ces i 'magu, ac er pan o'n i'n grwt roedd hi'n arferiad cynnal sêl ddefaid ar gaeau Glan'rafon. Effeithio ar laeth 'i fuches wir! Doedden nhw'n 'ffeithio dim ar wartheg Nain. Mae Tomos yn credu'i fod o'n gallu rheoli pawb. Mi gaiff o weld yn wahanol.'

*   *   *

Pan ddaeth Owen adref yn hwyr un noson, wedi bod yn hebrwng Menna, a dweud wrth ei dad fod y sêl ddefaid i'w chynnal ar ôl sioe'r cwm, disgwyliai i'w dad godi stŵr, ond ei anwybyddu a wnaeth Tomos a holi: 'Wyt ti a Menna o ddifri?'

31

Roedd y cwestiwn mor annisgwyl fel nad oedd Owen yn siŵr sut i'w ateb. 'Pam 'dech chi'n holi?' gofynnodd.

'Mae pwy ddaw'n ferch-yng-nghyfraith i'r Onnen yn bwysicach i mi nag unrhyw arwerthiant defaid. Ydech chi'n bwriadu priodi?'

'Does dim wedi'i benderfynu'n derfynol eto. Os nawn ni, roedden ni'n dau'n meddwl y gallen ni addasu'r hen sgubor yn gartre inni. Mi fydden ni'n ddigon agos felly. Be 'dech chi'n feddwl?'

Anwybyddodd ei dad y cwestiwn yn llwyr. 'Mi faswn i'n tybio fod 'na ddigon o ferched yn y cwm 'ma sy'n gwybod mwy am fuchesi nag am ddefaid,' meddai'n swta.

'Digon posib, 'Nhad,' cytunodd Owen, 'ond dydi gwartheg ddim yn greaduriaid diarth i Menna chwaith. Hi fynna i 'i phriodi sut bynnag.'

'Wyt ti ddim digon hirben i weld petaet ti'n priodi Glenys Crafnant y gallet ti uno dwy fuches ryw ddiwrnod?'

'Nid buwch ydw i am 'i phriodi!' atebodd yntau yr un mor swta. 'Gofynnwch i William 'i phriodi hi!'

Aeth un gair yn dri, ac mewn dim roeddynt yn cweryla'n chwerw, ac am ddyddiau wedyn aeth Tomos Ellis o gylch y fferm gan yrru pawb o'i flaen. Jane Ellis, fel arfer, fu raid dal y pen trymaf o'i flinder, er nad oedd a wnelo hi undim â'r gweryl. Doedd hynny ddim yn brofiad dieithr iddi. Dioddefodd yn dawel fel y gwnaethai droeon oddi ar ei phriodas. Roedd y ffaith iddo'i phriodi o gwbl, a hithau'n ferch o'r dref ac yn gwybod dim am ffermio, wedi bod yn destun trafod yn y cwm am wythnosau ar y pryd.

Cyfarfu Tomos Ellis â hi pan ddigwyddodd aros ar aelwyd ei rhieni adeg cynnal Undeb yr Annibynwyr yn Aberystwyth. Roedd hi'n ferch dlws ryfeddol ar y pryd ac ymserchodd ynddi'n syth, ac ar waethaf pob gwrthwynebiad o eiddo'i rieni mynnodd ei phriodi a dod â hi yn wraig ifanc gwbl ddibrofiad i fyw yn yr Onnen. Yn ffodus iddi hi, daeth Olwen yno yr un pryd yn forwyn ifanc a bu'n gefn gwerthfawr iddi ar hyd y blynyddoedd.

Pan anwyd y meibion yn eu tro, Olwen ysgwyddodd lawer o'r baich ychwanegol, yn enwedig wedi geni Edward, pan fu ei meistres yn wael am amser. Er i Jane Ellis geisio perswadio'i gŵr i gyflogi morwyn fach, gwrthod a wnâi bob tro. Amheuai Olwen fod ar ei meistr ofn i un o'r bechgyn ymhél â morwyn ifanc. Y peth olaf a fynnai fyddai cael morwyn yn wraig yr Onnen.

*   *   *

Pan ddaeth sioe'r cwm yn ei thro, edrychai criw o rai ifanc ymlaen at weld Lewsyn ac Owen yn mynd i'r afael â'i gilydd unwaith yn rhagor, ond eu siomi a gawsant gan i Menna lwyddo i berswadio Owen rhag mentro i'r maes. Ni fynnai hi i'r ddau wrthdaro eto. Am yr ail flwyddyn, gwas Geulan Goch a ddaeth yn bencampwr a throes fel arfer i'r Tarw Du i ddathlu. Edliwiodd ar goedd nad oedd gan Owen ddigon o dân yn ei fol i'w wynebu, ond y câi ei orfodi i wneud ryw ddydd.

Daeth hynny'n gynt na'r disgwyl, yn dilyn y sêl ddefaid ar gaeau Glan'rafon. Erbyn yr ail noson, ac yntau wedi bod yn helpu nifer o ffermwyr, roedd gan Lewsyn bocedaid dda o arian i'w gwario a syched i'w ddileu ac yn naturiol troes tua'r dafarn. Bu yno'n yfed am sbel cyn i Owen a chriw o'i ffrindiau ddod i mewn. Gwgodd Lewsyn arnynt ond heb ddweud dim ac archebodd beint arall o gwrw. Yn y man, a sŵn chwerthin yn codi'n uwch o gyfeiriad cylch Owen, tybiodd Lewsyn iddo glywed enwi Menna, ac yna bonllef o chwerthin. Roedd hynny'n ddigon o esgus iddo. Llyncodd weddill ei beint a chamu tuag atynt.

'Cael hwyl ar gorn Menna ydech chi'r diawled?' cyfarthodd yn sarrug, a chan wynebu Owen ychwanegodd, 'Dwyt ti ddim digon da i rwymo'i ffedog hi, y cocyn bach iti.'

Cydiodd tawelwch yn y lle a throes pawb i wylio gan synhwyro fod storm ar dorri.

Y peth olaf a fynnai Owen oedd gwrthdaro â Lewsyn ac yntau wedi addo i Menna na wnâi. 'Does dim angen iti godi dy lais, Lewsyn,' atebodd yn dawel. 'Doedd 'ma neb yn cael hwyl ar ben Menna o bawb. Cer yn ôl i dy le ac mi bryna i beint arall iti.'

'Cadw dy blydi arian! Mae gen i lawn cymaint â thithe. Mi bryna i 'nghwrw fy hun.'

'Mi siarada i â thi fory, Lewsyn, pan fyddi di'n sobr.'

'Sobr o ddiawl!' ebychodd y gwas, a chydiodd yn dynn yng ngholer côt Owen. 'Mi dw i'n ddigon sobr i dy setlo di rŵan!' heriodd, a dechreuodd ei ysgwyd gerfydd ei goler.

Gwylltiodd yntau a rhoi hergwd iddo gan lwyddo i'w ryddhau'i hun. 'Dowch, hogie,' meddai, 'Man a man inni adael hwn i wirioni yn 'i gwrw.' A throes am y drws a'i ffrindiau'n ei ddilyn.

Ond nid oedd Lewsyn yn barod i ildio mor rhwydd â hynny. Fe'u dilynodd allan o'r dafarn a chyn i Owen lwyddo i'w atal gafaelodd ynddo drachefn. 'Aros y diawl! Dydw i ddim wedi gorffen efo ti eto!' A rhoes ddyrnod egr iddo yn ei wyneb.

Mewn eiliadau roedd y ddau mewn ymrafael â'i gilydd a thorf yn cau'n gylch amdanynt, tra bwriai'r lamp olew a grogai ar fur y dafarn ei llewyrch gwan drostynt. Roedd

Lewsyn yn hen law ar ymladd yn ei gwrw ac yn gryfach o dipyn nag Owen, a buan iawn yr amlygodd hynny ei hun, er nad oedd Owen am ildio'n rhwydd. Bu taro garw rhyngddynt a'r gwaed yn dechrau llifo, tra bloeddiai'r dorf eu cefnogaeth i'r naill neu'r llall.

Cyn hir fe ddaeth yn amlwg fod Owen yn gwanhau ac yn wynebu curfa enbyd, a phan roes Lewsyn ergyd galed arall iddo yn ei wyneb, suddodd i'w liniau, a daliodd y gwas ar ei gyfle gan ddechrau'i bwnio'n ddidrugaredd. Ond cyn iddo lwyddo i'w drechu'n llwyr, camodd Huws yr heddwas drwy'r dynion i ganol y cylch. Ac yntau'n gawr o ddyn trwm a chryf a fu'n heddwas yn y fyddin yn ystod y rhyfel, roedd wedi hen arfer delio â dynion yn ymladd yn eu cwrw.

Cydiodd yn y ddau gerfydd eu gwar a'u llusgo allan o'r cylch tra ciliai'r gwylwyr o'i ffordd fel niwl o flaen gwynt. Gwthiodd y ddau at dalcen y dafarn lle'r oedd cafn dŵr i'r ceffylau yfed ohono, a chyn i'r un o'r ddau sylweddoli ei fwriad plannodd eu pennau yn y dŵr a'u dal yno am amser cyn eu codi'n tagu ac yn ymladd am eu hanadl. Doedd o ddim wedi gorffen â hwy, ac ailblannodd eu pennau yn y dŵr a'u dal yn hirach y tro hwn, cyn eu codi drachefn, a hwythau'n ymladd am eu hanadl ac yn gwingo yn ei afael tyn, yn union fel cwningod mewn trap. Rhoes ysgytwad dda i'r ddau cyn eu gollwng gan roddi pwniad i Lewsyn a'i yrru i gyfeiriad pont Gwernol.

'Ffwrdd â thi,' gorchmynnodd, 'a phaid ag aros nes cyrhaeddi di ffald Geulan Goch, neu myn brain i mi ro i di'n sownd tan y bore.'

Herciodd y gwas ei ffordd yn sigledig i gyfeiriad y bont gan ebychu bygythiadau, ond ni fentrodd droi'n ei ôl. Yna, rhoes yr heddwas bwniad i Owen i gyfeiriad yr

Onnen. 'A cher dithe adre,' meddai. 'Mi ddylet ti wybod yn well na mynd i'r afael ag un fel Lewsyn.' Troes yn ôl at y dorf oedd bellach yn fud. 'Ewch chithe adre,' gorchmynnodd. 'Mi ddyle fod cywilydd arnoch yn gwylio dau ddwl yn colbio'i gilydd!'

Roedd yn hwyr pan gyrhaeddodd Lewsyn Geulan Goch. Roedd wedi sobri peth erbyn hynny, a phan welodd olau yn ffenest y gegin anelodd amdani gan obeithio mai Gwen y forwyn fyddai ar ei thraed ac y câi rywfaint o ymgeledd a phaned o de ganddi. Cafodd siom enbyd pan gamodd i mewn a gweld ei feistres a Menna yno'n brysur yn paratoi bwyd i'r dynion erbyn y bore, pan fyddent yn cychwyn gyrru'r defaid ar eu ffordd i aeafu.

Safodd yn stond a'i feistres yn syllu arno. 'Lewsyn, y creadur dwl!' meddai'n flin, 'Mi fuest ti'n ymladd yn dy gwrw eto.'

'Do, meistres ac mi . . .'

'Gwario d'arian prin ar gwrw sy'n dy neud di'n wirionach nag yr wyt ti!' meddai ar ei draws. 'Mi elli di fentro bod yn barod i gerdded y defaid yn y bore neu rown i ddim swllytn am dy le di.'

'Mae golwg y byd arnat ti,' meddai Menna, gan hanner tosturio wrtho. 'Tyn dy gôt imi gael golchi'r gwaed 'na oddi ar dy wyneb.'

'Mi ddylet ti weld yr olwg sy ar Owen ynte,' meddai Lewsyn.

Cododd Menna ei phen yn sydyn. 'Be ddwedest ti?' gofynnodd, a'i llais yn caledu. 'Ymladd ag Owen fuest ti?'

'Ia, ac mi rois i uffach o gweir iddo fo.'

'Ond pam ymladd ag Owen druan?' gofynnodd ei feistres.

'Doedd dim eisio iddo fo a'i griw gael hwyl ar gorn Menna yn y dafarn ac mi gafodd wybod hynny . . .'

'A phwy ofynnodd i ti amddiffyn fy enw i, 'tase angen?' torrodd Menna ar ei draws yn flin. 'Mi 'drycha i ar ôl fy enw fy hun heb dy help di. Pa hawl sy gen ti i fusnesa? A rho di dy fys bach ar Owen un waith yn rhagor ac mi wna i'n siŵr na fydd lle iti ar 'run ffarm yn y cwm! Trueni na rôi rhywun gosfa iawn i ti am unwaith!' A chefnodd arno, a'i hwyneb yn fflamgoch a'i llygaid yn llawn dagrau.

'Dyna ti wedi baeddu dy wely rŵan yntê,' meddai'i feistres. 'Fe wyddet 'u bod nhw'n caru. Y drwg ydi dy fod ti'n rhy barod dy ddyrne o lawer. Cer i roi trefn arnat dy hun a falle y bydd 'na baned yn dy aros di wedyn, nid dy fod ti'n haeddu un.'

Troes Lewsyn o'r gegin fel ci wedi cael cweir annisgwyl gan ei feistr.

Gorwedd ar ei gwely yn ei dillad roedd Menna pan aeth ei mam i mewn i'r llofft. 'Dyna ffrwydriad annisgwyl! Amddiffyn Lewsyn fyddi di fel arfer,' meddai.

'Mae Owen yn rhy ffeind o lawer i hwnna roi'i ddyrne arno fo.'

'Wyt ti ac Owen o ddifri?'

'Yden, Mam. Mae o wedi gofyn i mi 'i briodi o.'

'O! Ac mae pethe wedi mynd mor bell â hynny felly. Rwy'n gobeithio dy fod ti'n sylweddoli un peth pwysig iawn. Mi fydd rhaid iti fyw yn yr Onnen. Does dim peryg y cytunith Tomos Ellis i ddim arall. Fedret ti neud hynny?'

'Medrwn, tase raid, ond mae Owen am geisio perswadio'i dad i adael iddo addasu'r hen 'sgubor i ni.'

'A'th helpo, Menna fach, dwyt ti ddim yn nabod Tomos Ellis, ac os ydi Owen yn meddwl y cytunith 'i dad

37

i hynny, dydi ynte ddim yn 'i nabod o chwaith. Ond os wyt ti'n mynnu'i briodi o mi wneith dy dad a minne hynny allwn ni i'ch helpu chi.'

Pan soniodd wrth ei gŵr yn y gwely'n ddiweddarach am fwriad Menna, roedd yntau'n ofni'r gwaethaf. 'Ond pwy a ŵyr, falle y llwyddith Owen,' meddai'n obeithiol.

'Ifan bach,' meddai Lisa, 'rwyt ti'n gwybod cystal â neb na fedri di ddim gwynnu dafad ddu drwy'i golchi hi!' A throes ar ei hochr i gysgu.

Oedodd Owen ar y ffordd adref rhag gorfod wynebu'i dad a cheisio egluro beth oedd wedi digwydd, a rhoes ochenaid o ryddhad pan gyrhaeddodd yr Onnen a chanfod nad oedd neb ond Olwen ar ei thraed.

'Nefoedd annwyl, Owen!' llefodd pan welodd yr olwg arno. 'Be ar y ddaear sy wedi digwydd i ti?'

'Yr hen fwbach gwlyb iddo!' ebychodd, pan ddeallodd. 'Mae'n hen bryd i Huws y plismon gydio yn hwnna. Diolch i'r drefn nad ydi dy dad ar 'i draed.'

Fel yr oedd yn ei ymgeleddu holodd, 'Wyt ti a Menna'n bwriadu priodi?'

'Yden, a waeth gen i be ddywed 'Nhad. Mi allwn ni addasu'r hen 'sgubor inni'n dau.'

'Mi elli di obeithio hynny, Owen, ond mae'n amheus gen i a fydd dy dad yn cytuno. Yn ôl fel dwi wedi deall, yma mae gwraig mab hyna'r Onnen wedi gorfod byw 'rioed.'

'Mae'n hen bryd newid pethe felly.'

'Dichon hynny, Owen. Cymer di air o gyngor gen i. Cofia, nid busnesa ydw i, ond mi wn i am be dwi'n siarad. Paid â dod â Menna i'r Onnen, doed a ddelo. Mi ddois i yma'n forwyn ifanc pan briododd dy rieni ac mi wn i o brofiad gymaint y mae dy fam wedi'i ddiodde'n dawel dros y blynyddoedd. Cofia, welais i 'rioed mo dy dad yn codi'i law ati nac yn 'i bygwth, ond cred ti fi, mae mwy nag un ffordd o beri poen. Mae dy dad yn ŵr cyfiawn ond caled. Yr Onnen a'r capel sy'n cyfri ganddo, ac mi fydda i'n ame weithie pwy mae o'n 'i addoli mewn gwirionedd. Go brin y baswn i wedi aros yma cyhyd oni bai am dy fam a chithe'r bechgyn. Beth bynnag ydi dy fwriad di a Menna, er mwyn popeth paid â rhoi mwy o bwyse arni. Dydi hi ddim yn gry o bell ffordd bellach, ond beth bynnag wnei di myn air â hi gynta.'

'Does gen i ddim dewis ond sefyll, Olwen. Mae Menna a finne'n bwriadu priodi.'

'Wel, cystal iti gadw o olwg dy dad cyhyd ag y gelli di, nes bydd y briwie 'ma wedi gwella peth. Mi fydd yn siŵr o dy holi di.'

'Dydw i ddim am 'i osgoi o.'

'Nac wyt, debyg. Sut bynnag am hynny, cer i dy wely rŵan, neu fydd hi'n amser godro cyn iti gysgu dim.'

Troes yntau am ei wely wedi diolch iddi am ei hymgeledd a'i chyngor. Roedd pob asgwrn yn ei gorff yn merwino a'i wyneb yn un dafn o boen. Teimlai fel petai wedi bod mewn ymrafael ag un o'r bustych.

3

'Waeth iti heb na dal yn styfnig, Tomos,' meddai Jane Ellis wrth ei gŵr, 'ac anwesu rhyw obaith gwirion y rhoith Owen Menna heibio i briodi merch Crafnant. Does gen ti ddim hawl i benderfynu pwy fydd gwraig Owen. Cofia, mae angen rhywbeth mwy nag uno dwy fuches i neud priodas. Mi fynnaist ti 'y mhriodi i yn erbyn ewyllys dy rieni a minne'n gwybod dim ar y ddaear am dda na ffarmio. Mae Menna wedi'i magu yn y cwm 'ma ac yn ferch ffarm. Be sy gen ti yn 'i herbyn hi?'

'Defaid!' atebodd yn swta. 'Be ŵyr hi am ofalu am fuches?'

'Mwy nag a wyddwn i, a 'tai hi'n mynd i hynny faint o gyfle ydw i wedi'i gael gen ti i ymwneud â'r da? Os wyt ti am rwygo'r aelwyd dal di ati i wrthwynebu'r briodas. Mi golli di fwy na buches.'

'O'r gore,' cytunodd Tomos Ellis yn y diwedd, 'ond i Menna ddeall un peth. Yma yn yr Onnen y bydd 'i lle hi a dydw i ddim am glywed dim mwy o sôn am addasu'r hen 'sgubor. Ganddyn nhw mae'r dewis bellach.'

'Duw a ŵyr, Tomos, rwyt ti'n gallu bod yn greadur caled a styfnig ar adege. Gwylia di nad wyt ti ddim yn hau'r gwynt.'

Gorfu i Menna ildio hefyd yn y diwedd a chytuno i fynd i'r Onnen i fyw wedi ei phriodas, ond nid heb fynnu addewid gan Owen y parhâi i geisio perswadio'i dad i gytuno iddynt addasu'r 'sgubor.

'Lle bach i ni'n dau oedden ni eisio,' meddai wrth Alun a Sara pan aeth hi ac Owen draw i'r mans i drefnu'r briodas, 'ond rhaid inni aros am ychydig nes i dad Owen newid 'i feddwl. Mae o'n siŵr o neud, yn dydi Owen?'

Gwenu ac amneidio a wnaeth yntau.

'Wel,' meddai Sara, wedi i'r briodas gael ei threfnu ar gyfer dechrau Ionawr, 'fe ddylai fod yn fis arbennig rhwng popeth—priodas a genedigaeth yr un mis, a chaniatáu yr arhosith y plentyn 'ma tan hynny.'

Pan adawodd y ddau gofynnodd Sara i Alun, 'Be 'di dy farn di ar y trefniant i Menna fyw yn yr Onnen?'

'Dyna gwestiwn na all ond Solomon o weinidog 'i ateb, Sara. Fynnwn i ddim mentro.'

'Wel, ofn sy arna i 'u bod nhw'n osgoi problem rŵan a chreu un fwy i'r dyfodol. Rwy'n rhyfeddu fod Menna wedi cytuno mynd yno i fyw a hitha wedi deud ar hyd yr amser nad âi hi ddim.'

'Does ond gobeithio y gwellith petha. Cofia, dydi'r math yna o drefniant ddim yn beth diarth yng nghefn gwlad. Felly roeddan nhw yn Llŷn pan o'n i'n hogyn. Dyna'r unig ffordd roedd llawer o barau ifanc yn gallu dechrau byw.'

'Aros am sgidia'r meirw! Diolch i'r drefn nad fel'na fu raid i ni ddechrau byw. A chofia beth arall, dydi pob tad-yng-nghyfraith ddim fel Tomos Ellis! Pob parch iddo.'

'Chwara teg rŵan, Sara, dydi'r hen Domos ddim cynddrwg â hynny. Mae o wedi bod yn dda iawn wrthon ni, fel y gwyddost ti; dydan ni ddim wedi bod yn brin o goed na llysiau er pan ddaethon ni yma. Ac mi gaiff Menna fam-yng-nghyfraith annwyl a charedig. Mi fydd hi'n gefn iddi.'

'Bydd gobeithio, os deil 'i hiechyd. Amser a ddengys.'

*   *   *

Daeth arwyddion ddechrau Rhagfyr y gallai fod yn aeaf caled, a gwireddwyd hynny cyn y Nadolig pan orchuddiwyd y cwm â haen drwchus o eira. Yn ffodus, erbyn dydd y briodas ym Methesda ddechrau Ionawr roedd yr eira wedi clirio'n eitha fel na chafodd Menna a'r teulu drafferth teithio i lawr i'r capel.

Daeth torf ynghyd i wylio'r briodas, a chytunai pawb fod Menna'n briodasferch hardd ac Owen yn ffodus i'w chael yn wraig. Paratowyd y wledd briodas yn festri'r capel, ac yn dilyn, hebryngwyd y ddau yng nghar Ifans y garej, yr unig gar yn y cylch ar y pryd, i gwrdd â'r trên yn Llanbrynmair, i fynd i Amwythig am ychydig ddyddiau.

Ddeuddydd ar ôl y briodas ysgubodd storm arall o eira dros y cwm, a throes i rewi'n galed. Parodd hyn i Sara ddechrau poeni'n arw rhag ofn na allai'r doctor ddod dros y bwlch pan ddôi ei hamser.

'Paid â phoeni, Sara,' ceisiodd Alun ei chysuro. 'Mae o'n siŵr o ddod pan fydd raid.'

Eithr nid felly y bu. Rhyw ddeuddydd yn ddiweddarach, amheuai Sara y gallai'r plentyn fod ar ei ffordd, a phenderfynodd anfon Alun i ofyn i Blodwen Ifans, bydwraig y cwm, alw heibio iddi.

'Wel,' meddai'r fydwraig ar ôl ei harchwilio a'i holi'n fanwl, 'synnwn i damed na fydd o ar 'i ffordd yn o fuan. Does dim gobaith i'r doctor ddod dros y bwlch, felly gofalwch yrru amdana i'n syth os byddwch chi'n ame fod y babi'n cychwyn.'

A'r noson honno, ac Alun yn cysgu'n dawel wrth ei hochr, deffrowyd Sara gan boenau geni.

'Alun!' galwodd, gan ei ysgwyd yn galed, 'Cod ar unwaith, mae'r babi ar 'i ffordd!'

Neidiodd yntau o'r gwely cynnes i'r llofft oer. 'Wyt ti'n siŵr?' gofynnodd yn ddryslyd. 'Mae hi'n oer iawn i dynnu Blodwen Ifans allan os nad wyt ti.'

'Ydw, ydw, Alun. Brysia, a phaid â chreu gormod o stŵr rhag iti ddeffro Anwen. Brysia!'

Gwisgodd yntau'n gyflym a chyn pen fawr o dro roedd ar ei ffordd. Brathai'r gwynt yn fain wrth iddo brysuro i lawr y stryd ac roedd y rhew yn beryg o dan draed. Cwympodd ar ei hyd ddwywaith ond llwyddodd i godi a phrysuro yn ei flaen. Prin roedd o wedi curo wrth ddrws Fron-deg na fu i Blodwen ei agor.

'Ro'n i'n ame,' meddai. 'Mae popeth yn barod gen i. Ewch chi'n ôl ar eich union. Mi fydd Neli'n chwaer a minne gyda chi cyn pen dim.'

'Byddwch yn ofalus ar y ffordd, mae hi'n llithrig iawn,' rhybuddiodd Alun.

Prin roedd o wedi cyrraedd yn ôl a dweud wrth Sara eu bod ar eu ffordd na chlywsant lais yn galw o waelod y grisiau a'r fydwraig yn ymddangos yn nrws y llofft. Aeth Alun i lawr i'r gegin at Neli, a chyn pen dim roedd tân braf yn llosgi yn y grât a'r tecell yn berwi ar y stof olew.

Roedd y ddau wrthi'n yfed eu te pan ddaeth Blodwen i lawr. 'Oes gen ti baned yn barod, Neli?' gofynnodd, gan eistedd gyferbyn ag Alun wrth y bwrdd. 'Mae popeth yn iawn i fyny 'na, Mr Morris,' ychwanegodd. 'Peidiwch chi â phryderu dim. Gyda llaw, mae Mrs Morris yn meddwl y bydde cystal ichi godi Anwen yn o fuan rŵan, cyn i'r poene ddechre o ddifri.'

'O'r gora,' cytunodd yntau, 'mi a' i i alw arni rŵan.'

Pan gamodd o'n dawel i mewn i'w llofft roedd hi ar ei heistedd yn y gwely. 'Ydi'r babi wedi cyrraedd, Dad?' gofynnodd.

'Nac ydi, 'nghariad i,' atebodd Alun, gan oleuo'r lamp olew fechan oedd ar y bwrdd yn y gornel, 'ond mae Mam yn meddwl y basa'n well iti fynd i lawr i'r siop at Mrs Pritchard rŵan. Mi ddo' i i dy nôl di pan fydd y babi wedi cyrraedd.'

'Ga i fynd i weld Mam gynta?' gofynnodd Anwen, wedi iddi wisgo amdani, a chyn i'w thad gael cyfle i wneud

43

na dweud dim roedd hi wedi diflannu. Pan gyrhaeddodd Alun lofft Sara roedd Anwen yng nghôl ei mam. 'Dwi eisio aros yma efo chi, Mam,' meddai.

'Na, Anwen,' atebodd hithau. 'Well iti fynd efo Dad.'

'Pam? Os ydi'r babi'n dŵad dw i isio bod yma i'w weld o. Ga i aros? Plîs?'

'Fedra i ddim egluro iti, 'nghariad i, ond mi fydd Mam yn sâl am dipyn cyn i'r babi ddod ac mi fydd Mrs Ifans yn gofalu amdana i. Fydd 'na ddim lle inni i gyd, wyt ti'n gweld. Dyna ti, cer efo Dad rŵan. Chaiff o ddim bod yma 'chwaith.'

Bodlonodd Anwen i fynd efo'i thad. 'Cofiwch, Mam,' gwaeddodd dros ei hysgwydd, 'brawd ydw i eisio!'

Erbyn i Alun ddychwelyd roedd Neli wedi paratoi tân yn y stydi iddo. 'Dyna chi, Mr Morris,' meddai, 'ewch chi i eistedd yn fan'na.'

Ufuddhaodd yntau'n dawel. Cydiodd mewn llyfr, ond edrych ar y tudalennau heb eu darllen a wnaeth, gan godi bob hyn a hyn i fynd at waelod y grisiau i wrando. Bob tro y clywai Sara'n rhoi bloedd o boen teimlai fel rhedeg i fyny ati, ond troi'n ôl i'r stydi a wnaeth bob gafael.

O'r diwedd, syrthiodd i gysgu o flaen y tân, a phan gerddodd Neli i mewn roedd yn cysgu'n sownd a llyfr agored ar ei lin.

'Mr Morris,' meddai'n dawel, gan gydio yn ei ysgwydd.

Neidiodd yntau ar ei draed yn sydyn. 'Be sy'n bod?' gofynnodd.

'Dim ar y ddaear, Mr Morris bach,' atebodd Neli â gwên, 'ond fod gynnoch chi fachgen bach dela 'rioed.'

'Bachgen! Bachgen!' llefodd. 'Mi fydd Anwen wrth 'i bodd 'i bod hi wedi cael brawd.' Difrifolodd yr un mor sydyn. 'Sara!' meddai, 'Ydi hi'n iawn?'

44

'Ydi, ydi, Mr Morris. Mae wedi blino'n arw ond mae hi a'r babi'n iawn. Diolch i Dduw.'

'Ia wir, Neli. Ga i fynd i fyny i'w gweld nhw?'

'Cewch siŵr iawn. Mae Blodwen wedi gofalu fod popeth yn iawn ichi. Dowch.'

Dilynodd Alun hi i fyny'r grisiau ac i mewn i'r llofft. Nesaodd yn araf at y gwely, lle'r oedd Sara'n gorwedd a'r babi yn ei chôl. Edrychai'n welw a gwan, ond rhoes wên hapus iddo pan blygodd uwch ei phen. 'Bachgen, Alun,' meddai'n floesg, 'mi fydd Anwen wrth 'i bodd.'

'Bydd, Sara,' meddai, 'a finna hefyd. Diolch iti, 'nghariad i.' Rhoddodd gusan iddi ar ei thalcen.

Tynnodd hithau gornel o'r siôl a rwymwyd am y babi. ''Drycha arno,' meddai'n falch.

Edrychodd yntau i lawr ar wyneb bychan coch, rhychiog. 'Dydi o'r peth dela 'rioed,' meddai. Troes at y chwiorydd oedd yn sefyll yn dawel gerllaw. 'Diolch o galon ichi'ch dwy,' meddai, 'dwn i ddim be fydden ni wedi'i neud hebddoch chi.'

'Peidiwch â sôn 'run gair, Mr Morris,' meddai Blodwen. 'Roedd Neli a minne ond yn rhy falch o gael bod yma i'ch helpu. Mae gynnoch chi wraig wrol ac annwyl iawn. Gwerth 'i chanmol. Rŵan, mae hi angen gorffwys. Mi gewch fynd i lawr i'r post i dorri'r newydd i Anwen, ond well ichi beidio â rhuthro'n ôl er mwyn i Mrs Morris gael cyfle i gysgu am sbel.'

Pan ddaeth Anwen adref yn ddiweddarach hebryngodd ei thad hi i'r llofft, ond safodd hithau yn y drws yn swil, fel petai arni ofn mynd yn nes. 'Wyt ti ddim am ddod i weld dy frawd bach?' gofynnodd ei mam.

'O! Mam,' llefodd, a rhedodd ati a'i dagrau'n llifo.

Swatiodd yn ei chôl nes i'w dagrau arafu. 'Mae'r babi yn y crud. 'Drycha arno fo,' meddai'i mam toc.

Tynnodd Alun y cwrlid a daenwyd drosto. 'Dyna ti,' meddai, 'brawd bach yn union fel roeddet ti eisio.'

Syllodd hithau mewn rhyfeddod am rai eiliadau cyn dweud, 'Mae o'n ddel, Mam. Mi fydd Huw ac Edward wrth 'u bodd pan ddweda i wrthyn nhw. Pryd ga i 'i ddal o?'

'Yn y man,' atebodd ei mam, 'ond well inni adael iddo fo gysgu rŵan.'

Aeth deuddydd heibio cyn i'r doctor lwyddo i ddod dros y bwlch i archwilio Sara a'r babi. 'Ardderchog,' meddai gan droi at Blodwen a Neli. 'Dyma chi wedi dod â phlentyn arall i'r byd. Be wnaen ni hebddoch chi, deudwch?'

'Ia wir, Doctor,' cytunodd Sara'n barod.

'A beth yw 'i enw i fod?' gofynnodd y doctor.

'Wel, o ystyried popeth, Doctor,' atebodd Alun, 'prin y gallen ni ddewis enw ar wahân i Eurwyn.'

Ymhen rhyw ddeuddydd clywodd Alun fod Daniel Lloyd wedi llithro ar y rhew a thorri'i fraich ac fe aeth i lawr i'w weld. Roedd yn swatio wrth y tân, yn edrych braidd yn welw.

'Wedi clywed y newydd da, Mr Morris,' meddai'r ffermwr. 'Llongyfarchiade ichi'ch dau. Mae'n siŵr fod Anwen uwchben 'i digon.'

'Diolch, Daniel Lloyd,' meddai Alun. 'Ydi, mae hi, fel mae Sara a minna. Ond be ddigwyddodd i chi?'

'Cario bwcedaid o fwyd i'r mochyn o'n i ac mi lithrais ar y rhew, ac mi gollodd y mochyn druan 'i frecwast!'

'Ydi'r fraich yn boenus?'

'Ydi, braidd. Mae'r llwydrew 'ma'n brathu, ond dydi hi ddim wedi torri, drwy lwc. Wedi'i streifio'n o arw.'

'Diolch am hynny. Sut 'dach chi'n ymdopi?'

'Mae Neli, chwaer Blodwen Ifans, yn gofalu amdana i. Un dda ydi hi hefyd.'

'Ia, fel y gwyddon ni acw o brofiad,' cytunodd Alun. 'Mae'r cwm 'ma'n ffodus o gael dwy debyg iddyn nhw.'

'A be am Mrs Morris, sut mae hi?'

'Mae hi'n dod ymlaen yn dda iawn, ac yn mynnu mynd ati i neud petha o gwmpas y tŷ.'

'Un wych ydi hi, wir. Deudwch i mi, 'mod i mor hy â gofyn, sut gwrddoch chi â hi?'

Oedodd Alun beth cyn gofyn, 'Ydach chi'n credu yn nhrefn rhagluniaeth, Daniel Lloyd?'

'Welais i 'rioed reswm dros beidio, Mr Morris. Pam?'

'Wel, wrth feddwl am y ffordd y cwrddais i â Sara, mae'n anodd iawn i minna beidio. Fel y gwyddoch, chwarelwr oedd fy nhad, fel chitha, a doedd dim yn tycio pan oeddwn i'n bymtheg oed na chael mynd yn chwarelwr hefyd, ar waetha pob perswâd. Roedd Mam am imi ddal ymlaen yn yr ysgol a mynd i'r weinidogaeth, ond fynnwn i ddim. Wel, mi fûm yn y chwarel am bedair blynedd cyn i 'Nhad gael 'i ladd mewn damwain yno. Mi ddaeth ryw 'chydig o gompo, fel byddan nhw'n deud, a doedd 'na ddim twysu na thagu ar Mam na rown i'r gora i'r chwarel. Fedra hi ddim meddwl am i mi aros yno wedi'r hyn a ddigwyddodd i 'Nhad. Môn Williams oedd ein gweinidog ni ar y pryd a rhwng Mam ac ynta, fe'm perswadiwyd i fynd i ysgol ail-gynnig Clynnog am ddwy flynedd.

'Tra o'n i yno, fe hybodd Môn fi i ddechrau pregethu, ac yn y diwedd cefais fy nerbyn i goleg yr enwad ym Mangor, i baratoi am y weinidogaeth. Doedd dim lle imi aros i mewn yn y coleg ar y pryd a chefais lodjin efo Sara a'i thad. Roedd hi wedi colli'i mam yn ifanc ac yn cadw tŷ i'w thad.

'Saer coed oedd o, yn gweithio yn iard gychod teulu'r Penrhyn ac yn byw yn un o dai'r stad. I dorri'r stori'n fyr, cwympodd Sara a minna mewn cariad a phriodi pan o'n i ar 'y mlwyddyn ola yn y coleg, ac yn gobeithio cael galwad. Ond torrodd y rhyfel allan a newid petha. Gorfu i dad Sara, fel hen longwr, ymuno â'r Llynges, a chyn diwedd y flwyddyn fe'i boddwyd pan suddwyd 'i long.

'Erbyn hynny, roedd Sara'n disgwyl Anwen, a doedd dim sicrwydd y câi hi aros yn nhŷ'r stad, a chan fod y rhyfel wedi drysu petha i fyny ac i lawr y wlad, roedd yn annhebyg iawn y cawn i alwad i eglwys. Wedi siarad yn hir â Sara, penderfynais ymuno â'r Lluoedd Arfog, fel caplan, a chefais fy nerbyn gan y Ffiwsilwyr Cymreig, a chyda hwy y bûm i hyd wanwyn 1919.'

'Ac fe ddaeth yr alwad yma?'

'Do, a rhaid imi ddeud, mae Sara wedi bod yn gefn aruthrol i mi. Roedd y newid o fyd caplaniaeth i'r cwm 'ma mor arw, dwn i ddim be faswn i wedi'i neud hebddi. Mae hi'n fwy pwyllog na fi, ac er mai fi sy'n deud, mae 'na ryw ruddin arbennig yn 'i chymeriad hi. Mae 'na duedd ynof fi i ddigalonni ambell dro, a dyna pryd mae hi gryfa. Diolch i Dduw.'

'Wel, Mr Morris, trefn rhagluniaeth neu beidio, mae gynnoch chi wraig werth chweil. Mae pobol y cwm 'ma wedi dod yn hoff ryfeddol ohoni. Peidiwch â gadael i ambell dro chwithig eich digalonni. Mae heulwen yn siŵr o ddod, fel geni Eurwyn yn y gaea! Cofiwch fi ati.'

4

Ciliodd y gaeaf yn araf a daeth arwyddion gwanwyn i sirioli'r cwm, a phenderfynodd Alun a Sara wahodd eu ffrind Môn Williams i ddod atynt i fwrw'r Sul, ac i fedyddio Eurwyn. Derbyniodd y gwahoddiad yn barod, fel y gwnaeth Menna hefyd pan y'i gwahoddwyd i fod yn fam-fedydd. Galwodd yn y mans yn ddiweddarach i holi ynglŷn â threfniadau'r bedydd, a thorrodd y newydd ei bod hithau'n feichiog.

Sylwodd Sara fod rhyw wedd drist yn gwibio dros wyneb ei ffrind ambell waith. 'Menna,' gofynnodd, 'wyt ti'n poeni ynghylch y babi? Does dim raid iti. Mi fydd Blodwen Fron-deg ar gael. Chei di neb gwell, fel y gwn i o brofiad.'

'Chaiff hi ddim dod yn agos,' llefodd Menna. 'Cyn gynted ag y clywodd tad Owen 'mod i'n disgwyl, aeth ati i neud trefniade'n syth. Mae'n mynnu 'mod i'n cael bydwraig broffesiynol o'r Trallwng.'

'O, na!' meddai Sara, yn methu atal ei hun rhag gwenu, 'Dydi o 'rioed fel'na? O, mae'n ddrwg gen i, Menna,' ymddiheurodd, pan welodd nad oedd gwên ar wyneb ei ffrind. 'Be sy'n bod ar y creadur rhyfedd?'

Treiglodd deigryn i lawr grudd Menna. 'Sara,' meddai'n drist, 'mae'n rhaid i mi gael deud wrth rywun neu fe fydda i wedi drysu. Feiddia i ddim sôn gair adre neu fe fydde 'na le ofnadwy, a dyna'r peth ola sy arna i eisio.'

'Ond be sy'n bod, mewn difri?'

'Popeth, Sara. Dydw i fawr gwell nag ail forwyn acw—nid fod bai ar Olwen, cofia. Mae hi'n gneud hynny allith hi i'm helpu, ond feiddith hi ddeud 'run gair. Dydyn nhw'n trafod dim â mi.'

'Ond be am fam Owen?'

'Mae hi'n annwyl ac yn garedig, ond maen nhw wedi sugno'i nerth hi ers blynyddoedd. Mae'n anodd egluro i rywun nad yw'n byw ar yr aelwyd. Dyden nhw'n trafod dim ar y ddaear hefo ni'r merched er, o degwch, dyden nhw ddim yn ymyrryd â gwaith y tŷ. Ond os digwydda i sôn rywbeth am y ffarm, maen nhw'n edrych arna i fel 'tawn i'n hanner pan!'

'Menna, does 'na fawr o amser er pan est ti i'r Onnen. Mae'n cymryd amser i setlo. Ac weithia, cofia, pan fydd merch yn disgwyl plentyn, fydd hi'n cael pob math o syniada rhyfeddach na'i gilydd. Tybed wyt ti'n gor-ddeud, ac mai gofalus ohonot ti maen nhw?'

'Na, Sara, fel'na maen nhw. Addawodd Owen y basen nhw'n ail-wneud yr hen 'sgubor inni, ond dydi o ddim wedi crybwyll y peth o gwbwl, a fedra i ddim meddwl am fagu'r babi yn yr Onnen, 'nenwedig fel mae tad Owen yn byhafio. Mi faset ti'n tybio 'mod i'n disgwyl llo oddi wrth 'i darw Gwernol Saeth bondigrybwyll! Ac mi allith o fentro bod yn un gwryw!'

'O, Menna, rwyt ti'n ddiguro,' meddai Sara gan chwerthin, mewn ymgais i ysgafnhau pethau, ond doedd dim yn tycio. 'Faset ti'n hoffi imi sôn wrth Alun?' gofynnodd. 'Falle y medra fo gael gair â nhw?'

'Na, dim o gwbwl, neu mi fyddan nhw'n gwybod 'mod i wedi bod yma'n cwyno.'

Ond tra oedd hi'n hwylio te, daliodd Sara ar y cyfle i egluro i Alun yr hyn oedd yn poeni Menna. 'Wyt ti'n meddwl y gallet ti neud rhywbeth?' gofynnodd.

'Dwn i ddim pa mor ddoeth fasa hi i mi ymyrryd, Sara.

Mater teuluol ydi o, ac mi allwn neud mwy o ddrwg nag o les. A chofia fod Tomos Ellis yn ddiacon da ac wedi bod yn hael iawn wrthon ni mewn llawer ffordd.'

'Mae o wedi dy brynu di!' meddai Sara'n swta.

'Dydi hyn'na ddim yn deg, Sara. Rhaid ceisio dallt y sefyllfa. Mae Tomos Ellis fel petai'n gwau bywyd y teulu â'i uchelgais i fagu buches arbennig o'i darw Gwernol Saeth. Bron na allet ti ddeud 'i fod o'n rhyw fath o salwch arno.'

'Does ganddo fo ddim hawl i reoli a threfnu bywyd pawb er mwyn 'i uchelgais 'i hun! Creu anhapusrwydd ydi peth felly. Mi gei di weld y gallith o fod yn hau'r gwynt.'

'Wel, fe alwa i heibio i weld i ba gyfeiriad mae'r gwynt yn chwythu. Addawa i ddim mwy na hynny.'

Gadawodd Alun Morris i rai dyddiau fynd heibio cyn cyflawni'i addewid ond, yn anffodus, nid oedd fawr o hwyl ar Tomos Ellis.

'Mae o yn y parlwr bach â'i ben yn 'i blu,' meddai Olwen. 'Wedi cael tipyn o annwyd ac mae'r byd ar ben! Ewch drwodd ato. Falle y gallwch chi roi hwb i'w galon.'

Mentrodd Alun i'w ŵydd. 'Wedi cael annwyd, Tomos Ellis,' meddai. 'Hen beth digon cas. Swatio fydd ora ichi.'

'A thwr o waith yn aros,' atebodd Tomos Ellis yn swta. 'Ond dyna fo, rhaid plygu i'r drefn, debyg. 'Steddwch, mi fydd yn dda gen i gael eich cwmni.'

Tra oeddynt yn trafod ychydig o faterion capel, ceisiodd Alun feddwl am y ffordd orau i grybwyll gwir fwriad ei ymweliad, ond cyn iddo gael cyfle i wneud, daeth Jane Ellis i eistedd gyda hwy, a chyn bo hir daeth Olwen i osod y bwrdd i de, a sylweddolodd nad oedd ganddo fawr o ddewis ond bwrw i'r dwfn. 'Sut mae Menna'r dyddia yma?' holodd.

'Mae hi'n gorffwys,' atebodd Jane Ellis. 'Ffeindio'i hun yn blino braidd.'

'Ydi, debyg,' cytunodd Alun. 'Mae 'na lawer o waith ar ffarm, a hitha'n disgwyl, dwi'n clywed.'

'Wyddoch chi beth ydi fy uchelgais fawr i, Mr Morris?' meddai'r gŵr, fel pe na bai wedi clywed gair o ymholiad am Menna, ac atebodd ei gwestiwn ei hun cyn i Alun gael cyfle i ddweud dim. 'Magu tarw ifanc o linach Gwernol Saeth y Cyntaf, ddaw ryw ddydd yn bencampwr yn Sioe Amaethyddol Frenhinol Cymru.'

'Tomos,' meddai'i wraig yn amyneddgar, 'holi am Menna oedd y gweinidog. Wyt ti ddim yn meddwl ...'

'Mi ddaw i arfer â chario'r plentyn yn y man,' torrodd Tomos Ellis ar ei thraws. 'Mae hi'n eneth gre. Mi lwyddaist ti i fagu tri heb fawr o drafferth.'

'Falle y basa cael lle bach iddyn nhw'u hunain yn help i Menna gael gorffwys, Tomos Ellis, 'nenwedig pan ddaw hi'n nes i'w hamser,' awgrymodd Alun yn betrus. Yna, er mwyn tynnu peth o'r ergyd o'i eiriau, ychwanegodd, 'A phan ddôi'r plentyn, mi gaech chi'ch dau lonydd rhag 'i sŵn!'

'Mae 'ma ddigon o le inni i gyd yn yr Onnen, Mr Morris, ac ryden ni wedi hen arfer â brefiade'r lloi!'

'Ond dw i'n siŵr y basa Menna ac Owen yn hoffi cael 'u lle bach 'u hunain,' meddai Alun eto.

'Mr Morris,' meddai'r penteulu, a haen o galedwch yn dod i'w lais, 'pan briododd hi Owen mi wyddai Menna'n iawn mai yma yn yr Onnen y bydde'i lle hi. Dyna'n harferiad, a thorrwn ni ddim arno.'

Sylweddolodd Alun mai annoeth fyddai iddo ymyrryd

ymhellach. Fe wnaethai ei orau a gwyddai mai ofer fyddai dal ati. Diolchodd am ei de a chododd ar ei draed. Hebryngodd Jane Ellis ef i'r drws ac fel yr oedd ar gychwyn cydiodd yn ei fraich. 'Diolch ichi, Mr Morris,' meddai. 'Peidiwch â phoeni, rwy'n siŵr y daw pethe i drefn yn y man. Os ydech chi am weld Owen, mae o'n siŵr o fod i lawr yn un o'r beudái. Cofiwch fi at eich gwraig.'

Wrthi'n paratoi i fwydo'r da yr oedd Owen pan ddaeth Alun Morris o hyd iddo.

'Mr Morris,' meddai, 'sut mae pethe acw?'

'Dim lle i gwyno, Owen. Mae Eurwyn yn dod ymlaen yn iawn. Buan y daw'r amser i chithe droi at fagu babi yn lle lloi!'

'Ie, debyg,' meddai gan wenu.

'Deall nad oes fawr o hwyl ar Menna. Dim byd o'i le, gobeithio?'

'Na, rhyw bwl bach o ddigalondid. Mae o'n digwydd i wragedd ar adeg fel hyn, fel dw i'n deall, Mr Morris.'

'Be 'di'r gobaith am addasu'r hen 'sgubor?' holodd Alun wedyn.

'Gadael pethe i fod fydde ore inni i gyd ar hyn o bryd, Mr Morris. Mi ddaw Menna i arfer yn y man, a phan ddaw'r plentyn mi fydd Mam ac Olwen yn help mawr iddi.'

Clywodd Alun adlais o eiriau'r tad a gwyddai mai ofer fyddai iddo bydru arni. 'Chi ŵyr ora debyg,' meddai, braidd yn swta. 'Da boch chi.'

Pan gyrhaeddodd adref ac adrodd yr hanes, gwylltio wnaeth Sara. 'Yr hen fwbach hunanol!' ebychodd. 'Dydi o'n meddwl am neb na dim ond y fo'i hun, a'i dda bondigrybwyll, a dydi'r Owen 'na fawr gwell.'

'Rhaid iti gofio un peth, Sara. Mi gytunodd Menna i'r trefniant. Fel'na mae peth wmbredd o barau wedi cychwyn byw ym myd ffermio, a chan amla mae'r drefn wedi gweithio'n eitha da.'

'Diolch i'r drefn nad felly roedd hi yn ein hanes ni.'

'Mi fu raid i Seimon Jones farw cyn i ni gael mans, Sara,' meddai Alun yn dawel.

'Do, mae hynny'n wir,' cytunodd hithau. 'Mae'n ddrwg gen i, Alun. Teimlo dros Menna ydw i.'

'Mi wn i hynny, 'nghariad i. Mi ddaw pethe'n well yn y man, gei di weld.'

*   *   *

Wedi i'r gweinidog eu gadael, dychwelodd Jane Ellis at ei gŵr. 'Rhag dy gwilydd di'n bod mor swta efo fo,' meddai'n flin. 'Y cyfan roedd y truan yn ceisio'i neud oedd helpu Owen a Menna. A chyn belled ag y gwela i, does 'na'r un rheswm synhwyrol pam na ellid addasu'r 'sgubor ar 'u cyfer nhw.'

'Nid 'i le fo ydi ymyrryd yn ein trefniade ni. Mae ganddo fo ddigon i neud heb ddod yma i greu anghydfod, ac maen nhw'n twysu lawn gormod ar Menna.'

'Mi wnâi les i tithe wrando ar farn rhywun arall ambell dro, yn lle mynnu dy ffordd dy hun bob amser.'

Anaml iawn y codai'i wraig ei llais, a thybiodd Tomos Ellis mai doeth fyddai iddo ymatal.

'Dw i'n mynd i fyny at Menna,' meddai Jane Ellis. 'Mi ofala i na chaiff hi ddim cam.' A gadawodd ei gŵr yn syllu i'r tân.

Ar godi roedd Menna pan gyrhaeddodd Jane Ellis ei llofft. 'Sut wyt ti erbyn hyn?' holodd.

'Gwell o lawer rŵan, Mam,' atebodd. 'Glywais i lais y gweinidog?'

'Do, a chware teg iddo fo, mi grybwyllodd y base'n dda o beth i Owen a thithe gael eich lle eich hunain.'

'O! Prin fod hynny wedi plesio.'

'Na, fel y gallet ti dybio. Ond dyw gair yn 'i bryd ddim yn beth drwg ambell dro. Dw i'n meddwl 'i bod hi'n bryd i ni'n dwy gael sgwrs fach,' ychwanegodd gan eistedd ar erchwyn y gwely. 'Faint ddwedet ti ydi fy oed i, Menna? A'r gwir rŵan.'

Edrychodd Menna arni mewn syndod wrth glywed cwestiwn mor annisgwyl. Nid oedd yn siŵr sut i'w ateb. Syllodd ar wyneb llwyd, tenau ei mam-yng-nghyfraith, a'r gwallt a fu gynt mor ddu â'r frân, ond a oedd bellach wedi britho drwyddo draw. Gwelodd olion o'r harddwch a ddenodd Tomos Ellis i'w charu a'i phriodi, cyn i lafur blynyddoedd ac afiechyd ddwyn yr harddwch hwnnw oddi arni. Roedd Menna'n hoff iawn ohoni, ac ni fynnai er dim ei chlwyfo, ac felly tynnodd bum mlynedd oddi ar yr hyn a gredai oedd ei hoed. 'Newydd droi'ch hanner cant faswn i'n deud,' meddai.

'Chware teg iti, Menna,' meddai Jane Ellis, a thristwch yn ei llais a'i gwên, 'ond dydw i ddim yn chwech a deugain eto. Prin un ar hugain o'n i pan briodson ni, a Tomos bymtheng mlynedd yn hŷn. ''Mi fydd yn briodas dda iti,'' meddai 'Nhad, ''ac ynte'n unig fab un o ffermydd gore Cwm Gwernol.'' Felly y tybiais inne. A finne'n ferch o'r dre roedd 'na rywbeth yn ddeniadol iawn mewn priodi ffermwr. Wrth gwrs, doedd gen i ddim dewis ond dod yma i fyw at rieni Tomos, a thrwy drugaredd, fel y digwyddodd pethe, daeth Olwen yma'n forwyn ifanc yr un pryd. Duw a ŵyr be faswn i wedi'i neud oni bai amdani hi.'

Erbyn hyn roedd ei mam-yng-nghyfraith yn cydio'n dynn yn llaw Menna.

'Ryw flwyddyn wedi i Owen gael 'i eni,' meddai Jane Ellis, 'trawyd mam Tomos yn wael, a bu raid gofalu amdani am bron ddwy flynedd, a phan fu hi farw ro'n i'n disgwyl William. Trwy'r amser hwnnw, ni fynnai tad Tomos inni gyflogi morwyn arall. Fu pethe ddim yn ddrwg wedi geni William, nes i Taid gael strôc, a bu ynte'n orweddiog am dair blynedd hyd 'i farw. Gwellodd pethe am gyfnod wedyn ac yn y man fe anwyd Edward, braidd yn annisgwyl a deud y gwir. Wedi iddo fo gael 'i eni, collodd Tomos bob diddordeb ynof i fel gwraig, yn union fel taswn i wedi cyflawni 'mhwrpas a bod dyfodol yr Onnen yn ddiogel bellach. Mae hyn'na'n swnio'n galed Menna, ond dyna'r gwirionedd iti.'

'Mam fach,' meddai Menna, a dagrau'n llenwi'i llygaid, 'fe ofala i amdanoch chi, ac mi fydd Olwen yn gefn i minne.'

'Menna, Menna, nid poeni drosof fy hun yr ydw i. Wyt ti ddim yn deall? Dy ddyfodol di sy'n 'y mhoeni i. Rwy'n gweld y peryg i ti orfod wynebu'r hyn a wynebais i. Mae gen ti blentyn yn dy groth a rhaid i ti feddwl amdano. Paid ag ildio nes cei di dy aelwyd dy hun. Beth taswn i'n mynd yn orweddiog yma?'

Erbyn hyn, llifai'r dagrau i lawr gruddiau Jane Ellis ac ni wyddai Menna sut i'w chysuro. Cymerodd hi yn ei breichiau a'i dal yn dynn nes i'r dagrau arafu.

'Paid â sôn 'run gair am hyn wrth Owen, cofia,' meddai Jane Ellis wedyn. 'Does dim dig yn 'y nghalon, ond mi

wna i bopeth o fewn 'y ngallu i rwystro'r hyn a ddigwydd-
odd i mi rhag digwydd i ti.'

*   *   *

Newidiodd awyrgylch yr aelwyd yn rhyfeddol wedi geni'r
babi, a alwyd yn Tomos Hywel. Roedd gŵr yr Onnen
uwchben ei ddigon ac yn llawer haws byw gydag ef. Yn
naturiol, roedd llawenydd mawr yng Ngheulan Goch
hefyd a'r ddau deulu wedi'u tynnu'n nes at ei gilydd.
Arhosodd y fydwraig o'r Trallwng nes i Menna gryfhau ac
wedi iddi fynd cafodd hithau gymorth dau bâr o ddwylo a
fu'n ysu am y cyfle i'w helpu i ofalu am y babi.

Ymhen rhai wythnosau, ac yntau a Sara yn cael te gyda
Menna a'i mam-yng-nghyfraith yn yr Onnen, cafodd y
gweinidog gyfle i grybwyll y mater o fedyddio'r babi.

'Falle y base'n well inni aros am 'chydig, Mr Morris,'
atebodd Menna. 'Mae tipyn o beswch ar Hywel, a fynnwn
i ddim iddo amharu ar yr oedfa yn y capel. Be 'dech chi'n
feddwl, Nain?'

Oedodd hithau cyn gofyn, 'Wyt ti wedi sôn wrth
Owen am fedyddio yn y capel?'

'Naddo. Dyden ni ddim wedi trafod bedyddio o gwbwl.
Pam?'

'Wel, bedyddio ar yr aelwyd y mae teulu'r Onnen
wedi'i neud ers cyn cof. Fe ddyle Owen fod wedi deud
hynny wrthat ti.'

'Soniodd o'r un gair, Nain, ond yn y capel y mae teulu
Geulan Goch wedi arfer bedyddio, ac felly'r hoffwn inne
hefyd.'

Deallodd Alun yn syth iddo daro tant croes a phrysurodd

57

i ddweud, 'Peidiwch â phryderu, does dim brys. Trafodwch y peth ac mi gawn ni benderfynu eto.'

'Wel,' meddai Sara ar y ffordd adref, 'mi gamaist ti braidd yn fras. Gobeithio na fydd dim anghyd-weld yno, beth bynnag.'

'Wnes i ddim ond be fasa unrhyw weinidog yn 'i neud, Sara. Be wyddwn i am 'u harferion nhw? Y peryg ydi i Tomos Ellis droi'n benstiff eto. Mae meddwl am ddadlau ynglŷn â threfnu bedydd yn wrthun.'

Ymhen rhai dyddiau, gofynnwyd i Alun Morris alw yn yr Onnen.

'Byddwch yn ofalus, dydi pethe ddim yn dda,' rhybuddiodd Olwen wrth ei arwain i'r parlwr bach lle'r oedd y teulu i gyd yn ei ddisgwyl.

''Steddwch, Mr Morris,' meddai'r penteulu.

Eisteddodd Alun ar ymyl y gadair. Bu eiliadau o dawelwch anesmwyth cyn iddo holi'n betrusgar, 'Am drefnu'r bedydd rydach chi?'

Tomos Ellis atebodd. 'Ie, Mr Morris, os gallwn ni.'

'Rwy'n falch o glywed. Gallwn edrych ymlaen at achlysur hapus i'r ddau deulu felly.'

'Gallwn, os bydd pawb yn rhesymol,' atebodd Tomos Ellis.

''Nhad,' meddai Owen, 'falle mai gadael i Menna ddeud beth yw 'i dymuniad hi fydde ore.'

'Dw i'n deall be sy gan Taid,' meddai Menna, 'ond pam sy raid inni lynu wrth arferiad un ochor o'r teulu?'

'Yma rwyt ti'n byw bellach,' meddai Tomos Ellis yn swta, 'ac oni ddylid parchu traddodiad yr aelwyd rwyt ti'n byw arni? Be ydi'ch barn chi, Mr Morris?'

Sylweddolodd Alun y byddai'n rhaid iddo droedio'n ofalus. 'Wel,' meddai'n betrus, 'ar fater o egwyddor, does gen i ddim yn erbyn bedyddio ar yr aelwyd, pan fo amgylchiadau'n gofyn am hynny—y fam neu'r plentyn yn wael, dwedwch. Ond fel rheol, rwy'n credu mai yn y capel y dylid gneud fel bod yr eglwys yn gallu addunedu i ofalu am fywyd ysbrydol y plentyn.'

'Fu'r un o'r plant yma'n brin o rywun i ofalu am 'u bywyd ysbrydol, Mr Morris,' meddai Tomos Ellis ar ei union. 'Gofyn wnes i a fyddech chi'n barod i fedyddio Tomos Hywel yma yn y tŷ?'

'Dim ond os yw'r rhieni'n dymuno hynny. A bod yn onest, dydw i ddim yn credu fod rhesymau digonol am hynny. Beth yw'ch dymuniad chi, Menna?'

'Bedyddio yn y capel, Mr Morris.'

Trodd at Owen. 'A chitha, Owen?'

Edrychodd yntau ar ei dad cyn troi at Menna a gweld yr apêl yn ei llygaid. ''Run fath â Menna, Mr Morris,' atebodd.

Cododd William yn syth a cherdded allan. Ymhen rhai eiliadau cododd ei dad. 'Rwy'n mynd i helpu William efo'r da,' meddai'n swta.

*   *   *

Wedi trefnu'r bedydd gadawodd Alun yr Onnen, yn falch o gael mynd ac yn ymwybodol y gallai fod wedi creu gelyn. Nid oedd arno fawr o awydd mynd adref i adrodd yr hanes, er y gwyddai y câi gefnogaeth lwyr gan Sara. Bron yn ddiarwybod iddo'i hun troes i gyfeiriad Glan'rafon.

Bwydo'r ieir yr oedd Daniel Lloyd pan gyrhaeddodd. 'Mr Morris,' meddai, â gwên groesawgar ar ei wyneb. 'Dyna ichi beth od, roeddwn i'n meddwl amdanoch chi

59

gynne fach. Ewch i'r gegin, mi'ch dilyna i chi wedi imi orffen bwydo'r rhain.'

Aeth Alun i mewn i'r gegin glyd lle'r oedd tân coed yn llosgi'n groesawgar. Eisteddodd ar y sgiw o'i flaen a rhoi ochenaid drom o ryddhad, gan adael i'r awyrgylch dawel, glyd ei helpu i ymlacio.

Ymunodd Daniel Lloyd ag ef yn y man. Rhoddodd ei fasgedaid o wyau yn y bwtri, symudodd y tecell yn nes at y tân ac eisteddodd i lawr. 'Maddeuwch i mi am ddeud,' meddai, 'ond mae golwg flinedig braidd arnoch chi. Oes rhywbeth yn bod?'

'Wedi bod yn yr Onnen yn trefnu'r bedydd,' atebodd yntau.

'O! Bedyddio ar yr aelwyd yn ôl yr arfer, debyg?'

'Na, mae Menna ac Owen am fedyddio yn y capel.'

'Felly,' meddai Daniel, a'i oslef yn adrodd cyfrolau. 'A Tomos yn taflu'i gylchau mae'n siŵr.'

'Wel, doedd o ddim wrth 'i fodd, reit siŵr. Dydi o'n beth od, deudwch? Mynd i lawr yno i drefnu rhywbeth ddylai roi pleser i bawb, a chwrdd ag anghydfod. Mae rhywun yn cael 'i siomi yn y mannau mwya annisgwyl.'

'Felly y gwelais i hi 'rioed, Mr Morris. Fe fydda i'n gweld rhai pethe fel rhywun yn mynd i lawr at yr afon â'r enwair. Popeth o blaid cael helfa ond yn y diwedd, am ryw reswm, gorfod troi odd'no heb yr un bachiad. Siomedig yntê, ond fe ddeil y dŵr i redeg. Paned fach rŵan i roi hwb i'r galon!'

'Mae gynnoch chi ryw ddawn ryfedd i gysuro a chynghori, Daniel Lloyd,' meddai Alun wrth fwynhau cwpanaid o de a thamaid o gacen. 'Mae'n bleser dod yma. Diolch i chi.'

'Peidiwch â 'nghodi i'n rhy uchel, Mr Morris. Traed o glai sy gen inne fel pob dyn byw.' Cododd a mynd at y cwpwrdd gwydr ac estyn rholyn fach o wlanen goch. Fe'i rhoes ar y bwrdd a'i datod i ddatgelu cyllell, fforc a llwy arian. 'Welwch chi'r rheina?' meddai. 'Dim ond y gweinidog a gâi'u defnyddio pan ddôi o yma i ginio ar y Sul. Yna, fe'u cadwyd yn y cwpwrdd nes dôi o, neu weinidog arall, i ginio Sul. Dyna ichi Nain ar 'i gore. Parch. Ond roedd 'na ochor arall iddi hefyd. Rwy'n cofio Nansi'n chwaer yn dod yma i aros, a ryw fore Sul, gan feddwl 'i bod hi'n helpu Nain, fe aeth ati i olchi carreg drws y ffrynt, na châi'i defnyddio ond ar y Sul neu angladd. Pan ganfu Nain beth roedd hi wedi'i neud, fe wylltiodd yn gacwn, a mynd i nôl rhawiad o ludw, a'i daflu dros y garreg, rhag i'r gweinidog weld 'i bod wedi cael 'i golchi ar ddydd Sul! Be alwch chi hyn'na? Hen dyfiant yn lladd yr ifanc!'

Gair i gall, meddyliodd Alun, a theimlodd yn falch iddo gefnogi Menna ynglŷn â'r bedydd.

Pan oedd Alun ar droi oddi yno, rhoes yr hen chwarelwr hanner dwsin o wyau iddo. 'Rhowch y rheina i'r wraig,' meddai. 'Wye Rhode Island Red. Chewch chi fawr ddim gwell i swper nag un o'r rhain wedi'i ferwi.'

Troes Alun am adref yn llawer ysgafnach ei galon.

Pan wawriodd bore Sul y bedydd, pryderai rhag i Tomos Ellis ac eraill o'r teulu aros gartref, ond diflannodd y pryderon pan y'u gwelodd yno i gyd, pob un ac eithrio William. Daliodd ei dad ar y cyfle i egluro mai buwch oedd ar ddod â llo, ac na allai William ei gadael.

Yn dilyn y gwasanaeth, aeth Alun a Sara gyda theulu Geulan Goch i'r Onnen i fwynhau cinio bedydd. Fel yr oedd ar fynd cydiodd Daniel Lloyd yn ei fraich a dweud yn dawel:

'Mi gawsoch chi fachiad bore 'ma, Mr Morris!'

Ni allai Alun lai na chytuno.

5

Parhaodd yr awyrgylch hapus a ddilynodd y bedyddio heibio'r Nadolig ac ymlaen i'r gwanwyn ac roedd pethau'n argoeli'n well i'r dyfodol, er y câi Menna bwl o awydd am ei lle'i hunan weithiau. Ildiodd am na fynnai amharu ar yr awyrgylch a chreu anghydfod, gan beri loes i'w mam-yng-nghyfraith.

Ond digwyddodd yr union beth a ofnai. Trawyd Jane Ellis yn wael a chael ei chaethiwo i'w gwely am wythnosau. Ychwanegodd hynny'n arw at waith Olwen a hithau ac awgrymodd wrth Owen y dylai ei dad ystyried o ddifri gyflogi morwyn fach.

'Dydi hi ddim yn deg disgwyl i Olwen redeg i fyny ac i lawr y grisie a chodi o'r gwely'r nos, ac fel gwyddost ti mae Hywel yn torri dannedd, a minne'n colli cwsg. Ar ben hynny, mae dy fam yn gorfod bod ar 'i phen 'i hun am hydoedd gan fod 'na gymaint i' neud i lawr 'ma.'

Ond gwrthod a wnaeth Tomos Ellis.

'Rhaid i'r ddwy neud 'u gore,' mynnodd. 'Nid dyma'r adeg i gyflogi morwyn arall a chreu mwy o goste. Mi wyddost cystal â minne fod y dyddie bras a ddilynodd y rhyfel yn dirwyn i ben. Mae prisie'n gostwng a choste bwyd yn cynyddu. Mi lwyddodd dy fam i edrych ar ôl dy daid a magu tri ohonoch chi. Siawns na allith y ddwy ofalu am dy fam a Hywel bach.'

Roedd Menna o'i cho' pan glywodd hyn. 'Do,' meddai, 'a 'drycha ble mae dy fam rŵan, cyn bod yn hanner cant. Paid ti â meddwl 'mod i'n mynd i fodloni am fod dy dad yn rhy gyndyn i wario hynny o arian gâi o am ddau fustach i gyflogi morwyn fach! Ac os na wneith o hynny, faint o obaith sydd 'na iddo gytuno i addasu'r 'sgubor i ni?'

'Nid dyma'r adeg i sôn am hynny, Menna, a Mam ble mae hi. Rhaid inni geisio bod yn amyneddgar.'

'Gwna di fel mynni di,' atebodd hithau'n swta. 'Mi wn i be 'di barn dy fam, ac mi ddweda inne wrthat ti na ddaw 'na'r un plentyn arall i'r Onnen nes cawn ni ein lle'n hunain.'

'Paid â siarad mor ddwl! Cofia fod gen ti gyfrifoldeb i mi fel gwraig, heb sôn amdanon ni fel teulu a . . .'

'Cyfrifoldeb i fagu lloi i'r Onnen rwyt ti'n feddwl!' meddai Menna'n wyllt, a throes yn gweryl chwerw rhyngddynt.

Ar waethaf ymdrechion Menna ac Olwen i gelu'r anniddigrwydd a fodolai rhag Jane Ellis, synhwyrodd hithau fod rhywbeth o'i le a phenderfynodd ymdrechu i godi gyda'r bwriad o geisio tawelu'r dyfroedd. Yn anffodus, ychwanegu at y trafferthion a wnaeth trwy lithro ar lawr cerrig y gegin wrth geisio codi Hywel, a thorri'i choes.

Bu yn yr ysbyty yn y Trallwng am wythnos cyn dychwelyd adref i'r Onnen. Rhybuddiodd y doctor y gallai fod yn orweddiog am rai wythnosau ac oherwydd hynny ymdawelodd Menna, rhag i fwy o anghydfod amharu ar adferiad ei mam-yng-nghyfraith. Ond ar waethaf ei hymdrechion, fe ddechreuodd y straen o ofalu, yn ogystal â chyndynrwydd Tomos Ellis i ildio, fynd yn drech nag Olwen a hithau, gan beri i'r cecru ailgychwyn.

'Olwen,' meddai'i meistres wrthi un bore pan oedd hi'n glanhau ei hystafell, 'dydi pethe ddim yn dda rhwng Owen a Menna eto, nac yden?'

Dal ati i lanhau a wnaeth Olwen gan gymryd arni na chlywodd hi mohoni. 'Olwen!' meddai Jane Ellis wedyn, 'Rho'r clwtyn 'na i lawr y funud 'ma, a thyrd i eistedd ar erchwyn y gwely.'

Nid oedd gan y forwyn ddewis ond ufuddhau.

'Rŵan, Olwen, rwyt ti a minne wedi bod yng nghwmni'n gilydd yn rhy hir i geisio celu dim. Dywed wrtha i be sy'n bod.'

'Gofyn iddyn nhw ddylech chi, meistres. Nid i mi.'

'Gofyn i ti ydw i, ac mi fynna i gael ateb neu mi fydda i'n codi o'r gwely'r funud 'ma ac yn gofyn i'r mishtir.'

Ildiodd Olwen ac adroddodd yr hanes, er bod pob gair a ddywedai fel petai rhywun yn tynnu drain ar hyd ei chroen. 'Ac i goroni'r cyfan,' meddai, 'mae Menna'n bygwth na fydd 'na'r un plentyn arall nes cân nhw'u lle'u hunain.'

Fel yr adroddai Olwen yr hanes, teimlai Jane Ellis ei dig tuag at ei gŵr yn cynyddu nes ei fod yn meddiannu ei holl gorff. Petai wedi cerdded i mewn i'w llofft y funud honno, credai y byddai wedi'i felltithio. 'Na,' meddai wrthi'i hun, ''tai o'r peth ola wna i, mi rwystra i o rhag gneud i Menna'r hyn wnaeth o i mi.'

Pan alwodd Menna i weld ei mam-yng-nghyfraith yn ddiweddarach yn y dydd, wedi iddi roi Hywel yn ei wely, roedd hi'n dawelach ei meddwl.

'Mi ddwedodd Olwen wrtha i sut mae hi i lawr 'na,' meddai.

'Ddyle hi ddim bod wedi'ch poeni chi am hynny, Nain.'

'Na, nid arni hi roedd y bai, fi fynnodd iddi ddeud. Os ydw i ar fy hyd fan hyn, yn dda i fawr ddim i neb, mae gen i glustie i wrando, a synnwyr i resymu. Ac mi dw i wedi dod i benderfyniad—mae'n rhaid gneud rhywbeth ynghylch Owen a thithe. Mae pethe wedi llusgo'n rhy hir. Un peth dw i am erfyn arnat ti, paid ag ildio. Mynna iddyn nhw wrando. Mi gaiff Tomos wrando arna inne hefyd. Wyt ti'n addo?'

'Ond dydw i ddim eisio creu helynt er eich mwyn chi, Nain.'

'Menna! Mae hi'n rhy ddiweddar i mi. Wyt ti'n addo?'

Ildiodd Menna'n gyndyn.

'Owen,' meddai amser swper y noson honno, 'mae dy fam a minne wedi bod yn siarad ac wedi penderfynu 'i bod hi'n hen bryd inni neud rhywbeth.'

Gwyddai fod Tomos Ellis a William wedi codi'u pennau ac yn gwrando'n astud.

'Penderfynu ynglŷn â beth?' gofynnodd Owen.

'Cael morwyn arall yma a symud ymlaen hefo'n bwriad i addasu'r 'sgubor.'

'Mi ddaw pethe'n well yn y man,' meddai Tomos Ellis cyn i Owen gael cyfle i ateb. 'A dyw mynd i'w llofft i gwyno wrth Nain a'i phoeni yn gneud dim lles iddi hi nac i neb arall,' ychwanegodd.

'Dydech chi ddim yn gweld nac yn deall, neu fynnwch chi ddim,' meddai Menna'n ddiamynedd. 'Dyna'r union beth sydd yn 'i phoeni hi. Ddaw hi byth i ysgwyddo gofal eto fel roedd hi'n arfer 'i neud, ac mae Olwen yn mynd yn hŷn. At hynny mae'n hen bryd i Owen a minne gael ein lle'n hunain i fagu'n plant.'

'Dyna sy'n dy gorddi di o hyd, yntê,' meddai Tomos Ellis yn flin. 'Wel, mae'n bryd iti sylweddoli mai yma mae dy le di, a fynna i ddim clywed rhagor o sôn am y peth. Laddodd gwaith neb erioed!'

'Naddo?' meddai Menna'n wyllt. 'Wel ewch i fyny i lofft Nain, ac edrychwch ar y druan fach, ac mi ddweda inne wrthoch chi'ch tri nad ydw i ddim yn bwriadu i hyn'na ddigwydd i mi. Rwy'n eich rhybuddio chi rŵan, os na fydd 'na forwyn arall yma cyn pen wythnos mi fydd Hywel a minne'n mynd odd'ma a ddown ni ddim yn ôl nes y bydd gynnon ni ein lle'n hunain!'

'Owen,' meddai Tomos Ellis, gan anwybyddu Menna'n llwyr, 'mae'n hen bryd iti roi gwybod i'r ferch 'ma beth yw 'i dyletswydd, neu mi fydd hi'n feistres arnat ti cyn hir.'

'A'ch fflamio chi,' gwaeddodd Menna'n flin, 'nid trafod un o'ch gwartheg bondigrybwyll rydech chi! Mae'n hen bryd i chithe ddeall fod gan rywun arall yn y lle 'ma farn ar wahân i chi. Dywed rywbeth, Owen, yn lle eistedd yn fan'na fel llo gwlyb.'

'Gad i bethe fod am rŵan, Menna,' erfyniodd Owen. 'Mi gawn ni drafod eto wedi i Mam wella.'

'Na, Owen,' mynnodd hithau, 'mae'n bryd i tithe wynebu pethe cyn iddi fynd yn rhy ddiweddar. O dan draed fydda i yma, a fynna i mo hynny.'

'Os mai fel'na rwyt ti'n teimlo,' meddai Tomos Ellis, 'yna fe wyddost be i' neud.'

'Gwn, ac mi wna i hefyd os bydd rhaid,' meddai Menna, ac aeth allan o'r ystafell.

'Dydw i ddim yn siŵr eich bod chi'n deg, 'Nhad,' meddai William. 'Fe ddylen nhw gael rhywfaint o help.'

'Waeth iti sôn wrth un o'r bustych ddim,' meddai'i frawd yn swta, ac aeth ar ôl Menna.

'Falle mai gadael iddi fynd adre am ychydig fydde orau,' awgrymodd William. 'Fe wnâi 'chydig o newid les iddi, a chostiai hi ddim llawer i gyflogi rhyw lefren fach sy ar adael 'rysgol.'

'Fe wna i hynny yn fy amser fy hun,' meddai'i dad yn bendant.

'Mi ddwedaist ti ormod heno, Menna,' ceryddodd Owen yn y llofft yn ddiweddarach. 'Mi ddylet wybod nad fel'na mae trafod efo 'Nhad.'

'Trafod efo fo? Does neb yn trafod efo dy dad! Deud mae o. A dyna'r ddeddf! Gad imi ddeud hyn wrthot ti, mi dw i wedi dod i ben 'y nhennyn.'

'Wyt ti wedi meddwl am funud dy fod tithe'n gallu bod yn styfnig? Pam sy raid i ti fod yn wahanol i ferched ifanc eraill y cwm 'ma sy wedi dechre'u bywyd priodasol fel ninne? Does neb yn greulon wrthat ti yma.'

'Mae mwy nag un math o greulondeb, Owen. Gofyn i dy fam. Ac nid efo Tomos Ellis mae pob merch-yng-nghyfraith yn y cwm 'ma'n gorfod byw!'

Parhaodd y ddadl chwerw nes iddynt fynd i'r gwely. Bu'r ddau'n troi a throsi am hydoedd. Ceisiai Owen ei berswadio'i hun fod Menna'n afresymol ac nad oedd hi'n bwriadu cyflawni'i bygythiad, tra gorweddai Menna â dagrau ar ei gruddiau, yn dyheu am i Owen gydio ynddi a dweud rhywbeth fel, 'O'r gore, Menna, mi ofala i fod 'Nhad yn cytuno.' Ond gorwedd a chysgu fel dieithriaid a wnaethant yn y man.

Pan alwodd Tomos Ellis heibio i lofft ei wraig ar ei

ffordd i'w wely gofynnodd hithau iddo, 'Cweryla roeddech chi?'

'Menna sy'n bod yn afresymol ac yn bygwth gadael Owen,' atebodd yntau. 'Dydw i ddim yn deall y ferch. Pam sy raid iddi hi fod yn wahanol i bawb? Does dim twysu na thagu arni.'

'Fwy nag arnat tithe 'rioed, Tomos. Ac oes 'na gymaint â hynny o'i le mewn dymuno cartre iddi'i hun? Does gen ti ddim hawl i'w chaethiwo hi yma. Pam sy raid iti fod mor benstiff?'

'Mi wn i cystal â neb fod gen i 'meiau, Jane, ond er mwyn y plant a'u dyfodol rydw i wedi gweithio o fore hyd hwyr ar hyd y blynyddoedd.'

'A finne hefyd, Tomos. A does ond Duw a ŵyr y pris.'

'Yma mae'i lle hi, Jane, fel y buest tithe nes i'm rhieni i farw.'

'Tomos bach, mae'r oes yn newid, ond dwyt ti ddim yn barod i newid dim. Ildia beth, bendith iti, er mwyn pawb.'

Troi ar ei sawdl heb ateb a wnaeth Tomos Ellis.

*   *   *

'Am aros wyt ti felly?' gofynnodd Jane Ellis i Menna ryw bythefnos yn ddiweddarach.

'Dwn i ddim be' neud, Nain. Be 'dech chi'n feddwl?'

'Wel, mi wyddost bellach na wnaiff Taid ddim byd nes y caiff o'i orfodi.'

Pan gerddodd Owen i mewn i'w lofft y noson honno roedd Menna wrthi'n casglu'i dillad at ei gilydd. Edrychodd arni mewn syndod.

'Be wyt ti'n neud, Menna?' gofynnodd.

'Mi rois i ddigon o rybudd iti. Does gen i ddim dewis bellach. Gofala y bydd y gwas y tu allan efo'r ferlen a'r gert ben bore fory.'

'Cer i'r diawl ynte!' meddai yntau'n wyllt. 'A phaid â disgwyl i mi redeg ar dy ôl di. Mi fydd yn edifar gen ti am hyn.'

Gadawodd Menna'r dasg anodd o ffarwelio â'i mam-yng-nghyfraith hyd y funud olaf. 'Fedra i mo'ch gadael, Nain annwyl,' llefodd, gan gydio ynddi'n dynn.

'Does gynnon ni ddim dewis, Menna fach,' meddai Jane Ellis.

Roedd Olwen yn foddfa o ddagrau wrth ffarwelio â Menna a Hywel, a phan oedd y ddau ar ddringo i'r gert daeth Tomos Ellis allan atynt. 'Does dim raid iti fynd, Menna,' meddai. 'Cofia, mi fydd y drws ar agor iti unrhyw adeg. Mi fydd yn rhyfedd yma heb Hywel bach.'

*   *   *

Pan welodd gwraig Geulan Goch y ferlen a'r gert yn cyrraedd y ffald, prysurodd allan i'w cyfarfod. 'Wel dyma ymwelwyr annisgwyl,' meddai gan wenu. 'Ac mi wyt ti, Hywel bach, wedi dod i edrych am Nain. Tyrd.' A chydiodd ynddo a'i gario i'r tŷ a Menna'n eu dilyn yn dawel. 'Be yrrodd di i fyny mor gynnar?' gofynnodd. 'Be ar y ddaear sy'n digwydd, Menna?' gofynnodd wedyn pan welodd y gwas yn cario coflaid o baciau i mewn i'r gegin.

'O! Mam,' llefodd hithau, a'i thaflu'i hun i'w breichiau. 'Dw i wedi gadael Owen.'

'Be wyt ti'n feddwl, gadael Owen? Paid â siarad mor

69

ddwl. Does neb yn gneud peth felly yn y cwm. Dwyt ti ddim o ddifri.'

'Ydw, Mam. A dydw i ddim yn mynd yn ôl!'

'Brenin Mawr! Chlywais i 'rioed y fath beth. Gwen!' galwodd a phan ddaeth y forwyn dywedodd wrthi, 'Cer â Hywel bach am dro, a gofynna i'r mishtir ddod i'r tŷ ar 'i union.'

'Doeddwn i ddim eisio'ch poeni chi a 'Nhad,' meddai Menna'n dawel, 'ond mae pethe wedi mynd yn annioddefol yn yr Onnen, a dydi Owen yn gneud dim yn 'u cylch.'

Ar hynny daeth Ifan Dafis i mewn. 'Be sy'n bod?' gofynnodd.

'Y lodes 'ma sy wedi gadael 'i gŵr,' meddai Lisa Dafis, ac mewn dim roedd y fam a'r ferch yn llefain ym mreichiau'i gilydd.

'Un dwl a styfnig fu Tomos yr Onnen 'rioed,' meddai Ifan Dafis wedi i Menna orffen dweud yr hanes, 'a dyw'r blynyddoedd yn llareiddio dim arno. Ond rwyt ti wedi cymryd cam go fawr rŵan. Y peth gore fydde i mi fynd i lawr yno'n syth a cheisio cael rhyw drefn arnyn nhw.'

'Na, 'Nhad,' meddai Menna, 'wnewch chi ddim ond ffraeo efo nhw ac mi wneith hynny bethe'n waeth.'

'Duw a ŵyr be sy'n mynd i ddigwydd,' meddai'i wraig. 'Mi fyddwn ni'n destun siarad a gwarth drwy'r cwm. Mi ddyle fod cwilydd arnat ti'n gneud peth fel hyn.'

'Pwylla, Lisa,' meddai Ifan Dafis. 'Rhaid inni fod yn deg. Fydde hi ddim yn gneud y fath beth heb achos. Beth oedd Jane Ellis yn 'i ddeud? Mae hi'n wraig synhwyrol.'

'Dyna'r unig ffordd i orfodi'i gŵr i weithredu, medde hi.'

'Ac mi ddyle hi wybod,' meddai'i thad. 'Ac mi wyt ti o ddifri nad ei di ddim 'nôl nes y byddan nhw wedi ildio?'

'Ydw, neu mi fydda i'n bradychu Jane Ellis.'

'Mi fyddi di yma nes y bydd Tomos Ellis yn 'i fedd felly,' meddai'i mam yn drist, 'a Hywel bach heb 'i dad.'

'Mam!' llefodd Menna. 'Nid arna i mae'r bai. Ga i aros, plîs?'

'Wrth gwrs y cei di, does raid iti ddim gofyn,' atebodd ei mam.

'Beth am Owen?' gofynnodd ei thad. 'Beth oedd o'n ddeud?'

''I eirie ola fo oedd, "Cer i'r diawl! A phaid â disgwyl i mi redeg ar dy ôl di."'

'Mae'r un graen yn hwnna â'i dad,' meddai Ifan Dafis. 'Hyd y gwela i does gynnon ni fawr o ddewis ond aros nes cawn ni neges o'r Onnen. Fydd hi ddim yn hawdd wynebu Tomos yn yr oedfa fore Sul. 'Sgwn i be fydd ymateb y gweinidog i hyn i gyd?'

6

Clywodd Sara am yr helynt pan ddigwyddodd fynd i lawr i'r siop y bore wedyn. Pan gerddodd hi i mewn roedd Llew Pritchard, ei wraig a dwy o wragedd eraill o'r pentre ben wrth ben, yn amlwg yn cael blas anghyffredin yn trafod rhyw fater neu'i gilydd. Pan welsant Sara, cododd y pedwar eu pennau, fel ieir yn pigo grawn a rhywun wedi meiddio dod i ymyrryd.

'Mi fydda i efo chi yn y funud, Mrs Morris,' meddai'r siopwr gan droi'n ôl at y ddwy wraig ag osgo brysur.

'Popeth yn iawn, Mr Pritchard, does dim brys,' meddai hithau.

Tra oedd hi'n aros daliodd Sara ar y cyfle i edrych o gwmpas y siop. Oddi ar y diwrnod cyntaf iddi gerdded i mewn iddi, roedd fel petai wedi bwrw ryw hud drosti. Ni welodd erioed ddim tebyg iddi pan oedd hi'n byw ym Mangor.

Yn un cornel, lleolwyd adran y post. Fel y gwyddai Sara'n dda bellach, nid stampiau a llythyrau'n unig a groesai'r cownter bychan. Derbynnid a dosberthid llawer o newyddion nad oedd angen stamp i'w hybu ar eu taith.

Mewn cornel arall, safai pedair neu bump o sachau a'u cegau'n agored, 'run ffunud â llond nyth o gywion yn aros eu tamaid, ond mai rhannu ac nid derbyn oedd swydd y rhain. Sach yn llawn blawd pobi bara oedd un, a'r enw Frost wedi'i ysgrifennu ar ei thraws. Câi'i throi'n ffedog i ryw wraig fferm wedi i'w chynnwys gael ei werthu. Daliai un arall Indian Mîl, a'r gweddill geirch neu fwyd ieir neu foch, ac roedd clorian haearn fawr gerllaw i bwyso'u cynnwys. Uwchben, ar silffoedd, pentyrrwyd calenni mawr o halen, i'w gwerthu ar gyfer halltu mochyn. O'r nenfwd, crogai cluniau mochyn oedd eisoes wedi'u halltu, ynghyd â darnau o gig moch ffres yn barod i'w torri i'r badell. Ar y cownter safai nifer o ganiau mawr du wedi'u haddurno â darluniau Siapaneaidd lliw aur. Te, siwgr neu gnau coffi a gedwid ynddynt, ac wrth eu hochr roedd malwr a'i geg fawr ar agor. Gorchuddiwyd y wal y tu cefn i'r cownter â silffoedd ac arnynt resi o boteli melysion o bob math, pacedi o de a bisgedi, a phob math o nwyddau eraill. Ger y drws safai hen gan llaeth mawr, a thap wedi'i osod ar ei waelod i arllwys y paraffîn a oedd ynddo. Roedd yr hud a berthynai i'r gwahanol arogleuon —paraffîn, coffi newydd ei falu, blawdiach a sebon—yn para er iddi fod yno rai cannoedd o weithiau erbyn hyn.

'Dyna ni, Mrs Morris,' meddai'r siopwr, gan rwbio'i ddwylo fel petai'n eu golchi, ac aeth y ddwy wraig allan o'r siop gan roi gwên swil i Sara wrth fynd heibio.

Ni allai hi beidio â theimlo fod gan Llew Pritchard ryw newydd roedd yn dyheu am gyfle i'w rannu â hi. Penderfynodd roi'r cyfle iddo a holodd, 'Rhyw newydd o'r pentre, Mr Pritchard?'

'Stori ryfedd iawn o gyfeiriad yr Onnen bore 'ma, Mrs Morris. Rhyfedd iawn wir,' meddai yntau ar unwaith gan siglo'n ôl a blaen ar ei sodlau. 'Maen nhw'n deud fod Menna wedi gadael 'i gŵr a mynd adre i Geulan Goch.'

Siglwyd Sara gan y newydd annisgwyl. 'O ble daeth stori od fel'na?' gofynnodd.

Erbyn hyn roedd gwraig y siopwr wedi nesu at ei gŵr. 'O lygad y ffynnon ichi, Mrs Morris,' meddai. 'Idris, gwas yr Onnen, alwodd heibio'i fam neithiwr a deud fod 'na ffrae ofnadwy wedi bod yno, a'i fod o wedi mynd â Menna a Hywel i Geulan Goch, a llwyth mawr o baciau. Mi fu mam Idris yma ben bore'n deud yr hanes, Mrs Ellis wedi ypsetio'n ofnadwy, debyg.'

'Chlywodd y gweinidog ddim byd, debyg?' holodd Llew Pritchard, fel pe bai'n amau nad oedd y newydd mor newydd â hynny iddi hi.

''Run gair ichi, Mr Pritchard, fe alla i'ch sicrhau chi. Ond dyna fo, ni fyddai'r rhai ola i glywed y math yna o stori, faint bynnag o wirionedd sydd ynddi. Mi gawn ni weld.'

Talodd am ei nwyddau a throi am adref, a'i gwynt yn ei dwrn a'i chalon yn curo fel gordd. Prin y cyrhaeddodd y gegin nag yr oedd hi'n galw, 'Alun! Alun! Ble'r wyt ti?'

'Be sy'n bod, Sara? Mae golwg wedi cynhyrfu arnat ti.'

'Ddalia i fod, Alun,' meddai gan eistedd wrth y bwrdd. 'Mae Menna wedi gadael Owen! Be nawn ni?'

'Pwylla rŵan, Sara.'

Gwrandawodd Alun yn astud tra adroddodd hi'r hyn a glywsai. 'Duw a'n helpo,' meddai, 'roeddwn i'n amau fod petha'n ddrwg yno ond chredais i 'rioed 'u bod nhw cynddrwg â hyn.'

'Be fedri di neud, Alun? Ei di i lawr i'r Onnen?'

'Does gen i ddim dewis, debyg. Ond dyn a ŵyr sut ydw i'n mynd i ddechrau ceisio'u cymodi. Mi a' i yno gynted galla i.'

Â'i draed yn llusgo y cerddodd yno, heb wybod sut groeso a gâi. Yn ffodus, cyfarfu ag Olwen yn y gegin.

'Mr Morris bach, be 'den ni'n mynd i neud? A be sy'n mynd i ddigwydd i meistres druan?'

'Rhaid inni aros i weld, Olwen, a gobeithio nad ydi pethe wedi mynd yn rhy bell. Mi wna i bopeth o fewn 'y ngallu i geisio'u cymodi nhw. Dw i'n meddwl mai cael gair â'r dynion fydda ora imi cyn mynd i weld Mrs Ellis. Ble maen nhw?'

'Ble 'ddyliech chi? I lawr efo'r da, wrth gwrs. Does wiw gadael i'r rheini ddiodde!'

'Mi a' i i lawr atyn nhw 'te.'

Cwrddodd â Tomos Ellis pan oedd ar ei ffordd i lawr i'r beudái.

'Mr Morris,' meddai, 'mae'n debyg eich bod wedi clywed am yr helynt, a mwy na'r gwir mae'n siŵr.'

Doedd gan Alun ddim dewis ond cytuno. 'Trueni fod y fath stori wedi cael cyfle i fynd ar led o gwbwl,' meddai. 'Siŵr gen i y gellid bod wedi gneud rhywbeth cyn i betha ddod i hyn. P'run bynnag, dyna pam y des i yma. Oes rhywbeth y galla i 'i neud?'

'Mi allech fynd i fyny i Geulan Goch a pherswadio Menna i weld rheswm. Dwn i ddim be ddaeth dros 'i phen hi i neud y fath beth.'

'Tomos Ellis, 'dach chi ddim yn meddwl fod 'na le ichi gyfarfod fel dau deulu a cheisio dod i ryw fath o ddealltwr-iaeth cyn i betha fynd yn waeth? Rwy'n barod i helpu os galla i.'

'Rwy'n cytuno mai mater rhwng y ddau deulu a neb arall ydi hwn, Mr Morris, a falle mai'r ffordd ore i chi helpu fydde mynd i weld Menna, fel 'i gweinidog, a'i darbwyllo o'i dyletswydd fel gwraig. Yrrodd neb mohoni odd'ma ac mae drws agored iddi ddychwelyd.'

Y tro hwn ni fedrodd Alun atal ei hun rhag dweud, 'A hynny ar eich telera chi, Tomos Ellis. Ydach chi wedi ystyried eich dyletswydd fel diacon ym Methesda, a'r effaith y gall peth fel hyn 'i gael ar fywyd yr eglwys?'

'Mr Morris, nid dyma'r fan na'r adeg i bregethu. Ewch i lawr i weld Owen. Mae o ym meudy Gwernol Saeth.'

'Damio ti'r dyn dwl!' meddai Alun o dan ei wynt, a mynd i chwilio am Owen.

Nid oedd fawr nes i'r lan wedi iddo gael sgwrs â hwnnw. 'Ddyle hi ddim bod wedi gneud yr hyn wnaeth hi,' mynnodd. 'Gneud gwaith siarad a pheri loes i Mam.'

'Ond Owen, onid oes gan Menna hawl i'w barn hefyd?'

'Mater i'r teulu ydi hynny, Mr Morris. Mi wnewch gymwynas â ni fel teulu os ewch chi i fyny i Geulan Goch a'i pherswadio i ddod yn ôl.'

'Be am i chi fynd, Owen? Siŵr gen i 'i fod o'n bwysicach i chi geisio cymodi â'ch gwraig na bod fan hyn yn gneud gwaith y gallai gwas 'i neud drosoch?'

'Fedrwn ni ddim esgeuluso'r da, Mr Morris.'

'Mi a' i i weld eich mam,' meddai Alun yn swta.

Gwelodd gryn newid yn Jane Ellis pan gerddodd i mewn i'w llofft ac eistedd ar erchwyn y gwely. 'Mae'n wir ddrwg gen i am yr hyn sy wedi digwydd, Mrs Ellis,' meddai. 'Mae o'n siŵr o fod yn peri cryn loes i chi. Rwy'n addo y gwna i bopeth o fewn 'y ngallu i gael Menna'n ôl yma.'

'Fynna i ddim 'i gweld hi'n dychwelyd yn erbyn 'i hewyllys, Mr Morris. Maddeuwch i mi am ddeud hyn, ond rwy'n credu mai ceisio perswadio 'ngŵr i ildio peth fydde ore i bawb. Ond cofiwch, mi wn i o brofiad pa mor anodd ydi hynny.'

Teimlai Alun y byddai'n annheg trafod mwy â hi, felly penliniodd wrth ochr ei gwely a chael gair o weddi.

Er pan ddaethai i Abergwernol, ni fu'r gwaith o wthio'i feic i Geulan Goch erioed mor anodd ag yr oedd y bore hwnnw. Cafodd groeso cwrtais a charedig yno er bod pawb yn gwybod pam yr oedd wedi dod. Eisteddodd i lawr ac yfed cwpanaid o de tra bu Menna a'i rhieni'n trafod yn dawel ag ef holl gefndir y digwyddiad. Cydymdeimlai'n llwyr â Menna ond roedd hi'n ddyletswydd arno i geisio'i pherswadio i ddychwelyd at ei gŵr.

'Menna,' meddai, 'mae'n llwon priodas ni'n gofyn mwy oddi arnom weithiau nag yr ydan ni'n barod nac yn gallu'i roi. Ond os ymdrechwn ni, mi all bendith fawr ddilyn. Ddowch chi'n ôl i'r Onnen efo mi?'

Wedi peth tawelwch y tad a atebodd. 'Dydw i ddim yn meddwl y bydde hynny'n deg â Menna, Mr Morris,' meddai. 'Dw i'n nabod Tomos Ellis ers dros chwarter canrif, a fynna i ddim i'm merch fynd yn ôl yno ar y telere yna. Rydw i'n barod iawn inni fynd i lawr i'r Onnen i drafod fel teulu os yden nhw'n fodlon.'

Troes Alun oddi yno'n siomedig. Galwodd yn yr Onnen ar ei ffordd yn ôl i adrodd hanes ei ymweliad â Geulan Goch, ac erbyn iddo gyrraedd adref roedd wedi blino'n lân.

*   *   *

Bu Sara ar bigau'r drain drwy'r dydd a phan welodd yr olwg drist oedd ar ei wyneb, gwaedodd ei chalon drosto. Rhoddodd ei swper o'i flaen, ond nid oedd ganddo fawr o awydd bwyd. Gwrandawodd hithau'n dawel tra bu yntau'n adrodd hanes ei ymweliadau.

'Hyd y gwela i, Sara, does 'na fawr o obaith 'u cymodi nhw.'

'Nid arnat ti mae'r bai am hynny, Alun,' atebodd hithau gan geisio'i gysuro. 'Mae'r ddwy ochr mor styfnig â'i gilydd. Rwyt ti 'di gneud dy ora.'

'Falle wir, Sara. Ond fel 'u gweinidog mi ddylwn i fedru'u helpu yn 'u trafferth neu i be ydw i'n dda? Os mai dyn tywydd teg yn unig ydw i iddyn nhw, man a man imi roi'r ffidil yn y to.'

'Fedri di ddim ysgwyddo beichiau'r holl aeloda, neu mi gei di dy lethu'n llwyr. Os wyt ti'n gneud dy ora, a Duw a ŵyr dy fod ti, yna does gen ti ddim lle i'th feio dy hun, a does gan neb arall hawl i'th feio 'chwaith. Wedi blino wyt ti rŵan ac yn isel dy ysbryd. Bydd petha'n well fory wedi iti gael noson dda o gwsg.'

'A be am Sul nesa? Sut maen nhw'n disgwyl i mi bregethu am gariad a chymod a theuluoedd fy nau ben diacon ben-ben â'i gilydd?'

77

'Pregetha di be sy raid iti, ac mi fydd dy gydwybod di'n dawel. Dyna sy'n bwysig. Cer i dy wely rŵan.'

Erbyn i Sara fynd i'r llofft roedd Alun yn cysgu'n anesmwyth. Gorweddodd wrth ei ochr a chwsg yn bell oddi wrthi. Ofnai y gallai'r hunllefau a'i poenodd mor hir ddod yn ôl i aflonyddu arno eto.

Yn y man dechreuodd droi a throsi wrth ei hochr a mwmblian geiriau disynnwyr. Cododd ar ei eistedd yn sydyn. 'Na, fedra i ddim!' llefodd.

Cydiodd hithau ynddo. 'Alun!' meddai'n dawel. 'Dyna ti. Paid â chynhyrfu. Mae popeth yn iawn.'

Ceisiodd yntau dynnu oddi wrthi, ond daliodd hithau'i gafael yn dynn ynddo nes iddo ymlacio yn y man ac ymdawelu. 'Dyna ti, 'nghariad i,' meddai, 'cysga rŵan.'

*   *   *

Er i'r gweinidog alw'n gyson gyda'r ddau deulu, ofer fu'i ymdrechion a throes y dyddiau'n wythnosau a'r gobaith am gymodi'n lleihau.

Roedd Owen hefyd yn galw yng Ngheulan Goch o bryd i'w gilydd i geisio perswadio Menna i ddychwelyd ato, eithr heb fedru dweud fod ei dad yn ildio ofer fu ei siwrneiau yntau.

Lleihaodd ei ymweliadau yn raddol ac aeth si ar led ei fod yn ceisio'i gysur mewn mannau eraill, ond yn bennaf yn y Tarw Du. Un noson gadawodd yr Onnen gyda'r ferlen a'r gert, gan fwriadu mentro unwaith yn rhagor i Geulan Goch. Galwodd yn y dafarn am beint ar y ffordd, ond troes un peint yn dri a mwy, a'i lais yntau a'i ffrindiau'n codi'n uwch ac yn uwch. O'r diwedd galwodd ar y tafarnwr: 'Dyro ddwy botel arall imi 'u hyfed ar y ffordd.'

'Mi faswn i'n deud dy fod ti 'di cael llawn digon heno, Owen,' meddai hwnnw. 'Troi am adre fydde ore iti. Go brin y bydd Menna am dy weld yn y cyflwr yma.'

''Da i ddim adre heb 'i gweld hi,' mynnodd yntau, 'ac mi gaiff ddod adre heno, myn diawl, tase raid i mi 'i llusgo gerfydd 'i gwallt! Dw i wedi cael llond bol o gysgu ar 'y mhen fy hun.'

'Eitha reit, Owen,' meddai un o'i ffrindiau. 'Gartre y dyle'r sguthan fod, nid yn llechu yng Ngheulan Goch.'

Ychydig wedi i Owen adael y dafarn â'i ddwy botel gwrw, cyrhaeddodd Lewsyn. Daliodd rhai ar y cyfle i adrodd hanes Owen, a'i fwriad a'i fygythiadau, wrth was Geulan Goch.

'Os rhoith y diawl 'i fys bach arni, fe'i darnladda i o,' bygythiodd yntau. 'Ddyle hi ddim bod wedi priodi'r llipryn 'rioed.'

Erbyn amser cau roedd Lewsyn wedi cael llond bol ar glywed ffrindiau Owen yn rhestru ffaeleddau Menna fel gwraig. Trodd yn sigledig i gyfeiriad pont Gwernol gan ddweud wrtho'i hunan: 'Os cwrdda i o ar y ffordd, mi gaiff y cythrel weld pwy 'di'r mishtir!'

*   *   *

Pan gyrhaeddodd Owen ffald Geulan Goch roedd y merched eisoes wedi mynd i glwydo ac Ifan Dafis newydd ddiffodd golau'r gegin ac ar gychwyn i fyny'r grisiau pan glywodd sŵn carnau'r ferlen ar y ffald. Pwy aflwydd all fod yma 'radeg yma o'r nos? meddyliodd a throes yn ei ôl am y gegin gyda'r bwriad o oleuo lamp stabl a mynd allan i weld.

Ond cyrhaeddodd Owen y drws o'i flaen. Curodd arno'n drwm gan weiddi, 'Menna! Menna! Ble'r wyt ti?'

'Nefoedd a'm gwaredo! Owen!' meddai Ifan Dafis. 'Ac wedi'i dal hi yn ôl 'i sŵn.'

Agorodd y drws a dyna lle'r oedd Owen yn sefyll yn sigledig. 'Ble mae hi?' gofynnodd yn floesg. 'Dw i isio iddi ddŵad adre efo mi heno 'ma.'

'Owen bach,' meddai Ifan Dafis yn dawel, 'mae hi a Hywel yn 'u gwlâu ers meitin. Be wyt ti'n neud yma 'radeg hyn o'r nos?'

'Dw i isio'i gweld hi neu myn diawl mi fydd 'ma gythral o le!' A cheisiodd wthio heibio i Ifan Dafis.

'Chei di ddim dod i mewn heno yn y cyflwr yma,' meddai yntau'n bendant, gan sefyll yn gadarn yn ei erbyn.

Ar hynny daeth Menna i mewn i'r gegin.

'Owen!' llefodd. 'Rhag dy gwilydd di'n dod yma'n hwyr fel hyn a chynhyrfu pawb. Cer adre wir a thyrd yn ôl fory'n sobr.'

'Nid hebddot ti a Hywel,' gwaeddodd yntau. 'Efo fi mae'ch lle chi. Mi gei ddŵad rŵan neu myn diawl . . .' Ac unwaith eto ceisiodd wthio heibio i Ifan Dafis.

'Menna,' meddai'i thad, 'cymer di'r lamp 'ma. Mi ofala i am Owen,' a chydiodd yn ei fraich a'i wthio allan i'r ffald. Roedd Ifan Dafis yn ŵr cryf a chadarn, ac ar waethaf ymdrechion Owen, llwyddodd i'w gael i mewn i'r gert. Rhoddodd yr awen yn ei law cyn troi'r ferlen i wynebu'r glwyd agored. Rhoddodd slap galed iddi ar ei chrwmp i'w gyrru ar ei ffordd. Wedi iddi ddiflannu i'r nos trodd Ifan Dafis yn ôl am y gegin. Erbyn hynny, roedd ei wraig wedi cyrraedd i lawr a Menna'n wylo yn ei breichiau.

'Menna,' meddai Ifan Dafis, 'fedrwn ni ddim dal ati fel hyn. Rhaid inni ddod i ryw ddealltwriaeth neu'i gilydd.

Mi gei di ddod i lawr i'r Onnen efo fi fory, ac mi fynnwn ni i Tomos Ellis neud rhywbeth. Mae bywyd pawb yn cael 'i ddifetha fel hyn.'

Gorweddodd Menna'n effro am amser a'i meddyliau'n driphlith draphlith. Un funud ceryddai Owen yn enbyd am wneud y fath stŵr, a'r funud nesaf beiai'i hun am gefnu ar yr Onnen a chreu trafferth i bawb. Cododd o'i gwely a mynd i lofft Hywel; yng ngolau'r gannwyll fe'i gwyliodd yn cysgu'n dawel, a rhoes ei llaw yn ysgafn ar ei dalcen cynnes. 'Hywel bach,' meddai'n dawel, 'be 'den ni'n 'i neud iti?' Rhoes gusan ar ei foch cyn troi'n ôl i'w gwely unig.

*   *   *

Pwysodd Lewsyn yn drwm ar wal pont Gwernol a chwydu'i berfedd i'r afon islaw. Fel roedd ar droi i ailgychwyn ei daith tuag adref clywodd sŵn carnau merlen yn nesáu'n gyflym, a safodd yn stond. 'Owen, myn diawl!' meddai. Camodd i ganol y bont ac â'i freichiau'n chwifio gwaeddodd dros y lle, 'Aros, y cythrel!'

*   *   *

Roedd Huws y plismon wedi bod ar lan yr afon yn cadw gwyliadwriaeth am botsiars gyda'r beili hyd oriau mân y bore. Prin ddwyawr yr oedd wedi bod yn ei wely pan y'i deffrowyd gan ei wraig yn galw: 'Arthur! Deffra. Mae rhywun wrth y drws.'

Cododd ei ben a syllu'n gysglyd ar y cloc oedd ar y bwrdd wrth erchwyn y gwely. 'Hanner awr wedi chwech! Pwy felltith sy 'na 'radeg yma o'r bore?'

Cododd yn gyndyn o gynhesrwydd y gwely a sŵn y curo'n trymhau. 'Dal dy ddŵr!' gwaeddodd yn flin. 'Mi dw i'n dŵad.'

Herbie, gwas y Fron, oedd yn ei wynebu pan agorodd y drws, ac yng ngoleuni gwan y wawr edrychai fel corff. 'Herbie,' meddai'r plismon, 'be goblyn wyt ti eisio mor gynnar?'

'D . . . d . . . . dowch M . . . Mistar Huws b . . . bach,' ceciodd Herbie. 'M . . . mae 'na rywbeth ofnadwy w . . . wedi digwydd ar b . . . bont Gwernol!'

'Herbie,' meddai'r heddwas. 'Am be wyt ti'n brygowtha? Wyt ti wedi bod ar y botel eto?'

'N . . . naddo w . . . wir i Dduw ichi, M . . . Mistar Huws. Mae 'na l . . . le ofnadwy 'na a Lewsyn Geulan G . . . Goch yn farw g . . . gorn a . . . .'

'Gan bwyll, Herbie,' meddai Huws yn awdurdodol, gan edrych ar y gwas yn amheus. Gwyddai o brofiad ei fod o a'r gwirionedd yn ddieithriaid pan fyddai wedi cael mwy na'i gyfran o gwrw'r Tarw Du. 'Be wyt ti'n gyboli? Os ydi Lewsyn ar y bont, cysgu yn 'i gwrw mae o iti.'

'N . . . nid cysgu, Huws b . . . bach. M . . . mae o'n f . . . farw gorn ichi, a siafft y g . . . gert yn sownd yn 'i fol o!'

'Reit, Herbie,' meddai'r heddwas. 'Aros di fan hyn nes bydda i wedi gwisgo, ac os wyt ti'n deud celwydd, fe gicia i dy ben-ôl di o'r fan hyn i'r Fron!'

Ymhen ychydig funudau roedd Huws a Herbie ar eu ffordd tua'r bont, a'r dydd yn goleuo'n araf. 'Wyddost ti pwy oedd piau'r ferlen a'r gert, Herbie?' gofynnodd yr heddwas.

'D . . . dw i'n m . . . meddwl mai merlen yr Onnen ydi

hi,' atebodd yntau, wedi adfeddiannu peth arno'i hun erbyn hynny.

Brawychwyd yr heddwas pan gyrhaeddodd y bont a chanfod Lewsyn yn hanner gorwedd yn erbyn y wal a siafft y gert yn sownd yn ei fol, a'i waed wedi duo ar ei ddillad. Roedd y gert ar ei hochr a'r ferlen yn farw yn y siafftiau. Doedd dim golwg o neb arall. Rhoddodd Huws ei law ar ymyl gwddf Lewsyn i gadarnhau ei ofnau. Roedd cyn oered â'r bedd.

'Herbie,' meddai, 'cer i'r Fron a gofyn i dy fishtir ddŵad i lawr yma cyn gynted ag y gallith o, ond paid â sôn gair wrth y merched. Tyrd dithe'n ôl hefyd.'

Wedi i Herbie ei adael, cerddodd Huws yn ei flaen dros grib y bont, gan geisio dyfalu pwy oedd yn gyfrifol am y fath anfadwaith. Pwy fuasai'n gadael Lewsyn druan fan hyn? meddyliodd. Pwysodd yn erbyn y wal a chanfod yr ateb erchyll. Yno oddi tano, ac un rhan o'i gorff ar y lan a'r hanner arall yn yr afon, gorweddai Owen yr Onnen.

Dringodd dros y clawdd cerrig a llithro'n bwyllog i lawr y geulan serth nes cyrraedd Owen. Roedd yntau mor farw â Lewsyn. Cyn bo hir clywodd yr heddwas sŵn traed a lleisiau'n agosáu. 'Chi sy 'na, Defi Richards?' galwodd.

'Ia, Huws. Ble'r ydech chi?'

'I lawr wrth yr afon. Dowch i lawr ata i, a deudwch wrth Herbie am aros yn fan'na i warchod.'

Dringodd gŵr y Fron i lawr yn araf.

'Nefoedd fawr, Huws. Y ddau?' meddai. 'Be ddigwyddodd deudwch?'

'Dewin a ŵyr, Defi Richards, ond mi wn i un peth, mae hyn yn mynd i siglo'r cwm i'w seilie.'

'Be nawn ni rŵan?'

'Ddylen ni ddim symud y cyrff nes bod yr awdurdode wedi cyrraedd, ond fedrwn ni ddim gadael Owen druan fel hyn. Wnewch chi fy helpu i godi'i goese fo o'r dŵr?'

Wedi cyflawni'r orchwyl, dringodd y ddau'n ôl i'r ffordd. 'Arhoswch chi'ch dau fan hyn, un ym mhob pen i'r ffordd, tra bydda i'n mynd i ffonio'r pencadlys yn y Trallwng,' gorchmynnodd yr heddwas.

Wedi i swyddogion yr heddlu a'r meddyg gyrraedd, aethpwyd â Herbie i gael ei holi gan y pennaeth, ac ymddiriedwyd i Huws y gwaith o hysbysu'r teuluoedd o'r hyn oedd wedi digwydd.

Penderfynodd fynd i'r mans i ofyn i Alun dorri'r newydd i Menna tra âi yntau i'r Onnen.

'Alun bach,' meddai Sara, wedi i'r heddwas fynd, 'sut yn y byd wyt ti'n mynd i ddeud wrth Menna?'

'Duw a ŵyr, Sara. Ond mae un peth yn siŵr, does gen i ddim dewis. A be am fam Owen yn 'i gwendid? Mi all fod yn ddigon amdani. Ond dyna fo, waeth inni heb na darogan mwy o ofid. Ceisio'u helpu fydd raid inni bellach.'

7

Pan welodd Olwen yr heddwas yn sefyll wrth ddrws y gegin yn edrych yn ddifrifol iawn, teimlodd law oer ofn yn cydio yn ei chalon.

'Mr Huws,' meddai'n bryderus, 'mi 'dech chi 'di dod heibio'n gynnar iawn. Does dim o'i le, gobeithio?'

'Ydi'r mishtir o gwmpas, Olwen?'

'Mae o a William i lawr yn y beudái. Ga i alw arno fo?'

'Na. Cystal i mi fynd i lawr atyn nhw. Be am dy feistres, ydi hi ar 'i thraed?'

'Nac ydi. Mae hi braidd yn gynnar iddi. Dydi hi ddim hanner da. Be sy'n bod, Mr Huws, ydi Owen mewn rhyw drwbwl?'

'Does gen i ddim newydd da iawn mae arna i ofn, Olwen. Mi gei wybod yn y man. Ond os gelli di, cadw dy feistres yn 'i gwely cyn hired ag sy'n bosib. Mi fyddwn ni'n ôl yn y tŷ cyn hir.' A chyn iddi allu holi dim mwy roedd wedi cychwyn i gyfeiriad y beudái.

'Huws!' meddai Tomos Ellis pan welodd y plismon yn dod tuag ato, 'Be sy wedi'ch gyrru chi yma? 'Run o'r da mewn trafferth gobeithio?'

'Dwn i ddim am hynny, Tomos Ellis,' atebodd Huws, 'ond mi hoffwn i gael gair èfo William a chithe. Fedrwch chi ddod i fyny i'r tŷ?'

'Ddim ar y funud, Huws. Mae gynnon ni lond ein dwylo. Dydi Owen ddim wedi dod adre neithiwr am ryw reswm.'

'Wedi ffeindio cau arall i bori!' meddai William, a oedd wedi ymuno â hwy erbyn hynny.

'Gadewch y gwaith i'r gweision, Tomos Ellis,' meddai Huws yn ddifrifol. 'Mae'n rhaid imi gael siarad efo chi'ch dau. Dewch 'nôl i'r tŷ. Allwn ni ddim siarad fan hyn.'

Deallodd y ddau fod rhywbeth anarferol yn bod, ac wedi gorchymyn y gweision i ddal ati aeth y tri am y tŷ yn dawedog.

''Steddwch, Tomos Ellis,' meddai'r heddwas wedi iddynt gyrraedd y parlwr bach, 'dw i wedi galw ar berwyl go arw, mae arna i ofn.'

'Be sy'n bod, Huws?' holodd Tomos Ellis yn bryderus.

85

'Oes a wnelo hyn rywbeth ag Owen? Ydi o mewn trwbwl?'

'Gwaeth na hynny, mae'n ddrwg gen i ddeud. Mi fu damwain fawr efo'r ferlen a'r gert ar bont Gwernol rywbryd neithiwr ac mi gafodd ...'

'Wedi'i frifo mae o?' gofynnodd y tad ar ei draws.

'Mae'n wir ddrwg gen i orfod deud wrthoch chi, ond mi laddwyd Owen druan yn y ddamwain, a Lewsyn gwas Geulan Goch hefyd.'

'O, na! Meistres fach!' llefodd Olwen, a safai wrth y drws.

Troes Huws ati ac meddai'n awdurdodol, 'Cer i ofalu na ddaw hi ddim i lawr o'r llofft ar unrhyw gyfri.'

Yn union fel pe na bai wedi amgyffred yr hyn a glywodd, gofynnodd William, 'Ymladd fuon nhw?'

'Dydw i ddim yn credu, William,' atebodd Huws. 'Mae'n anodd deud yn union be ddigwyddodd, ond mae'r heddlu wedi cyrraedd o'r pencadlys yn y Trallwng ac wrthi'n archwilio'r fan ar hyn o bryd.'

'Ar Menna mae'r bai,' meddai Tomos Ellis. ''Tai hi wedi aros yma fel dyle hi fydde peth fel hyn ddim wedi digwydd.'

'Gan bwyll, 'Nhad,' meddai William, 'nid dyma'r adeg i weld bai. Oes gynnoch chi ryw syniad sut y digwyddodd y ddamwain?' gofynnodd i'r heddwas.

'Ddim ar hyn o bryd, William, oni bai fod Lewsyn yn digwydd bod ar y bont ar 'i ffordd adre. Rwy'n gwybod fod y ddau wedi bod yn y Tarw Du am amser ...'

'Fydde Owen ddim yn gwario'i amser yn fan'no tase'i wraig gartre fel y dyle hi fod,' edliwiodd Tomos Ellis yn chwerw. 'Ddaw'r un o'i thraed hi ar gyfyl y lle 'ma eto tra bydda i byw.'

''Nhad, peidiwch,' erfyniodd William. 'Cofiwch fod Menna 'di colli'i gŵr a Hywel bach 'i dad.'

'Mi dw inne 'di colli mab, a ddaw dim siarad â fo'n ôl.'

'Oes rhywun wedi mynd i dorri'r newydd yng Ngheulan Goch, Huws?' gofynnodd William.

'Oes. Mae'r gweinidog ar 'i ffordd yno ac mi ddaw heibio yma ar 'i ffordd yn ôl. Falle y bydde cystal ichi aros nes daw o cyn deud wrth dy fam.'

Ar y gair cerddodd Jane Ellis i mewn i'r parlwr a'r forwyn wrth ei chwt.

'Tomos,' meddai, gan wynebu'i gŵr, 'be sy'n bod? Be 'di'r holl siarad 'ma a pham roedd Olwen mor daer am imi aros yn fy llofft? A be sy wedi'ch gyrru chi yma, Huws?'

Cododd ei gŵr a chamu tuag ati. 'Jane,' meddai'n floesg, ond methodd ddal ati. Safodd yn ei unfan a'r dagrau'n llifo i lawr ei ruddiau. Trodd Jane Ellis at William. 'Owen!' meddai'n wyllt, 'Be sy wedi digwydd iddo fo? Pam na ddeudith rhywun wrtha i?' llefodd, â'i llais ar dorri.

Torrodd William y newydd trist iddi ac fel y gwnaeth, rhoes hithau lef dorcalonnus a chwympodd yn anymwybodol.

Cododd Huws hi yn ei freichiau. 'Ble mae'i llofft hi, Olwen?' gofynnodd.

Arweiniodd hithau ef yn dawel o'r ystafell gan adael Tomos Ellis a William yn syllu ar ei gilydd nes daeth yr heddwas i lawr o'r llofft. 'Mi ffonia i Doctor Thomas ar unwaith,' meddai yntau, 'ac mi alwa i heibio Blodwen Fron-deg a gofyn iddi ddod i lawr yma gynted gallith hi.'

*   *   *

Gwthiodd Alun ei feic i fyny'r rhiw i Geulan Goch a phwysau'r newydd a gludai yn trymhau â phob cam. Gobeithiai nad Menna a welai gyntaf, ond er mawr siom iddo roedd hi'n sefyll ar ganol y ffald pan gyrhaeddodd.

'Mr Morris,' meddai'n groesawgar, 'dyma dderyn cynnar. Dowch i'r tŷ ac mi wna i baned ichi.'

Nid oedd yntau'n siŵr sut i ymateb. 'Ydi'ch tad o gwmpas, Menna?' holodd, gan geisio ymddangos yn ddifater.

'Ydi, mae o wrthi'n torri swêd i'r defaid. Mi fydd o'n falch o gael esgus i fwynhau paned.'

'Iawn, mi a' i i'w nôl o rŵan,' meddai Alun.

Wrthi'n troi olwyn y torrwr yr oedd Ifan Dafis pan ddaeth Alun o hyd iddo, a synnai yntau, fel Menna, weld y gweinidog yno mor gynnar. 'Ddaethoch chi i fyny ar ryw berwyl neilltuol, Mr Morris?' holodd.

'Do, Ifan Dafis,' atebodd, 'ac un amhleserus iawn, mae arna i ofn. Newydd drwg sy gen i.'

'Peidiwch â deud fod Lewsyn wedi bod yn ymladd eto? Does dim golwg o'r creadur bore 'ma. Huws wedi'i gadw fo i mewn eto, debyg?'

'Na, nid yn hollol, Ifan Dafis, er mae a wnelo hyn â fo ... ac ag Owen yr Onnen.'

'Fuon nhw 'rioed yn ymladd eto?'

Gwrandawodd Ifan Dafis yn gegrwth wrth i Alun adrodd hanes y drychineb. Roedd fel petai wedi'i fferru i'r fan. Yna rhoddodd dro sydyn i olwyn y torrwr a chwympodd darnau o swêd i'r bwced islaw.

'Dduw mawr!' ebychodd, 'Owen a Lewsyn wedi'u lladd!'

'Ia, Ifan Dafis, y ddau.'

'A finne wedi gyrru Owen druan odd'ma neithiwr yn feddw. 'I yrru i'w farwolaeth! Duw faddeuo imi!'

'Waeth i chi heb â beio'ch hunan, Ifan Dafis. Fe wnaethoch beth oedd yn iawn yn eich meddwl chi.'

'Menna, Mr Morris! Ydech chi wedi'i gweld hi?'

'Do, ond soniais i'r un gair wrthi. Ro'n i'n meddwl y basa'n haws inni dorri'r newydd efo'n gilydd.'

'Be ddeudith hi 'mod i wedi gyrru Owen odd'ma neithiwr?'

'Mae hi'n ddigon doeth i wybod nad arnoch chi mae'r bai am beth ddigwyddodd.'

Roedd Menna a'i mam yn y gegin yn gwisgo Hywel pan aeth Ifan Dafis ac Alun i mewn.

'Lisa,' meddai'i gŵr, 'dywed wrth Gwen am fynd â Hywel i weld yr ieir.'

Edrychodd hi arno'n syn ond heb holi dim galwodd ar y forwyn.

'Be sy'n bod, Ifan?' gofynnodd wedi i Gwen a Hywel fynd allan.

''Steddwch eich dwy,' atebodd yntau. 'Mae gan Mr Morris 'ma newydd go arw i'w dorri ichi.'

'Be sy'n bod, 'Nhad?' holodd Menna'n bryderus. 'Oes rhywbeth wedi ...'

'Menna,' meddai Alun, 'mi fu damwain fawr ar bont Gwernol neithiwr ...'

Neidiodd Menna ar ei thraed gan dorri ar ei draws. 'Owen!' llefodd. 'Be sy wedi digwydd iddo fo?'

Cododd ei mam a chydio'n dynn ynddi tra adroddodd Alun yr hanes i gyd.

'O! Mam,' llefodd, 'be ydw i wedi'i neud?'

'Ydi mam Owen yn gwybod?' holodd Menna yn y man.

'Na, dydw i ddim yn meddwl, Menna,' atebodd Alun. 'Rwy'n bwriadu mynd i lawr yno rŵan.'

'Mi ddo i efo chi,' meddai hithau. 'Dyna'r peth lleia y galla i 'i neud. Faddeua i byth i mi fy hun.'

'Os cym'rwch chi air o gyngor gen i, Menna,' meddai Alun, 'dw i'n credu y basa'n well ichi aros a mynd i lawr yn nes ymlaen. Does wybod sut groeso gaech chi gan Tomos Ellis o dan yr amgylchiada.'

'Mae'r gweinidog yn iawn, Menna,' meddai'i thad. 'Mi allai Tomos droi'n gas iawn a wnâi hynny ddim lles i neb. Ond be am Lewsyn druan, Mr Morris? Mae ganddo ynte deulu, er mai 'chydig ohonyn nhw sy 'na ar ôl.'

'Lewsyn, y creadur dwl,' meddai'i feistres, 'mae o wedi ymladd am y tro ola.'

'Os rhowch chi gyfeiriad 'i deulu i mi fe ofala i fod yr heddlu'n 'i gael,' addawodd Alun. 'Mi gân nhw gysylltu â'r teulu wedyn.'

'Iawn,' meddai Ifan Dafis. 'Fel roeddwn i'n deud, 'chydig o deulu oedd ganddo. Daeth yma'n grwtyn wedi i'w rieni farw'n gynnar. Dyma'r unig wir gartre gafodd o 'rioed. Roedd ganddo fo fodryb. Well rhoi gwybod iddi hi. Mi ofalwn ni am drefniade'r angladd, os bydd hi'n fodlon. Dyna'r peth lleia y gallwn ni 'i neud.'

*   *   *

Torri i lawr yn llwyr wnaeth Olwen pan gyrhaeddodd y gweinidog yr Onnen ar ei ffordd o Geulan Goch. 'Dw i fel petawn i wedi colli brawd, Mr Morris,' meddai, 'ac mae meistres wedi cael trawiad. Dydi hi'n deud 'run gair. Be sy'n mynd i ddigwydd inni i gyd, Mr Morris? A be am Menna druan?'

'Mae petha'n ddrwg, Olwen,' cytunodd yntau. 'Rhaid inni neud ein gora i'w helpu nhw i gyd. Mae Menna am ddod i lawr i weld Mrs Ellis, ond dwn i ddim beth ddwedith hi pan glywith hi'r newydd ola 'ma. Ble mae'r dynion?'

'Maen nhw yn y parlwr bach. Ewch drwodd atyn nhw. Mi fyddan nhw'n falch o'ch gweld.'

Tawedog iawn oedd y ddau pan ymunodd Alun â hwy. Gwrandawsant yn ddiymateb ar ei eiriau o gydymdeimlad. Tomos Ellis ymatebodd gyntaf wedi iddo sôn am ofid mawr Menna.

'Mae hi braidd yn ddiweddar i hynny bellach yn dydi, Mr Morris. Mae'r drwg wedi'i neud.'

'Mi hoffai hi ddod i lawr i'ch gweld, Tomos Ellis, ac yn enwedig i weld Mrs Ellis.'

'Dwedwch wrthi, Mr Morris, nad oes croeso iddi yn yr Onnen. Fynnai hi ddim bod yma tra oedd Owen yn fyw. Fynnwn ninne mohoni hithe ac ynte'n farw o'i hachos hi.'

'Gadewch iddi ddod, Tomos Ellis, 'tai ond er mwyn eich priod,' ymbiliodd Alun. 'Ddaw dim da o bentyrru gofid a dal dig.'

Bu tawelwch am ysbaid. 'Y gweinidog sy'n iawn,' meddai William yn y man. 'Dyna fydde dymuniad Mam.'

'O'r gore,' ildiodd ei dad. 'Ond cofia, os daw hi yma paid â disgwyl i mi siarad â hi.'

'Diolch, Tomos Ellis,' meddai Alun. 'Ga i fynd i fyny i weld eich gwraig?'

Hebryngodd Olwen ef i'r llofft. Teimlodd ei galon yn llenwi â thosturi pan welodd Jane Ellis yn gorwedd yn gwbl lonydd a'i gwedd mor wyn â'r cwrlid a daenwyd drosti. Penliniodd wrth erchwyn y gwely a gweddïodd cyn codi a throi oddi yno'n dawel.

Fel yr oedd yn mynd cyrhaeddodd Doctor Thomas ac aeth Olwen ag yntau i'r llofft tra ymunodd Alun â Tomos Ellis a William yn y parlwr. Daeth y doctor i lawr atynt yn y man.

'Mae Mrs Ellis wedi cael trawiad drom iawn, Tomos Ellis,' meddai. 'Rwy'n meddwl, o dan yr amgylchiadau, mai'i symud hi i ysbyty'r Trallwng fyddai orau. Fe gaiff ofal da yno tra bydd arni'i angen.'

'Na,' meddai Olwen yn bendant, cyn i'w meistr na William gael cyfle i ddweud dim, 'chaiff hi ddim mynd i fan'no, i ganol dieithriaid. Mi dw i wedi gofalu amdani am dros ugain mlynedd ac mi wna i eto tra bydd angen. Yr Onnen ydi'i chartre hi ac yma y ceith hi aros.'

'Be 'dech chi'n ddeud, Tomos Ellis?' gofynnodd y doctor.

'Fynna i i neb ond Olwen ofalu amdani,' atebodd yntau'n floesg.

*   *   *

Yn gynnar fore trannoeth roedd Idwal Rees yr ymgymerwr yn curo wrth ddrws y mans.

'Mr Morris, mae gynnon ni broblem go anodd i'w hwynebu,' meddai'n bryderus wedi i'r ddau fynd i mewn i'r stydi. 'Mi ges i alwad i fynd i lawr i'r Onnen neithiwr, Mr Morris, a be 'ddyliech chi? Mae Tomos Ellis eisio gneud y trefniade i gladdu Owen, a hynny yng nghornel y teulu ym Methesda. A 'dech chi'n gweld, nid ganddo fo mae'r hawl. Menna, fel gwraig Owen, sydd â'r hawl i drefnu. Be 'den ni'n mynd i neud? Mi wyddoch mor anodd y gallith Tomos Ellis fod.'

'Gwn,' cytunodd Alun. 'Ond mae un peth yn siŵr, fedrwn ni ddim gadael i'r broblem o drefnu'r angladd ychwanegu at y gofid sy'n bod eisoes. Mae'n rhaid perswadio Tomos Ellis i dderbyn mai gan Menna mae'r hawl.'

'Be 'dech chi'n awgrymu, Mr Morris?'

'Y peth gora fasa i ni fynd i fyny i Geulan Goch i gael sgwrs efo Menna.'

Ifan Dafis a'u derbyniodd i'r tŷ wedi iddynt gyrraedd Geulan Goch. Aeth â hwy drwodd i'r parlwr ac yna galwodd ar y merched i ymuno â hwy.

'Mi ges i air gan Huws yr heddwas, Mr Morris, neges i ddeud fod modryb Lewsyn yn fwy na pharod i adael i ni yma drefnu'r angladd,' meddai Ifan Dafis.

'Be oedd gynnoch chi mewn golwg, Ifan Dafis?' gofynnodd Alun.

'Meddwl cael gwasanaeth cyhoeddus ym Moreia'r cwm 'ma oedden ni, a chladdu ym mynwent fach y capel. Moreia oedd yr unig fan yr âi Lewsyn druan, pan âi o gwbwl. Mi ofalith merched y cwm am fwyd.'

Cydsyniwyd yn barod i'r trefniant, ac yna troes Alun at Menna. 'Ydach chi'n teimlo fel trafod angladd Owen, Menna?' gofynnodd.

'Mae'n rhaid inni neud, on'd oes Mr Morris,' atebodd hithau'n drist, 'ond dydw i ddim yn gwybod a ddylwn i neud heb siarad efo tad Owen yn gynta. Be 'di'ch barn chi?'

'Wel, mi alwodd Mr Rees 'ma yn yr Onnen neithiwr, i gydymdeimlo â nhw,' atebodd Alun. 'Wnaethon nhw sôn rhywbeth wrthoch chi, Mr Rees?' gofynnodd gan droi at yr ymgymerwr.

'Dim byd pendant,' atebodd hwnnw'n gynnil, 'ar wahân i ryw awgrymu yr hoffen nhw gladdu yng nghornel y teulu ym mynwent Bethesda. Yno mae'r teulu i gyd. Ond cofiwch, Menna, gynnoch chi mae'r hawl i benderfynu.'

'Mae tad Owen yn credu mai ganddo fo mae'r hawl i benderfynu popeth,' atebodd Menna â thinc o chwerwder yn ei llais.

'Menna,' meddai Alun, gan ofni y gallai hyn esgor ar gweryl a wahanai'r ddau deulu am byth, 'dw i'n siŵr nad oes neb yn gwadu'ch hawl chi i neud y trefniada, ond tybed, yn wyneb yr amgylchiada, a mam Owen mor wael, tybed a fyddech chi'n barod i ddod i lawr i'r Onnen efo'ch tad i drafod y mater efo nhw?'

'Be nawn ni, 'Nhad?'

'Mae'r gweinidog yn iawn, Menna,' atebodd yntau. 'Does gynnon ni ddim i'w golli, a falle y daw hynny â ni fymryn yn nes at ein gilydd. Duw a ŵyr mae angen hynny.'

Rhoes Alun ochenaid dawel o ryddhad a diolchodd am ddoethineb cynhenid Ifan Dafis. 'Beth petai Mr Rees a minna'n galw yn yr Onnen ar ein ffordd i lawr ac yn deud wrthyn nhw y byddwch chi'n mynd draw pnawn i neud y trefniada?'

'Iawn,' cytunodd Ifan Dafis. 'Mae hynny'n syniad da ac mi gaiff Menna gyfle i weld Jane Ellis yr un pryd.'

Pan gyrhaeddodd Menna a'i thad ffald yr Onnen ganol y pnawn, daeth William a'i dad allan i'w cyfarfod. Ysgydwodd Tomos Ellis law â hwy a gofyn, 'Sut mae Hywel bach?'

'Mae o'n iawn, Taid,' atebodd Menna. 'Trwy drugaredd dydi o ddim yn sylweddoli be sy wedi digwydd.'

Ni allodd yntau beidio ag ateb yn swta, 'Mi ddaw i wybod.'

'Sut mae Nain?' gofynnodd Menna.

'Fawr ddim newid. Dydi hi ddim wedi torri gair byth na chymryd bwyd.'

Roedd Alun a'r ymgymerwr yno o'u blaenau a chododd y ddau i'w derbyn pan ddaethant i mewn i'r parlwr. Wedi ychydig o sgwrsio cydiodd Alun yn yr awenau.

'Beth am gael gair o weddi i ddeisyfu am nerth ac arweiniad,' meddai. Ni fu unrhyw wrthwynebiad ac ychwanegodd, 'Gwaith anodd a thrist ar unrhyw adeg ydi trefnu angladd rhywun sy'n annwyl inni, ond os medrwn ni helpu'n gilydd mi all ysgafnhau peth ar y pwysau.'

Tawedog iawn fuont i gyd wedyn am ysbaid nes i William ddeud, ''Nhad.'

Pesychodd yntau. 'Rhyw feddwl o'n i,' meddai'n floesg, 'y gallen ni roi Owen i orwedd yng nghornel y teulu ym mynwent Bethesda. Hynny ydi, os wyt ti'n cytuno, Menna. Rwy'n deall bellach mai gen ti mae'r hawl ...' a methodd ddweud rhagor.

Trodd Menna at ei thad. Amneidiodd Ifan Dafis, ac meddai hithau, 'Does gen i ddim gwrthwynebiad, Taid, ond inni gael gwasanaeth yn y capel.'

Ymlaciodd Alun beth. Roedden nhw wedi croesi'r ail gamfa ac roedd gobaith yr âi pethau'n rhwyddach o hyn allan. Ac felly y bu. Trafodwyd gweddill y trefniadau'n dawel a phenderfynwyd ar y dyddiad, sef deuddydd ar ôl angladd Lewsyn. 'Ti ddyle ddewis yr emyne, Menna,' meddai William, a thorrodd hithau i lawr yn llwyr.

'Mi ofalwn ni am hynny,' meddai'i thad ar ei rhan.

Wedi adfeddiannu peth arni'i hun cododd Menna. 'Mi faswn i'n hoffi gweld Nain,' meddai, 'ar 'y mhen fy hun, os ca i.'

Roedd Blodwen Fron-deg wedi bod yn gwarchod Jane Ellis dros nos ond bellach roedd Olwen wedi cymryd ei lle a hi oedd yn y llofft pan gerddodd Menna i mewn. Cyn pen dim roeddynt ym mreichiau'i gilydd.

'Sut mae Nain heddiw?' holodd Menna drwy'i dagrau.

'Rhyw lun o gysgu mae hi, heb dorri gair byth. Ond mae'r doctor yn deud nad ydi hi mewn poen,' meddai'r forwyn yn dawel. 'Mi adawa i di efo hi tra bydda i'n mynd i'r gegin i weld Neli.'

Nesaodd Menna at ymyl y gwely ac edrych i lawr ar Jane Ellis. Gorweddai yn hollol lonydd, a'r dwylo a fu mor brysur yn ddisymud ar y cwrlid. Eisteddodd Menna ar gadair wrth erchwyn y gwely a chydio yn un o'r dwylo oer a'i chodi at ei boch gynnes ei hun. 'O, Nain fach!' llefodd yn dawel, 'Be dw i wedi'i neud?' Eisteddodd felly am amser cyn ychwanegu'n drist, 'Rwy'n addo y caiff Hywel ddod yn ôl i'r Onnen os myn Taid hynny ac fe ddo inne hefyd i edrych ar eich ôl chi, os ca i.' Cododd yn y man a throi i fynd. Ni sylwodd ar y symudiad lleiaf un yn y llaw yr oedd wedi bod yn ei dal.

*   *   *

Roedd capel Moreia'r cwm o dan ei sang i angladd Lewsyn a thwr o ddynion yn sefyll y tu allan. Pedwar o weision ffermydd a gludodd arch y gwas at ei fedd, gyda'i fodryb ac ychydig o'i deulu yn eu dilyn ac yna deulu Geulan Goch.

Rhoed Lewsyn i orwedd yn nhawelwch y fynwent fechan wrth ochr y capel.

* * *

Treuliodd Alun ddeuddydd pryderus rhwng y ddau angladd. Poenai ynglŷn â beth i'w ddweud yn ei bregeth angladdol i Owen. Gwyddai y byddai'r capel yn orlawn, a llawer wedi dod nid yn unig i ddatgan eu cydymdeimlad â'r teuluoedd ond o chwilfrydedd hefyd.

'Bron na faswn i'n peidio â phregethu, Sara,' meddai.

'Na, paid â gneud hynny,' cynghorodd hithau. 'Mi fasa hynny'n tynnu mwy o sylw, 'nenwedig wedi iti bregethu yn angladd Lewsyn. Mi allen nhw amau hefyd dy fod ti'n cymryd y llwybr rhwydd ac yn osgoi dy gyfrifoldeb.'

'Ti sy'n iawn, debyg. Fel arfer,' cytunodd yn gyndyn a throdd i ailgydio yn y dasg.

Pnawn yr angladd gorweddai'r cwm o dan gwrlid o gymylau isel a gwnâi'r glaw mân i bobman edrych yn wlyb a digysur. Erbyn amser yr angladd roedd y ffordd tua'r capel yn ddu gan bobl a sŵn traed y galarwyr i'w clywed yn curo'n drwm fel cnul.

Wrth edrych ar y gynulleidfa drist a arhosai i'r ddau deulu gyrraedd ni allodd Alun beidio â chofio am y tro diwethaf iddo weld y capel mor llawn, sef ar ddydd ei sefydlu'n fugail yr ofalaeth, pan oedd yr awyrgylch mor wahanol a'i obeithion yntau mor uchel a hapus.

Cododd y gynulleidfa i dderbyn y teuluoedd. Gwyliodd y gweinidog Menna'n cerdded yn drist ym mraich ei thad. Fe'i gwelodd yn edrych i lawr ar yr arch a ddaliai gorff ei gŵr ifanc fu mor llawn bywyd, a dyfnhaodd y tristwch oedd yn ei galon.

97

Derbyniodd gyngor Sara ynglŷn â'i bregeth, a cheisiodd wau i mewn i'w neges le maddeuant a goddefgarwch fel sail i ailadeiladu bywyd ac i wynebu'r dyfodol, ond wrth ei thraddodi ni allai beidio ag amau tybed a oedd unrhyw aelod o'r ddau deulu mewn cyflwr meddwl i dderbyn yr hyn y ceisiai'i ddweud?

Pedwar o ffrindiau Owen ynghyd â'i frodyr William ac Edward a Huw Geulan Goch a weithredodd fel cludwyr i ddwyn yr arch at lan y bedd. Wedi canu emyn a chyhoeddi'r fendith troes Menna a'i theulu tua'r festri o dan y capel lle'r oedd chwiorydd yr eglwys wedi paratoi te i bawb. Ond troi o'r fynwent tua'r Onnen a wnaeth Tomos Ellis a'i deulu.

8

Ymhen rhai wythnosau cynhaliwyd cwest ar y ddau a laddwyd. Roedd neuadd ysgol y cwm yn orlawn pan agorodd y crwner—Cymro o'r enw Humphrey Watkins, cyfreithiwr o Lanfyllin—y gweithrediadau. Yn Saesneg y cynhaliwyd yr ymchwiliad, ond rhoddwyd cyfle i ambell un megis Herbie gyflwyno'i dystiolaeth yn ei iaith ei hun. Agorwyd y cwest â'r geiriau: '*We are here to enquire into the circumstances which led to the deaths of Mr Owen Ellis of Onnen Farm, Cwm Gwernol and Mr Lewis Vaughan, residing at Geulan Goch Farm in the same parish.*' A dyna oedd y tro cyntaf i lawer oedd yno glywed cyfeirio at Lewsyn mewn modd mor barchus.

Galwyd ar Herbie i roi ei dystiolaeth. Parodd yr achlysur iddo gecian lawn mwy nag arfer gan beri i rai gilwenu a sisial, ond buan iawn y rhoes y crwner derfyn ar hynny.

Huws yr heddwas a'i dilynodd gan gyflwyno'i dystiolaeth yn eglur a chadarn, fel y gellid disgwyl. Yna, caed adroddiad y patholegydd o Aberystwyth yn dilyn ei drengholiad ar y cyrff. Ychwanegodd fod tystiolaeth i'r ddau fod yn yfed diod feddwol, ond nad oedd unrhyw arwydd iddynt fod yn ymladd â'i gilydd.

Wedi i dafarnwr y Tarw Du dystio i'r ddau fod yno noson y ddamwain ac iddynt adael y dafarn o dan ddylanwad y ddiod, galwyd ar arbenigwr o du'r heddlu i gyflwyno canlyniad yr ymchwil a wnaed ar safle'r ddamwain. Eglurodd hwnnw fod arwyddion y gallai'r ferlen fod wedi rhusio gyda'r canlyniad fod Owen wedi methu llywio'r gert yn briodol ac i un both-olwyn daro yn erbyn carreg ar gornel y bont gan achosi i'r gert droi drosodd a thaflu'r ferlen nes ei bod hi a'r gert yn sglefrio ymlaen. Yn anffodus i Lewsyn, roedd yntau'n sefyll yn yr union fan ac fe'i trawyd gan un o siafftiau'r gert a'i ladd ar unwaith. Ar yr un pryd taflwyd Owen dros wal y bont i'r geulan islaw a lladdwyd yntau hefyd.

Yna galwyd ar Ifan Dafis i roi tystiolaeth. Gofynnwyd iddo ddisgrifio'n fanwl yr hyn oedd wedi digwydd noson y ddamwain. Gwrandawyd arno mewn distawrwydd llwyr. Roedd ei eiriau'n fêl ar dafodau llawer oedd yno ac yn ddiamau byddent yn destun trafod ar lawer aelwyd yn y cwm y noson honno.

Wedi pwyso a mesur yr holl dystiolaeth yn fanwl, cyhoeddodd y crwner reithfarn o farwolaeth drwy ddamwain, gan gyflwyno'i gydymdeimlad â theuluoedd y rhai a laddwyd.

Parhaodd y trafod a'r dadlau ynglŷn â'r digwyddiad trist am amser, a rhai'n beio Menna ac eraill yn beio Owen. Eithr chwerwi fwyfwy a wnaeth Tomos Ellis, gan edliw fod Ifan Dafis a Menna wedi gyrru'i fab i'w farwolaeth y noson honno.

Cilio'n araf a wnaeth Jane Ellis wedi colli Owen, ac ofer fu holl ymdrechion y doctor i'w hadfer. Roedd fel pe bai pob awydd am fyw wedi darfod ac nid oedd yn syndod i Alun pan dderbyniodd alwad i'r Onnen un min nos. Roedd Jane Ellis yn darfod. Olwen a'i hebryngodd i'r llofft. Eisteddai William ac Edward o bobtu'r gwely a'u gwedd yn drist; roedd hi'n amlwg fod y diwedd yn agosáu. Un peth a weddai i'r achlysur a phenliniodd Alun wrth ei gwely i ddweud gair o weddi. Cododd yn y man a gofyn i William, 'Ble mae'ch tad?'

'I lawr yn y parlwr bach, Mr Morris. Mi aeth aros yma i wylio yn drech nag ef. Ewch ato, mi fydd yn falch o'ch cwmni.'

Yn ei gwman o flaen y tân yr oedd Tomos Ellis. 'Mae hi wedi dŵad yn awr arw arnoch chi, Tomos Ellis,' meddai Alun gan eistedd gyferbyn ag ef. 'Mae'n dda'ch bod chi'n gwybod o ble y daw eich cymorth.'

'Dydw i ddim yn siŵr o hynny bellach, Mr Morris,' meddai, â'i lais yn floesg gan deimlad. 'Dydw i ddim yn gwybod be dw i wedi'i neud i golli Owen fel gwnes i, a rŵan colli Jane. Be wnes i?' A thorrodd i lawr yn llwyr.

Edrychodd Alun arno a thristwch lond ei galon. Pe baet ti ond wedi ildio peth cyn hyn a phlygu ychydig er mwyn eraill, fe fyddai dy deulu'n gyfan heno, meddyliodd, ond gwyddai nad dyma'r amser na'r lle i fynegi'r hyn a deimlai. Cysur ac nid cerydd oedd ei angen.

'Mae 'na rai dirgelion sy'n rhy ddyrys i ni 'u datrys. Y cyfan allwn ni 'i neud ydi gweddïo am nerth i'n cynnal a pheidio â chwerwi o dan bwysa'r baich.'

Syllodd yr hen ŵr yn hir i'r fflamau cyn ateb. 'Dichon

hynny, Mr Morris, ond mae rhai pethe nad oes modd 'u hanghofio. Maen nhw'n aros yn graith ar y galon.'

'Menna, Tomos Ellis?'

'Ie, gwaetha'r modd. Mae colli'r ddau oedd agosa at 'y nghalon yn codi o'r hyn a wnaeth hi. Mae o'n faich rhy drwm i'w symud ar hyn o bryd.'

'Tomos Ellis,' meddai Alun, 'rwy'n erfyn arnoch chi, er maint eich colled—a Duw a ŵyr mae o'n fawr—peidiwch ag ildio i chwerwder. Esgor ar fwy o boen a gofid a wna hynny.'

'Haws deud na gneud, Mr Morris. Falle na ddylwn i gyfeirio at drefniade claddu a Jane druan heb 'y ngadael i eto, ond fe wyddon ni'n dau nad oes modd osgoi'r gwaith. Dw i am ichi ddeall mai angladd i ni fel teulu a fynna i, ac o'r tŷ i'r fynwent. A fynna i i neb o deulu Geulan Goch fod yn yr angladd.'

Ac felly'n union y bu. Rhoddwyd Jane Ellis i orffwys ym mynwent Bethesda a hynny cyn bod y pridd ar fedd ei mab wedi cael amser i setlo.

*   *   *

Roedd yr holl bwysau a fu ar Alun ers amser, ynghyd â'i fethiant i gymodi'r ddau deulu, wedi sugno llawer o'i nerth a'r nos Sul yn dilyn angladd Jane Ellis yr Onnen, troes o'r oedfa yn isel iawn ei ysbryd. Yn hytrach nag ymuno gyda Sara a'r plant i swper yn ôl ei arfer, trodd i'w stydi a chau'r drws arno.

'Mam! Be sy'n bod ar Dad?' gofynnodd Anwen. 'Ydi o'n sâl?'

'Na, wedi blino mae o. Mae o wedi cael amser prysur

iawn rhwng popeth. Dechreua di ac Eurwyn fwyta, fe a' inna i'w weld o rŵan.'

Eisteddai Alun o flaen tân marw a chetyn gwag yn ei law. Adnabu Sara'r arwyddion o brofiad a gwyddai nad cydymdeimlad oedd ei angen arno. 'Mi gynhesi'n fuan o flaen tân oer,' meddai. Nid atebodd mohoni. 'Am glwydo fan hyn yn anwesu dy ofidia wyt ti felly? Tyrd yn ôl i'r gegin. Mae'r plant yn holi amdanat ti.'

'Does gen i ddim awydd bwyd.'

'A faint o les wnaiff eistedd yn fan'na heb fwyd a gwres? Dydi poeni am betha'n gneud dim lles i neb.'

'Fedri di na neb arall wadu nad oes gen i ddigon o achos poeni. Fe welaist ti'r gynulleidfa heno? Mae hi'n mynd yn llai ac yn llai bob Sul oddi ar i'r helyntion 'ma ddechrau.'

'Ac arnat ti mae'r bai am hynny, debyg? Dwyt ti damed gwell o gynghori eraill i beidio â chwerwi os wyt ti'n mynd i chwerwi dy hunan.'

'Mae'r eglwys yn cael 'i rhannu, Sara, a dw inna'n methu yn 'y ngwaith os na alla i 'i chadw wrth 'i gilydd.'

'Alun bach! Fedri di ddim disgwyl i'r hyn sy 'di digwydd beidio â chael rhywfaint o effaith ar yr aeloda. Meidrol ydyn nhw. Be sy raid i ti 'i gofio ydi faint rwyt ti wedi'i neud drostyn nhw yn ystod y blynyddoedd.'

'Wel, mae ganddyn nhw ffordd ryfedd iawn o gydnabod hynny beth bynnag!'

'Nid gweld bai arnat ti maen nhw, Alun. Ti sy'n meddwl hynny ac yn poeni heb achos.'

'Y fi ydi'u bugail nhw, Sara, ac mae ganddyn nhw hawl i ddisgwyl wrtha i. Nhw sy'n ein cadw ni.'

'Mi wn i hynny cystal â thitha,' atebodd hithau. 'Ond cofia ditha hyn, nid uwchben aelwydydd dy aeloda'n unig y mae'r cymyla wedi bod yn hofran.'

'Be wyt ti'n feddwl?'

'Be amdanon ni yma? Mae'r plant a minna wedi gorfod byw nos a dydd o dan gwmwl trafferthion yr Onnen a'r Geulan Goch! Wyt ti'n meddwl nad ydi Anwen wedi sylwi a holi? Mae hi'n poeni y bydd Edward a Huw yn cweryla ac y bydd hynny'n difetha'r cyfeillgarwch sy rhwng y tri ohonyn nhw. A beth am gyfeillgarwch Menna a minna? A dyma ti fan hyn yn rhifo dy ofidia dy hun!'

'Ond Sara annwyl, tŷ gweinidog ydi hwn. Allwn ni ddim osgoi trafferthion yr aeloda.'

'Mi wn i hynny'n iawn. Nid cwyno ydw i. Ond feddyliaist ti am funud y gallen ninna fod angen dy gymorth di? Pryd dreuliaist ti ddiwrnod cyfan efo ni fel teulu ddwetha? Fedri di gofio?'

Edrychodd arni'n syn, yn union fel pe bai hi wedi rhoi celpan annisgwyl iddo ar draws ei wyneb. 'Sara,' meddai'n floesg, 'feddyliais i 'rioed y cawn i gerydd fel'na gen ti, o bawb. Y peth ola yn y byd fynnwn i 'i neud fydda gneud cam â thi a'r plant. Ond os na cha i gydymdeimlad gen ti, gan bwy y ca i o?'

Roedd y boen yn ei lygaid yn ei chlwyfo i'r byw. Ofnodd ei bod wedi dweud gormod yn ei phryder drosto. 'Alun, 'nghariad annwyl i, nid dy feio di o'n i. Poeni drostat ti ydw i. Be ddôi ohonon ni fel teulu pe digwyddai rhywbeth i ti? Mi gei di dy lethu wrth geisio cario croes pawb. Daw haul ar fryn eto, gei di weld. Tyrd i nôl tamed o swper rŵan.'

Estynnodd am ei bwrs baco a dechrau llenwi'i getyn. Rhoes hithau ochenaid dawel o ryddhad. Roedd camfa arall wedi'i chroesi. 'Gad dy getyn nes byddi di wedi cael swper,' meddai.

Yn ei gwely'n ddiweddarach poenai Sara ei bod wedi bod yn rhy galed ar Alun ac ofnai y gallai'r iselder a ddeuai i'w boeni ar dro ei drechu ac iddo dorri'i galon. Cysgai'n anesmwyth wrth ei hochr, ac ni synnodd pan ddechreuodd siarad yn ei gwsg yn y man.

Yn sydyn, taflodd ddillad y gwely oddi amdano a dechrau codi. 'Rhaid imi fynd,' meddai, 'mae'r hogia'n galw!'

Cydiodd Sara'n dynn ynddo a'i dynnu'n ôl i'r gwely. 'Alun!' meddai. 'Does neb yn galw arnat ti rŵan.'

Llaciodd tyndra'r hunllef yn araf a dihunodd Alun yn chwys diferol. Daliodd Sara ef yn ei breichiau am beth amser. 'Dyna ti, cer i gysgu rŵan,' meddai'n dawel.

Ufuddhaodd yntau a chysgodd yn esmwyth.

*   *   *

Troes yr wythnosau'n fisoedd ac yn flynyddoedd heb fod unrhyw arwydd am gymod rhwng y ddau deulu, a gorfu i Alun dderbyn y sefyllfa a cheisio byw gyda hi. O degwch â Menna, mynnai fod Hywel yn mynd i aros yn yr Onnen o bryd i'w gilydd er mwyn ei gadw mewn cysylltiad â'i daid a'r teulu yno. Roeddynt wrth eu bodd yn cael ei gwmni a'r bachgen wrth ei fodd yn cael troi o gylch y fferm gyda'i daid a'i ewyrth.

Roedd Tomos Ellis a William wedi ymroi i'r dasg o wella'r fuches a'i chynyddu, gyda'r canlyniad iddi gael ei chydnabod fel un o'r goreuon yn y sir. Uchelgais Tomos Ellis oedd magu tarw a ddeuai ryw ddydd yn bencampwr Sioe Fawr Amaethyddol Cymru, a chael ei arwain o gylch y maes yn yr orymdaith fawr.

Roedd Edward a Huw wedi cwblhau'u tymor yn ysgol Tywyn ac Edward yn dilyn cwrs mewn milfeddygaeth.

Mynnu mynd adref i ffermio Geulan Goch gyda'i dad a wnaeth Huw. Collai Anwen gwmni'r ddau yn arw wedi iddyn nhw ymadael â'r ysgol ac edrychai ymlaen at gael bwrw'r Sul yn eu cwmni. Bwriadai hi fynd i ysbyty Amwythig i'w chymhwyso'i hun i fod yn nyrs.

Roedd Sara wedi llwyddo i berswadio Alun i gyfnewid ei feic am feic-modur, un o hen rai'r fyddin. Roedd wedi arfer gyrru un tebyg pan oedd yn gaplan. Rhedai'r gwartheg a'r defaid fel pe bai cŵn y fall yn eu herlid wrth glywed sŵn y beic-modur yn diasbedain dros y lle, ond daethant i arfer, fel y daeth trigolion y cylch i arfer gweld eu gweinidog yn gyrru i fyny ac i lawr rhiwiau'r cwm. Weithiau byddai Sara neu Eurwyn gydag ef, ac ambell dro byddai'n cludo llwyth o goed neu sachaid o datws a gawsai pan oedd ar ymweliad ag ambell aelwyd.

Roedd bywyd yn fwy hamddenol nag a fu, a châi Alun gyfle i ymlacio ar lan yr afon gyda'i enwair. Âi ag Eurwyn gydag ef weithiau i ddysgu iddo'r grefft o osod pluen i ddenu'r brithyll, a threuliai'r ddau oriau wrth y Pwll Du, lle'r oedd yr afon yn culhau rhwng y creigiau a phwll wedi crynhoi o dan gysgod craig enfawr a fwriai ei chysgod dros y fan.

Daeth newid economaidd i fwrw cysgod mwy dros y wlad gyfan, ac am y tro cyntaf oddi ar y Rhyfel Byd dechreuodd y ffermwyr deimlo gwasgfa gan fod miloedd ar filoedd o ddynion yn cael eu taflu ar y clwt ac arian yn mynd yn brin ym mhocedi teuluoedd. Roedd yr effaith i'w deimlo yng Nghwm Gwernol. Aeth bwyd anifeiliaid yn ddrud a gostwng wnaeth pris y farchnad gan fod llai o ofyn am y da. Gorfu i sawl ffermwr roi heibio'r arferiad o gadw gwas neu forwyn am na allent fforddio talu iddynt. A bu raid i ambell berchennog droi'n was.

Yn ystod y dyddiau anodd hyn ymwelai Alun yn gyson â'i aelodau, gan geisio cyflwyno rhyw ychydig o gysur. Wrth fynd o aelwyd i aelwyd, daeth yn ymwybodol fod rhyw haen o chwerwder yn dechrau ei amlygu'i hun, a chlywyd mwy a mwy o sôn am ryw Hitler yn yr Almaen oedd yn arwain ei bobl i fywyd gwell.

Parodd y dirwasgiad enbyd gryn bryder iddo gan y teimlai ei bod hi'n annheg fod yr aelodau yn gorfod ei gynnal ef o'u harian prin. Roedd Anwen ac Eurwyn yn tyfu a'r gofynion ariannol yn cynyddu, ond ni fedrai yn ei fyw â gofyn i'w swyddogion ystyried rhoi codiad cyflog iddo. Sara oedd yn gorfod ymdrechu i ddwyn dau ben llinyn ynghyd a'i gynnal yntau yn ei bryderon.

*   *   *

Daeth·cwmwl arall dros y cwm pan glywyd si fod chwarel Gwernol i gael ei chau. Golygai hyn y byddai oddeutu ugain o chwarelwyr lleol yn colli'u gwaith a heb lygedyn o obaith am waith arall yn yr ardal. Cyn gynted ag y clywodd Alun y si aeth ar ei union i Glan'rafon i holi Daniel Lloyd. Roedd yr hen frawd ar eistedd i lawr i fwyta'i swper chwarel.

'Mr Morris,' meddai, â gwên groesawgar, 'mi ddaethoch i'r dim. Mi gewch rannu tamed efo mi. Mae 'ma ddigon i ddau, a chaiff y moch fawr o golled!'

'Mae 'ma ogla da, Daniel Lloyd, ac rwy'n cael 'y nhemtio i dderbyn eich gwahoddiad, ond dwn i ddim beth ddwedith Sara!'

'Na hidiwch. Dowch, 'steddwch.'

Wrth fwynhau'r pryd blasus a osodwyd o'i flaen dywedodd Alun: 'Wyddoch chi be, Daniel, mae cael

106

swper chwarel fel hwn yn f'atgoffa o'r adeg pan o'n i'n hogyn gartra, ac yn mynd i gwrdd â 'Nhad ar 'i ffordd adra o chwarel yr Eifl, a chael cario'i dun bwyd. Yn ddieithriad bron, mi fydda wedi cadw rhyw damed o rywbeth ar ôl i mi. Yna, y swper chwarel. Pryd i'w gofio am byth! Daniel, ydi o'n wir fod dyddia'r swper ar ben yng Nghwm Gwernol?'

'Rwy'n ofni'i fod o, Mr Morris. Mae'r dirwasgiad wedi deud yn enbyd ar y fasnach lechi. Maen nhw'n pentyrru i fyny 'na, a neb yn gofyn i be maen nhw'n dda.'

'Ergyd go arw i lawer o'n teuluoedd felly,' meddai Alun. 'I ble'r ân nhw i chwilio am waith?'

'Ia. 'Nenwedig y to ifanc sy â theuluoedd i'w magu. Dydi hi ddim cynddrwg ar rai fel fi sy'n tynnu tua'u pensiwn. Bydd llawer yn gorfod cefnu ar y cwm i fynd i Loegr i chwilio am waith, mi gewch chi weld.'

'Bydd, debyg. Ac os collwn ni nhw, mi gollwn 'u teuluoedd yn y man, a dyna chi daro ardal ac eglwys. Ewch chi ddim odd'ma gobeithio, Daniel?'

'Nid ar fy union falle, Mr Morris. Ond mae Nansi'n chwaer—sy'n wraig weddw, fel y gwyddoch chi—yn byw yng Nghaernarfon ac yn daer am i mi fynd ati hi i fyw. Mi fydde hi'n falch o 'nghwmni i. A deud y gwir, mae'r doctor hefyd wedi awgrymu y gwnâi gwynt y môr les i'r hen fegin 'ma, wedi'r holl flynyddoedd yn llwch y chwarel.'

Troi tuag adref yn isel ei ysbryd a wnaeth Alun wedi gorffen y pryd. Methai gael cysur yn y man yr arferai ei gael. A phan glywodd Sara'r newydd a'r posibilrwydd o golli cwmni'r hen frawd, doedd hithau fawr gwell.

*   *   *

Ac eithrio'r ffaith fod nifer o ddynion bellach yn rhyw stelcian o gwmpas y lle gydag amser i'w dreulio a dim byd i'w wneud, nac unman i fynd iddo, aeth bywyd y pentref yn ei flaen yn weddol ddigyfnewid am sbel wedi i'r chwarel gau.

Daeth y newid yn amlwg pan ymadawodd dau o'r tadau ifanc wedi iddynt gael addewid am waith mewn lle o'r enw Slough. Er mai dau yn unig aeth, gwnaed bwlch yn yr argae a fu'n gwarchod y gymdeithas am genedlaethau. Fe'u dilynwyd gan eraill yn y man, a chyn bo hir roedd nifer o deuluoedd yn paratoi i symud o'r ardal ac ymuno â'u gwŷr ym mherfeddion Lloegr. Roedd tai gwag ar stryd y pentref am y tro cyntaf oddi ar i Alun ddod i'r ardal dros bymtheng mlynedd ynghynt, a'u ffenestri gwag fel llygaid llwm yn syllu arno fel yr âi heibio.

Gorfu iddo ef, fel eraill, ddioddef y newid oedd yn digwydd a cheisio addasu iddo, ond ni fedrai wadu nad oedd yr effaith a gawsai ar y cylch ac ar ei ofalaeth yn peri cryn ofid iddo. Ffrydiodd y cyfan i'r wyneb un bore pan oedd wedi bod yn ei stydi yn ceisio paratoi ar gyfer y Sul. Ni ddeuai unrhyw ysbrydoliaeth. O'r diwedd, cydiodd yn y tudalennau yr oedd wedi bod yn ceisio ysgrifennu'r bregeth arnynt a'u rhwygo'n ddarnau cyn eu taflu i'r tân a'u gwylio'n llosgi'n llwch a diflannu fel roedd ei obeithion yntau am y dyfodol yn ei wneud.

Aeth i'r gegin at Sara. 'Dw i am roi'r gora iddi.'

'O!' meddai hithau. Gwyddai fod y sefyllfa'n sugno'i ysbryd ers tro. 'Rhoi'r gora i be felly?'

'Y weinidogaeth siŵr iawn. Be arall?'

'Pam?'

'Mi wyddost ti pam cystal â minna. Sut mae disgwyl i'r bobol 'ma'n cynnal ni a'u harian mor brin? Mae o'n codi cwilydd arna i dderbyn 'u harian gan wybod mor anodd ydi hi arnyn nhw. Dw i'n mynd i chwilio am swydd fel athro neu rywbeth.'

'Does gen ti mo'r cymwystera i ddysgu, a 'tai hi'n mynd i hynny, maen nhw'n tocio cyfloga athrawon bellach, 'nôl fel dw i'n dallt. Gorfod arbed arian a chyflogi llai.'

'Mae'n siŵr fod 'na rywbeth y gallwn i 'i neud—hyd yn oed tasa raid imi fynd yn ôl i'r fyddin!'

''Dei di ddim yn ôl yn dy oed di, reit siŵr, Alun. Ond yn ôl yr hyn sy'n digwydd yn yr Almaen, mae'n ymddangos y bydd rhaid i eraill fynd, gwaetha'r modd.'

'Wyt ti'n gweld bai arna i?'

'Nac ydw. Ond cymer bwyll. Rydw i'n troi lawn mwy na thi ymysg gwragedd yr eglwys, ac mae gen i syniad pur dda sut mae hi arnyn nhw, fel mae hi arnon ninna. Does gan neb arian i'w daflu i ffwrdd. Ond mae 'na rywbeth mwy na hynny yn y fantol.'

'Beth felly?'

'Mae gen i syniad go dda cymaint mae'r aeloda'n gwerthfawrogi'r hyn rwyt ti'n geisio'i neud i'w helpu, a be fasa'r effaith tasat ti'n cefnu arnyn nhw ar yr union adeg y mae arnyn nhw eisio dy gefnogaeth di. Paid â chymharu'r 'chydig arian maen nhw'n 'i gyfrannu i'n cadw ni â'r cysur rwyt ti'n gallu'i roi iddyn nhw.'

'Wyddost ti be, Sara? Mi wnaet ti well gweinidog na fi. Dwn i ddim be wnawn i hebddot ti.'

'Paid â siarad lol, Alun bach! Gwranda! Pam na ei di i lawr at yr afon? Falle y cei di frithyll neu ddau at ginio fory.'

9

Er nad oedd yr amgylchiadau yn Ewrop yn darogan yn rhy dda am y dyfodol, daeth arwyddion fod pethau'n gwella yn nes adref a'r dirwasgiad yn cilio. Wedi bod i lawr yn y pentref un pnawn dychwelodd Alun adre'n llawn hwyl. 'Wyddost ti be, Sara,' meddai, 'mi welais i'r olygfa ryfedda pnawn 'ma.'

'O! Be felly?'

'Anferth o lorri fawr yn cludo tractor newydd sbon danlli ac yn aros y tu allan i'r Tarw Du i holi ble'r oedd Geulan Goch. Roedd y stryd yn ferw a phawb yn tyrru i weld a dyma Huws yn cerdded yn awdurdodol i'w canol nhw a thawelu pawb. Yn y diwedd mi benderfynodd 'u harwain at bont Gwernol. A dyna iti olygfa—Huws yn cerdded o flaen y lorri i lawr y rhiw, yn union fel bydd o pan fydd o'n blaenori'r ceffyla a'r hers ar ddiwrnod angladd, a'r criw yn 'u dilyn! Roedd hi'n olygfa werth 'i gweld!'

'Oedd, dw i'n siŵr. Tractor newydd! Dyna beth diarth i'r cwm.'

'Ia, a diolch am 'i weld o. Roedd fel gwennol gynta'r ha!'

Ac felly y bu am fisoedd nes i'r hydref ddod i gymylu pethau braidd i deulu'r mans.

Palu'r ardd roedd Alun, ac wrthi'n clirio peth o dyfiant yr haf cyn i'r gaeaf ddod, pan glywodd Sara'n galw arno i ddod i'r tŷ. Roedd yn falch o gael hoe fach o'r llafur caled. Tynnodd ei esgidiau garddio cyn mentro i'r gegin fyw. O flaen bwrdd y gegin, oedd yn llawn cynnyrch gardd o bob math, safai Daniel Glan'rafon.

'Daniel! Be ar y ddaear ydi peth fel hyn?' gofynnodd Alun.

'Wel, Mr Morris, mae'n debyg 'mod i wedi bod wrth yr un gorchwyl â chithe, a rhyw feddwl ro'n i y galle teulu'r mans fy helpu i gael gwared â pheth ohono.'

Er ei ymgais i ymddangos yn siriol, amheuai Alun fod mwy o reswm y tu ôl i'r ymweliad na chludo llysiau gardd. 'Dydach chi ddim yn hwylio i'n gadael, Daniel?' holodd yn bryderus.

Ciliodd y wên arferol o wyneb yr hen frawd. 'A deud y gwir wrthoch chi,' meddai, 'rwy'n ofni 'mod i. Dw i wedi ildio i Nansi'n chwaer o'r diwedd ac am fynd ati cyn daw'r gaea.'

Bu eiliadau o dawelwch cyn i Sara ymateb yn drist, 'O, na! Be nawn ni hebddoch chi?'

'A dyma'r dydd dw i wedi'i ofni wedi dod,' oedd y cyfan a ddywedodd Alun.

Cyn i dristwch y newydd gau amdanynt yn llwyr, camodd Sara i'r bwlch. ''Steddwch Yncl Daniel,' meddai. 'Mi gawn ni baned i godi'n c'lonna. Hynny ydi os galla i ffeindio lle i osod cwpana yng nghanol yr holl gynnyrch 'ma! O leia mi fydd gynnon ni esgus da am drip bach i Gaernarfon!'

Uwchben y baned eglurodd yr hen chwarelwr fod Huws, yr heddwas, wedi prynu'r tyddyn a'r ardd ar gyfer ei ymddeoliad, ond na fynnai brynu'r caeau.

'Be wnewch chi â nhw felly?' gofynnodd Alun, gan ddisgwyl ei glywed yn dweud iddo'u gwerthu i ŵr yr Onnen.

Oedodd yntau beth cyn dweud, 'Wel, a deud y gwir wrthoch chi, rydw i wedi'u gwerthu nhw i Ifan Dafis,

Geulan Goch. Roedd arno angen tir i ddod â'r defaid i lawr o'r llethre ar dywydd garw.'

Daliodd Alun lygaid Sara'n ei rybuddio i fod yn ofalus a'r cyfan a ddywedodd oedd, 'Wel, mae'n siŵr y byddan nhw'n werthfawr iawn iddo fo. Pryd ydach chi'n bwriadu symud?'

'Rwy'n disgwyl y bydda i wedi gorffen y trefniade i gyd erbyn diwedd y mis. Diolch ichi am y baned. Cystal imi'i throi hi rŵan, mae gen i dipyn i' neud.'

Prin roedd y drws wedi cau ar ei ôl nag y gofynnodd Alun, 'A be wyt ti'n feddwl o beth fel'na? 'Ddyliais i 'rioed yn fy nydd y gwnâi Daniel, o bawb, beth mor ffôl. Dyna iti beth yw gollwng cadno ymysg yr ieir. Mi fydd Tomos Ellis yn gandryll o'i go. A deud y gwir, wela i ddim bai arno fo 'chwaith.'

'Falle fod Daniel wedi siarad efo Tomos Ellis, Alun. Os na wnaeth o, rhaid cyfadde iddo neud peth rhyfedd iawn, yn enwedig o gofio fel y mae hi rhwng y ddau deulu. Does ond gobeithio na wnaiff Tomos Ellis ddim taflu'i gylcha.'

'Does dim sy sicrach iti. Ac mi fydd yn ddigon i droi'r bwlch sy rhyngddynt yn ddibyn.'

'Fedrwn ni neud dim ond gobeithio'r gora.'

* * *

Ymhen tair wythnos, ar nos Sul olaf Daniel Lloyd ym Methesda, y torrodd y storm. Yn y seiat ar derfyn y bregeth cododd Alun i ffarwelio â'r hen frawd, gan ganmol ei ffyddlondeb a'i deyrngarwch i'w weinidog a dymuno'n dda iddo yng Nghaernarfon. Yna, trodd at y ddau ben diacon a gofyn, 'Oes gynnoch chi air, frodyr?'

Bu ysbaid o dawelwch anniddig tra disgwyliai pawb i

112

Tomos Ellis godi. Ond glynu wrth ei gadair a wnaeth. Torrodd sisial allan yn y gynulleidfa a chlywyd ambell un yn peswch. Amneidiodd Alun arnynt, ac er ei fawr ryddhad, cododd Ifan Dafis i ddweud gair destlus, yn unol â'i arfer. Wedi iddo eistedd bu ysbaid arall o dawelwch anniddig a mwy o sisial.

'Tomos Ellis,' meddai Alun o'r diwedd, 'be amdanoch chi?'

Ymhen hir a hwyr, safodd Tomos Ellis i wynebu'r gynulleidfa, gan edrych fel petai pwysau'r byd ar ei ysgwyddau. 'Cynhelir cyfarfod o'r diaconiaid a'r swydd-ogion yn y festri wedi i'r gweinidog gyflwyno emyn i derfynu'r oedfa a chyhoeddi'r fendith,' meddai. Ac eis-teddodd i lawr.

Roedd y tawelwch a ddilynodd yn union fel yr un a geir ambell waith cyn i storm enbyd dorri. Doedd gan Alun ddim dewis ond cyhoeddi'r emyn, ond ni fu gwefr na graen ar ei ganu.

Wedi iddynt ymgynnull yn y festri, gofynnodd i Tomos Ellis, 'Siŵr gen i fod gynnoch chi reswm digonol dros alw'r cyfarfod 'ma mor ddirybudd?'

Cododd y pen diacon yn araf. Â chryndod yn ei lais ac yn amlwg o dan deimlad, dywedodd: 'Daw adeg pan mae gorfodaeth ar i ddyn sefyll ar fater o egwyddor. Dyna'n hanes ni 'rioed fel Annibynwyr.' Roedd y lle mor dawel â'r bedd a phob llygad wedi'i hoelio ar yr hen frawd. 'Mae'n ddyletswydd arna i ddwyn cyhuddiad difrifol yn erbyn dau o'm cyd-ddiaconiaid.'

Cododd Alun i geisio atal yr anochel, eithr yn ofer. Mynnodd Tomos Ellis ddal ati.

'Na, Mr Morris,' meddai, 'rhaid i mi gael dweud beth sydd yn 'y nghalon. Mae dau o'm brodyr yn euog o fradychu cyfeillgarwch oes a theyrngarwch i gyd-swyddog. Gweithio'n wrthgefn . . .'

'Tomos,' meddai Rhys Morgan ar ei draws, 'gad hi'n fan'na. Mae mwy na digon wedi'i ddeud eisoes. Cofia'r Achos.'

Ond roedd y pen diacon wedi mynd yn rhy bell i dynnu'n ôl. 'Na,' mynnodd. 'Rhaid dod â'r drwg i'r wyneb neu fe wenwyna'r eglwys. Bu Daniel a minne'n gymdogion am dros ddeugain mlynedd, ac yn gyfeillion hefyd, neu felly y tybiais i, heb sôn am fod yn gyd-ddiaconiaid. Mi wyddai ers blynyddoedd yr hoffwn i brynu'r ddau gae 'na er mwyn hwyluso'r ffordd i'r da fynd at yr afon. Mi dybiais yn fy niniweidrwydd mai fi a gâi'r cynnig cynta pan fydde fo'n 'u gwerthu nhw. Be ddigwyddodd? Fe'u gwerthodd yn wrthgefn i un o'm cyd-ddiaconiaid, Ifan Dafis. Beth yw hyn'na ond brad ac anghyfiawnder?'

Ymyrrodd Alun eilwaith mewn ymgais i dawelu'r storm. 'Fe allwn i dybio mai mater byd a bywyd amaethyddol ydi gwerthu a phrynu tir, ac nid rhywbeth i'w drafod mewn cwrdd diaconiaid, Tomos Ellis,' meddai.

'Nid felly, Mr Morris,' atebodd Tomos Ellis. 'Fedrwch chi ddim gwahanu'r byd a'r eglwys ar fater o egwyddor. Neu ar be safwn ni?'

'Maddeuwch i mi am dorri ar draws, Mr Morris,' meddai Ifan Dafis, gan godi, a'i wyneb yn welw, 'ond mae Tomos wedi mynd yn rhy bell heno i ni'i gadael hi yn fan'na. Mae o wedi gadael i hen chwerwedd 'i ddallu ac wedi'm cyhuddo o weithred annheilwng. Mae gen inne hawl i'm hamddiffyn fy hun. Mi ŵyr pawb nad yw Tomos yn brin o dir ac am fy angen inne am gorlan i'r defaid lechu mewn tywydd garw. Mi fu Daniel 'ma a minne'n ffrindie ar hyd y blynyddoedd hefyd. Rhoddodd gynnig teg i mi, ac mi fanteisiais arno. Beth oedd o'i le ar hynny? Rwy'n gofyn iti, er mwyn y dyfodol, Tomos, tyn dy eirie'n ôl.'

Roedd y gweddill mor dawel â llygod ar drywydd drwg a Daniel Lloyd yn eistedd â'i wyneb cyn wynned â'r galchen.

'Mi fydd dyfroedd Gwernol wedi rhewi'n gorn cyn y gwna i hynny, Ifan,' atebodd gŵr yr Onnen yn anfaddeugar. 'Mae gweithred dan din wedi'i chyflawni, ac mi ŵyr Daniel a thithe hynny'n dda. Nid dyma'r tro cynta i deulu Geulan Goch daro 'nheulu i. Faddeua i byth iti.'

Cododd Alun yn syth. 'Cyn bod 'run gair arall yn cael 'i ddweud,' meddai'n gadarn, 'na bod chwerwi mwy ar ein perthynas â'n gilydd, rwy'n cyhoeddi fod y cyfarfod yma ar ben.'

'Am funud, os gwelwch chi'n dda, Mr Morris,' meddai Daniel Lloyd, a'i lais yn floesg gan deimlad. 'Fe'm cyhuddwyd inne gan Tomos Ellis, ac mi ddylwn gael cyfle i amddiffyn fy hun. Dydw i ddim yn bwriadu ymddiheuro am weithredu fel y gwnes i efo'r caeau oedd yn eiddo i mi. Mae 'nghydwybod i'n dawel gerbron Duw. A'm cyngor i i ti, Tomos, ydi edrych atat dy hun. Mi gei di eglurhad gen i ond nid dyma'r lle na'r adeg. Fel deudodd Ifan, mae dy chwerwedd yn dy ddallu.' Ac eisteddodd.

'Cyn imi gyhoeddi'r fendith ac inni wahanu, gyfeillion,' meddai Alun, 'mi hoffwn i wneud apêl daer. Mae'r hyn sy wedi'i ddeud yma heno, mewn cwrdd diaconiaid, i fod yn gwbwl gyfrinachol, ac er lles yr eglwys, rwy'n gobeithio mai felly y'i cedwir.' A chyhoeddodd y fendith.

Roedd Sara'n disgwyl yn bryderus amdano a phan welodd ei wedd gwyddai fod y gwaetha wedi digwydd.

'Gwerthu'r caea oedd gan Tomos Ellis?' gofynnodd, gan ei ddilyn i'r stydi.

'Ia, Sara,' atebodd yntau, 'ac mae 'na betha garw wedi'u deud. Duw yn unig a ŵyr ble mae o'n mynd i orffen. Er i mi apelio ar iddyn nhw gadw'r hyn a ddywedwyd yn y cwrdd heno'n gyfrinachol, mi wn i y bydd o'n fater trafod ar bob bwrdd brecwast bore fory. A be fydd yr effaith ar yr eglwys?'

'Allith neb dy feio di am yr helynt, Alun,' meddai hithau gan geisio'i gysuro. 'Dydi'r hyn y mae Tomos Ellis yn gallu'i neud a'i ddeud yn synnu dim arna i bellach. 'I anwybyddu o ydi'r peth gora i' neud.'

'Mae'r garreg wedi'i thaflu i'r dŵr, Sara.'

*   *   *

Roedd Daniel Lloyd wrth ddrws y mans ben bore wedyn a golwg drist iawn arno. 'Wedi galw i ymddiheuro ichi, Mr Morris,' meddai, bron cyn camu i'r tŷ. 'Ddyle peth fel'na ddim bod wedi digwydd gan beri'r fath ofid i chi, o bawb. Ac mae iddo fod wedi digwydd yn fy oedfa ola i ym Methesda wedi'r holl flynyddoedd yn rhwygo 'nghalon i,' ychwanegodd, a'r dagrau'n llifo i lawr ei ruddiau.

'Dowch i'r gegin, Daniel,' meddai Alun, gan gydio yn ei fraich. 'Doedd neb wedi dychmygu am eiliad y basa Tomos Ellis yn gneud peth fel'na. 'Steddwch. Sara, tyrd â phaned iddo.'

'Ia, ond 'dech chi'n gweld, Mr Morris, dw i'n sylweddoli bellach mai 'ngweithred i barodd i'r peth ddigwydd. Chysgais i'r un winc neithiwr, dim ond pendroni uwchben y cyfan, a rhaid imi gydnabod fod gan Tomos gŵyn deg yn

116

f'erbyn i. Ond ddyle fo ddim bod wedi gneud beth wnaeth o, a hynny yn y capel o bobman.'

'Faint bynnag o fai allai fod arnoch chi, Daniel, roedd 'i ymddygiad o'n gwbwl annheilwng, ac mi gaiff wybod hynny gen i cyn nos.'

'Na, Mr Morris, rwy'n erfyn arnoch chi, peidiwch â mynd i ffraeo ag o o'm plegid i. Gneud drwg yn waeth wna hynny. Mi fynna i air ag o. Wnaiff o fawr o wahaniaeth i mi bellach a minne'n mynd odd'ma.'

'Peidiwch â'n gadael gan anwesu gofid, Yncl Daniel,' erfyniodd Sara. 'Anghofiwch o os gallwch chi, a chofiwch am yr holl ffrindie sy gynnoch chi yma.'

'Neb anwylach i mi na chi'ch dau a'r plant,' atebodd, 'a loes i mi ydi gorfod cefnu yn sŵn storm.' Tynnodd amlen o'i boced. 'Ro'n i wedi bwriadu rhoi hon ichi neithiwr, Mr Morris,' meddai, 'ond trodd pethe'n chwithig. Wnewch chi'i derbyn hi rŵan?'

Amheuodd Alun yn syth beth oedd yn yr amlen. 'Na, Daniel,' meddai, 'does dim angen hyn'na rhyngom. Mi fu'ch cyfeillgarwch yn amhrisiadwy i mi ac inni fel teulu.'

'Mr Morris, peidiwch â'i gwrthod, rwy'n erfyn arnoch.' Roedd y dagrau'n bygwth llifo eto. 'Mae 'na nodyn ynddi'n egluro ac mi faswn . . .' Methodd ddweud mwy. Rhoes yr amlen ar y bwrdd a'u gadael cyn iddynt allu dweud na gwneud dim yn ei chylch.

'Yr hen greadur ffeind,' meddai Sara. Roedd ei llygaid hithau'n llawn dagrau.

'Be wna i â hon, Sara?' gofynnodd Alun, gan gydio yn yr amlen.

'Agor hi inni gael gweld be mae o wedi'i neud.'

Gwnaeth yntau hynny gan dynnu ohoni fwndel o

bapurau punt ynghyd â nodyn. Edrychodd y ddau ar ei gilydd.

Darllenodd Alun y nodyn yn uchel: 'Annwyl ffrindiau . . . Mi fuaswn i'n ddiolchgar iawn ichi pe baech yn derbyn y rhodd fechan hon fel amlygiad o'm diolch a'm gwerthfawrogiad. Rwy'n meddwl y byd ohonoch fel teulu. Yr hyn a hoffwn ichi ei wneud, Mr Morris, fyddai prynu car bach yn lle'r moto-beic swnllyd 'na. Fe fyddai anifeiliaid y cwm yn llawenhau! Falle y gallech chi ddod draw i'r hen dre i edrych am Nansi a minnau wedyn. Peidiwch â'm gwrthod . . . '

'O! Alun,' meddai Sara, o dan deimlad. 'Yr hen greadur annwyl! Fedri di mo'i wrthod o. Mae o wedi'i glwyfo digon heb i ni 'i siomi o eto.'

Rhifodd yntau'r punnoedd yn ofalus. 'Ond Sara fach, mae 'na ganpunt yma!' meddai. 'Sut y medrwn ni 'u derbyn? Mi a' i â nhw'n ôl iddo fo'r munud 'ma.'

'Cymer bwyll, Alun. Cofia be mae o wedi'i sgwennu ar y nodyn. Mae o'n siŵr o fod wedi rhoi'i fryd ar i ni gael car bach, ac mae o'n gwybod na allwn ni byth fforddio prynu un. A meddylia'r pleser gâi o a'i chwaer tasan ni'n galw i'w gweld nhw. Meddylia hefyd be fasa fo'n 'i olygu i ti, gael peidio â rhewi'n gorn ar gefn y moto-beic 'na.'

'Ond be ddwedith yr aeloda pan welan nhw fi mewn car newydd? Ble cafodd o'r arian?'

'Os wyt ti'n mynd i boeni am hynny, ar gefn y beic 'na fyddi di am byth! Mi fyddet ti'n ddwl bared yn gwrthod. Diolch ddylen ni am ffrind mor hael a thriw.'

Cytunodd yn y diwedd ond nid heb fynd i lawr i Glan'rafon yn syth i ddiolch.

*   *   *

118

Rhyw bythefnos wedi i Daniel Lloyd adael y cwm, galwodd Rhys Morgan, ysgrifennydd yr eglwys, yn y mans â'i wynt yn ei ddwrn, yn amlwg wedi cynhyrfu'n enbyd.

Sara agorodd y drws. 'Mrs Morris fach,' meddai, cyn iddi gael cyfle i ddweud dim, 'ydi'r gweinidog i mewn?'

'Ydi, Mr Morgan. Be sy'n bod? Mae golwg gynhyrfus iawn arnoch chi.'

'Rhaid imi gael gweld y gŵr ar unwaith. Chredwch chi byth be sy wedi digwydd.'

'Wel, dowch i mewn. Mae Alun yn y stydi yn paratoi ar gyfer yr oedfa nos fory.'

'Os bydd 'na un, wir . . . os bydd 'na un . . .'

Prin roedd hi wedi agor y drws nag y gwthiodd Rhys Morgan heibio iddi. 'Mr Morris,' meddai, 'mae 'na rywbeth ofnadwy wedi digwydd.'

''Steddwch, Rhys. Be sy'n bod?'

Eisteddodd yr ysgrifennydd ar ymyl y gadair. Tynnodd hances o'i boced a sychu'r chwys oddi ar ei dalcen. 'Choeliwch chi byth, Mr Morris bach. Choeliwch chi byth be mae'r dyn gwirion 'na wedi'i neud rŵan.'

'Pwy sy 'di gneud be, Rhys?' gofynnodd Alun, er ei fod yn amau'n syth fod a wnelo gŵr yr Onnen rywbeth â'r peth. Gwireddwyd ei amheuon.

'Tomos Ellis wedi bod yn y tŷ capel neithiwr, medde Naomi. Wedi mynnu iddi fynd efo fo i'r capel ac estyn y llestri cymun iddo fo. Ac mae o wedi mynd â nhw adre! Dw i'n gwybod mai teulu'r Onnen roddodd nhw i'r eglwys. Ond mynd â nhw odd'no! A rhyw rwdlan, medde Naomi, fod 'na rywrai nad ydyn nhw'n deilwng i'w defnyddio! Be 'den ni'n mynd i' neud? Mae'n oedfa gymun nos fory.'

119

'Dyna'r peth rhyfedda glywais i 'rioed,' meddai Alun. 'Ydach chi'n siŵr?'

'Mor siŵr â 'mod i'n eistedd fan hyn ichi. Ond be 'den ni'n mynd i neud?'

'Does dim i'w neud ond i mi fynd i lawr i'r Onnen a mynnu cael y llestri'n ôl. Mae gen i syniad pur dda be sy tu cefn i hyn. Ond mae o wedi camu'n rhy fras rŵan. Peidiwch â sôn gair wrth neb nes y do i heibio ichi yn nes ymlaen.'

'Mae'r dyn 'na'n mynd yn wirionach bob dydd, Alun,' meddai Sara wedi i Rhys Morgan fynd. 'Be fedri di'i neud?'

'Mi arhosa i i weld sut dderbyniad ga i. Ond chaiff o mo'i ffordd os galla i 'i rwystro fo rywfodd. Mi a' i i lawr yn syth.'

'Mae o'n mynd o gylch y tŷ 'ma'n union fel tase fo'n methu gwybod ble i eistedd, Mr Morris,' meddai Olwen pan y'i derbyniodd i'r tŷ. 'Mae o fel iâr ori a rhywun wedi dwyn 'i wye! Wyddoch chi be mae o wedi'i neud rŵan? Dod â'r llestri cymun o'r capel, ac nid y ni sy wedi arfer 'u glanhau nhw. Be ddwedith Naomi?'

'Mae gen i syniad pur dda be sy'n 'i boeni o, Olwen. Ble mae o rŵan?'

'Yn y parlwr bach mae o ar hyn o bryd. Dowch drwodd.'

'Dowch i mewn a 'steddwch, Mr Morris,' meddai Tomos Ellis yn swta.

Wedi iddyn nhw ryw lun o gyfarch ei gilydd ac i Olwen eu gadael, ychwanegodd, 'Os mai wedi galw ynglŷn â'r llestri cymun rydech chi, rwy'n ofni'ch bod wedi cael siwrna ofer.'

120

'Dydw i ddim wedi dod yma i ddadla â chi, Tomos Ellis. Rwy'n credu y dylen ni fedru datrys problem fel hyn fel pobol resymol. Mi wyddoch cystal â minna mai yn y capel y mae lle'r llestri, ac mi hoffwn 'u cael nhw'n ôl yno erbyn nos fory.'

'Teulu'r Onnen roddodd y llestri i'r Achos ym Methesda, Mr Morris, ac mae'n ddyletswydd arna inne 'u gwarchod a sicrhau nad ydyn nhw'n cael 'u hamharchu.'

'Yr amarch mwya y gallwch chi'i neud â nhw, Tomos Ellis, ydi rhwystro iddyn nhw gael 'u defnyddio i'r pwrpas y'u bwriadwyd. At hynny, cyfrifoldeb yr eglwys ydi'u gwarchod nhw. Mae gen i syniad pur dda pam rydach chi wedi'u symud nhw, a dydi'r rheswm hwnnw ddim yn deilwng o un o ddiaconiaid yr eglwys. Dydi'r ffaith eich bod chi a chyd-swyddog yn anghyd-weld ddim yn rhoi'r hawl i chi ymyrryd â bwrdd y cymun. Rhowch nhw'n ôl rŵan, ac mi anghofiwn ni iddyn nhw gael 'u symud o gwbwl.'

'Mae gen inne hawl i 'marn, Mr Morris, a hyd a lled 'y nghyfrifoldeb ynglŷn â'r Achos. Mi wn i fod rhai aelode o'n heglwys yn annheilwng i gymuno. Yma mae'r llestri ac yma y byddan nhw nes y gwela i'n dda i'w dychwelyd.'

'A chi piau'r hawl i benderfynu pwy sy'n deilwng neu ddim felly?' atebodd Alun, gan ymdrechu i ffrwyno'i dymer. 'Ydach chi am 'u cadw nhw yma nes y bydd pob aelod o deulu Geulan Goch wedi marw?'

'Mater i mi ydi hynny, Mr Morris.'

'O'r gora, Tomos Ellis. Rhyngoch chi a'ch cydwybod. Ond dalltwch hyn, tra bydda i'n weinidog yr ofalaeth yma, mi ofala inna nad oes 'run aelod yn mynd i weithredu fel Duw. Cadwch y llestri hyd eich bedd os mynnwch chi, ond fyddwn ni ddim heb wasanaeth cymun ym Methesda, a fydda i ddim yn disgwyl i chitha gymuno. Da boch chi.'

Pan gyrhaeddodd adref ac adrodd hanes yr ymweliad wrth Sara, fe awgrymodd hi ei fod yn cael gair ag Ifan Dafis. 'Ond er mwyn popeth paid â sôn am annheilyngdod wrtho fo!'

Cytunodd Alun fod hynny'n syniad da ac i ffwrdd ag ef ar ei feic-modur. Roedd o'n rhyw obeithio y gallai berswadio Ifan Dafis i gynnig y caeau i Tomos Ellis.

Cafodd groeso caredig yng Ngheulan Goch.

'Rwy'n cofio'i dad, Mr Morris,' meddai Ifan Dafis. 'Un o'r dynion mwya 'styfnig a adnabûm i 'rioed. A dydi Tomos ddim yn bradychu'i etifeddiaeth. Un hir yn madde ydi ynte, fel 'i dad o'i flaen.'

'Maddeuwch i mi am gyfeirio at y caeau, Ifan Dafis, ond a wyddech chi fod ganddo ddiddordeb ynddyn nhw cyn i chi'u prynu?'

'Mi fyddwn i'n llai na gonest pe gwadwn i hynny, Mr Morris. Ond doedd hynny ddim yn rhoi breiniol hawl iddo'u cael nhw. Mi ges i gynnig teg ac fe'u prynais i nhw am fod 'u hangen arna i. A beth bynnag ydi barn Tomos am hynny, mae 'nghydwybod i'n ddigon tawel. Y drwg ydi, rwy'n ofni, fod chwerwder yn bwyta mêr 'i esgyrn.'

'Tybed, er lles yr eglwys a chyfeillgarwch, a fyddech chi'n barod i gynnig y caeau iddo?' apeliodd Alun.

'Ddim ar hyn o bryd, Mr Morris. Mae gormod wedi'i ddeud a'i neud. Rwy'n cydymdeimlo â'ch sefyllfa chi fel gweinidog, cofiwch, ac mae'n loes i 'nghalon i fod peth fel hyn wedi digwydd. Ond mae 'na rai pethe sy raid i minne sefyll drostyn nhw. Falle y gwelwn i fy ffordd yn glir i'w cynnig iddo pe dôi o ryw hanner ffordd. Mi gawn ni weld.

Yn y cyfamser, falle y bydde'n well i mi a'm teulu addoli ym Moreia o hyn ymlaen rhag creu tramgwydd i neb.'

Troi'i gefn ar Geulan Goch yn ymwybodol o'i fethiant a wnaeth Alun, ond er hynny cynhaliwyd y cymun fel arfer nos Sul, gan ddefnyddio'r hen lestri cymun oedd yn cael eu cadw mewn cwpwrdd o dan y pulpud. Wrth ei weinyddu roedd yn anodd gan Alun ymdeimlo â'i wir werth a'i ystyr i'r gynulleidfa, a'r ddau ben diacon a'u teuluoedd yn absennol. A gwyddai i sicrwydd fod pob un oedd yno'n cymuno yn gwybod beth oedd wedi digwydd.

*   *   *

Aeth rhai misoedd heibio cyn i Alun gael hwb annisgwyl i'w galon, pan ddigwyddodd weld rhai o wartheg yr Onnen yn pori caeau Glan'rafon. Penderfynodd nad âi i holi dim ynglŷn â'r digwyddiad awgrymiadol, dim ond gobeithio y gallai fod cymod yn yr awyr ac y câi weld y ddau ddiacon yn ôl ym Methesda maes o law. Ond ei siomi a gafodd. Aeth Suliau heibio heb fod sôn am gymod nac ailgychwyn cydaddoli.

Yn y cyfamser penderfynodd fanteisio ar garedigrwydd Daniel Lloyd ac aeth ati i chwilio am gar. Yn y man fe'i gwelwyd yn mynd o gylch yr ardal mewn car Morris Cowley newydd sbon. Wedi prynu'r car roedd ychydig o arian yn weddill ac roedd Sara wrth ei bodd pan awgrymodd Alun ei bod hi'n cael côt aeaf newydd.

Yn anffodus, ni phrofodd y car a'r gôt newydd yn fêl i gyd, fel y canfu Sara un diwrnod pan ddigwyddodd fynd i lawr i'r pentre i siopa. Pan gerddodd i mewn i'r post, roedd dwy neu dair o wragedd yno o'i blaen.

'Neis iawn gweld y gŵr yn mynd o gwmpas yn 'i gar newydd, Mrs Morris,' meddai un o'r gwragedd yn wên-deg. 'A wir ro'n i'n hoffi lliw eich côt a'ch het newydd ddydd Sul.'

'Mae'n siŵr o fod yn brofiad reit braf medru mynd a dod fel y mynnoch chi,' atebodd un arall, ac amneidiodd y gweddill gan wenu.

Teimlodd Sara'r gwrid yn codi i'w gruddiau, ond mygodd yr awydd i daro'n ôl. Gwenodd yn gyfeillgar er ei bod yn teimlo fel eu fflamio. 'Wel,' meddai, 'mi arbedith y car lawer ar y gŵr rhag gwlychu at 'i groen fel mae o wedi'i neud laweroedd o weithie ar yr hen feic-modur a'r beic bach o'i flaen. Siawns na chaiff o well iechyd rŵan. A rhaid inni i gyd gael rhyw ddilledyn bach newydd weithie yn does?'

10

Er i bethau ymddangos fel pe baent yn mynd ymlaen yn hamddenol a didrafferth teimlai Alun fod rhyw anesmwythyd fel pe'n cyniwair o'i gwmpas. Ac yn ei galon fe wyddai pam yr oedd hynny'n digwydd. Yn rhyfedd iawn, ar ei aelwyd ei hun y bu'r digwyddiad a'i gorfododd i weithredu. Daeth yn adeg derbyn nifer o blant ifainc yr ofalaeth yn gyflawn aelodau, ac Eurwyn yn eu mysg.

Bu cryn drafod rhyngddo ac Eurwyn ers peth amser ynglŷn â'i berthynas â'r capel, yn enwedig pan ddôi adref ar benwythnos neu hanner tymor. Roedd Eurwyn yn troi yn y tresi gan fynnu nad âi i'r cyrddau yn yr wythnos. Doedd y bechgyn eraill ddim yn mynd ac ni welai pam roedd rhaid iddo yntau fynd. Ar adegau âi'r dadlau mor boeth nes peri i'w fam ymyrryd i dawelu'r dyfroedd.

Digwyddodd felly un noson pan droes Eurwyn ar ei dad. 'Dydw i ddim yn mynd ichi. Dydi Hywel ddim yn mynd, a dydi 'i daid Geulan Goch na'i daid yr Onnen ddim yn mynd. Wedi ffraeo medde fo, ac maen *nhw*'n ddiaconiaid!'

'Paid â siarad am betha na wyddost ti ddim byd amdanyn nhw,' meddai'i dad. 'Rwyt ti'n rhy rydd dy dafod o lawer. Trueni na fasat ti'n debycach i dy chwaer.'

'Ia, mae hi mor dda, yn dydi? Dyna dw i'n 'i glywed o hyd!'

'Dyna ddigon,' meddai'i fam. 'Cer at dy lyfra. Tynnu blewyn o dy drwyn di oedd o?' gofynnodd wedi i Eurwyn eu gadael.

'Maen nhw'n meddwl 'u bod nhw'n gwybod y cyfan, ac mae'n hen bryd iddo sylweddoli mab i bwy ydi o, a byhafio felly.'

'Byhafio'n wahanol i'r gweddill am 'i fod o'n fab i'r gweinidog? Dydi hynny ddim yn deg iawn nac ydi? A ddylet ti ddim bod wedi edliw Anwen iddo. Dydi hynny ddim yn deg 'chwaith. Rhaid iti gofio fod petha'n newid. Fedri di ddim sefyll yn dy unfan a deud na, does dim angen newid. Mi ddylet ti wybod hynny cystal â neb. A dydi'r ffaith fod Eurwyn ddim am fynd i'r seiat neu'r cwrdd gweddi ddim yn fater tyngedfennol.'

'Mi wn i hynny, Sara. Ond be maen nhw'n ddisgwyl gen i? Dwi'n cymysgu'n 'u plith nhw ac yn cael hwyl efo nhw. Beth mwy maen nhw'n ddisgwyl?'

'Tasat ti wedi gwrando'n iawn ar Eurwyn, fe fasat wedi cael yr ateb. Mae'r plant, fel y rhai hŷn, yn edrych ar rai

125

ddylai wybod yn well yn byhafio fel plant! Mi ddylet wybod nad Eurwyn a Hywel yn unig sy'n methu dallt. Am faint mwy wyt ti'n mynd i osgoi'r broblem?'

Rhoes ochenaid ddofn cyn ateb. 'Ti sy'n iawn debyg, fel arfer. Mi ddylwn i fod wedi gneud rhywbeth ers tro, ond 'mod i'n gyndyn o gydio mewn dyrnaid o ysgall.'

'Pryd wyt ti'n mynd i neud 'te?'

Ifor Post, yn ddiarwybod iddo'i hun, a ategodd ei geiriau pan alwodd â'r llythyrau ymhen rhyw ddeuddydd. Wedi iddo drosglwyddo'r llythyrau roedd o'n rhyw ogor-droi, fel petai arno eisiau dweud rhywbeth ond heb wybod sut.

'Oes rhywbeth o'i le, Ifor?' gofynnodd Alun iddo.

'Wel oes, Mr Morris, a deud y gwir. Ond 'i fod o'n fater anodd 'i grybwyll braidd.'

'Rhywbeth personol?'

'Na, na. Mater sy a wnelo fo â'r eglwys. Fel y gwyddoch chi mi fydda i'n clywed cryn dipyn wrth fynd o dŷ i dŷ.'

'Wyt, a llawn gormod weithia,' meddai Alun wrtho'i hun. 'Be 'dach chi wedi digwydd 'i glywed rŵan?' gofynnodd.

'Am gadeirie gwag sêt fawr Bethesda, Mr Morris. Ro'n i'n meddwl y bydde cystal i chi gael gwybod. Mae pobol yn siarad wyddoch chi.'

'Am 'u gweld nhw wedi'u llenwi debyg, Ifor?'

'Fydde hynny ddim yn beth drwg er lles yr eglwys, Mr Morris.'

'Na fydda, debyg. Diolch ichi am sôn. Da boch chi rŵan.'

'Mi gest fwy o ddaliad nag arfer efo Ifor bore 'ma,' meddai Sara pan aeth ei gŵr ati i'r gegin. 'Beth oedd yn 'i boeni o?'

''Run peth ag sy'n poeni llawer, yn ôl pob sôn. Sedda gwag sêt fawr Bethesda.'

'Wel, dyna'r gwir yntê? 'Sgwn i a hoffai o lenwi un ohonyn nhw?'

'Y nef a'm gwaredo! Ond rhaid imi neud rhywbeth bellach. Fe a' i i weld y ddau a cheisio cael rhyw ddeall-twriaeth.'

Bu allan drwy'r pnawn a dychwelodd yn flinedig ond hapus, wedi llwyddo i berswadio'r ddau ddiacon i ddod i festri Bethesda i'w gyfarfod yn ddiweddarach yn y dydd. Aeth yno'n weddol hyderus y gallai ddatrys y broblem a chael y ddau i gymodi. Bu'r tri yno'n trafod am amser cyn iddynt gytuno i ysgwyd llaw. Ond cymod amodol ydoedd, fel y datgelwyd pan ddywedodd Tomos Ellis y deuai i'r oedfaon ond na fynnai ddychwelyd i'r sêt fawr.

Ac am na wnâi ef ni fynnai Ifan Dafis wneud 'chwaith. 'Aros ym Moreia fydde ore i mi, er lles pawb, Mr Morris,' meddai.

A gwyddai Alun mai byrhoedlog iawn fu'r cymod mewn gwirionedd. 'O'r gora,' meddai. 'Os mai dyna'ch dymuniad does gen i ddim dewis ond gofyn i'r eglwys ystyried dewis mwy o ddiaconiaid. Mae lles yr Achos yn y fantol.'

'Os felly,' meddai Tomos Ellis, 'yna rwy'n ymddi-swyddo o fod yn ddiacon.' Ac ni fu tywysu na thagu arno.

Cytunodd Ifan Dafis i barhau yn ei swydd ond mai ym Moreia y gweithredai o hynny ymlaen.

Wedi mynd o gylch gweddill y diaconiaid penderfynwyd rhoi'r mater gerbron yr eglwys, ac yn yr oedfa honno cytunwyd i symud ymlaen i ethol dau ddiacon newydd.

Ar y Sul a drefnwyd fe aeth Alun i bregethu i ofalaeth gyfagos tra deuai'r gweinidog yno i Fethesda, gyda dau o'i ddiaconiaid, i arolygu'r pleidleisio. Am ddyddiau cyn y Sul penodedig, bu amryw yn mynd o gylch yr aelodau yn ceisio cefnogaeth i'r rhai a ffafrient.

Dychwelodd Alun adref mor fuan ag y gallai wedi oedfa'r nos, mewn brys i gael gwybod pwy a etholwyd. 'Wel,' meddai, 'sut aeth hi?'

'Eitha, wir,' meddai Sara, gan ymddangos yn ddihidio. 'Cynulleidfa dda iawn. Ro'n i'n hoffi ffordd Emlyn o arwain a . . .'

'Sara!'

'Cofia, roedd 'na dipyn o waith cyfri . . .'

'Sara! Os na ddwedi di mi . . .'

Gwenodd hithau. 'Do, Alun, fe gawson ni ddau ddiacon newydd. Ben Price Troed-y-rhiw a William yr Onnen, yn lle'i dad.'

'Go dda,' meddai Alun. 'Mi wnaiff yr hen Ben i'r dim. Mae rhywbeth yn debyg i Daniel ynddo fo. Mi fydd o'n gefn da i mi, ac mi fydd ethol William yn siŵr o 'smwytho peth ar blu'i dad. Sut oedd Ifor yn edrych?'

'Fel dydd y farn. Fel y gallet ti ddisgwyl. Mi fydd gofyn iti fod yn ofalus yn fan'na. Ond diolch i'r drefn fod popeth drosodd. Mi gei di lonydd am 'chydig rŵan, siawns. Biti na allen ni fynd i ffwrdd am 'chydig.'

'Ia, fe wnâi les inni'n dau. Be am ddal ar y cyfle i fynd i weld Daniel a'i chwaer?'

'I'r dim, Alun. Mi 'sgwenna i atyn nhw heno nesa.'

*   *   *

Roedd yn fore braf pan droes Alun drwyn y car bach i gyfeiriad Caernarfon a chawsant daith hwylus yno a chroeso tywysogaidd gan Daniel a'i chwaer. Trwy gydol

128

yr amser y buont yno ni fu pall ar yr holi a'r ateb. Gwenai a gofidiai Daniel Lloyd bob yn ail a pheidio wrth wrando ar y ddau'n adrodd hanes y gwahanol ddigwyddiadau yn y cwm.

'Go dda,' meddai pan glywodd hanes ethol y diaconiaid newydd. 'Chewch chi neb gwell na'r hen Ben Price, hen ŷd y wlad. Ond gobeithio y dangosith William fwy o addfwynder 'i fam nag o 'styfnigrwydd 'i dad.'

'Synnwn i damed,' meddai Alun. 'Mae mwy o'i rhuddin hi na'i dad ynddo rwy'n meddwl.'

'Synnwn inne ddim 'chwaith,' cytunodd Daniel. 'Cofiwch, dydw i'n dal dim dig yn erbyn Tomos Ellis bellach. Dau digon ffôl fuon ni, gwaetha'r modd. Synnwn i ddim na ddown ni ar draws ein gilydd y flwyddyn nesa, os byw ac iach.'

'Sut felly, Daniel?' gofynnodd Alun. 'Ydach chi am ddod am dro i'r cwm?'

'Nac ydw. Ond mae Sioe Fawr Amaethyddol Cymru i'w chynnal yma'r ha nesa, ac mi fydd Tomos yn siŵr o ddod â rhai o'i fuches i'w harddangos.'

'O bydd,' cytunodd Alun, 'ond dyn a ŵyr be fydd wedi digwydd cyn hynny yn ôl yr arwyddion yn yr Almaen. Mae'r Hitler 'na'n mynd yn fwy hy bob dydd. Mae'r Almaenwyr yn 'i addoli o fel Duw, a'r peryg ydi iddo hau'r gwynt.'

'Duw a'n gwaredo rhag hynny, Mr Morris bach,' meddai Nansi'r chwaer. 'Mae meddwl am fechgyn ifanc yn gorfod wynebu melltith rhyfel arall yn arswydo rhywun. Fel y gwyddoch chi'n dda, Mr Morris, 'nôl Daniel 'ma.'

'Ia wir,' cytunodd yntau'n barod. 'Does ond gobeithio na wnaiff gwallgofrwydd un dyn ddim gyrru Ewrop ar dân unwaith eto.'

'Sôn am y bechgyn, Mr Morris,' meddai Daniel, 'be 'di hanes Eurwyn bellach? Ac Anwen, wrth gwrs.'

'Ar 'i flwyddyn ola yn Nhywyn mae o, Daniel. Ac yn cael hwyl bur dda, meddai'i brifathro. Mae o am iddo geisio am ysgoloriaeth i Rydychen neu Gaer-grawnt. Ac mae Anwen wrth 'i bodd yn nyrsio yn Amwythig. 'Nenwedig gan fod Edward yr Onnen yno hefyd, yn gweithio fel milfeddyg gyda'r Weinyddiaeth Amaeth.'

'A'r ddau'n mwynhau cryn dipyn ar gwmni'i gilydd,' meddai Sara. 'Y drwg ydi fod y plant 'ma'n tyfu i fyny'n rhy gyflym.'

Rhwng sgwrsio, holi ac ateb a mynd am dro yn y car bach, fe wibiodd deuddydd fel mwg o flaen gwynt, a daeth yn adeg iddynt droi am adref.

'Dowch eto'n fuan,' gwahoddodd Nansi.

'Ia wir,' eiliodd ei brawd. 'A chofiwch, mi fydd gwely yma ichi pan ddaw'r Sioe y flwyddyn nesa.'

Tawedog iawn fu'r ddau wrth deithio tuag adre nes i Alun holi, 'Dywed i mi, oeddet ti'n golygu rhywbeth pan ddwedaist ti fod Anwen ac Edward yn mwynhau cwmni'i gilydd?'

'Wel, does dim dadl nad ydan nhw'n gneud hynny. Er dwn i ddim pa mor bell mae petha wedi mynd, cofia. Pam wyt ti'n holi?'

'Dim byd yn arbennig, ond rhyw feddwl am Huw wnes i. Mae'r tri yn gymaint o ffrindia. Faswn i ddim eisio i ddim byd 'u gwahanu nhw a chreu mwy o rwyg.'

'Go brin y digwyddith hynny, Alun. Siawns nad ydyn nhw wedi tyfu heibio i hynny bellach.'

'Mae hynny'n fwy nag y gellir 'i ddeud am 'u rhieni beth bynnag!' meddai yntau'n swta.

*   *   *

130

Ar drothwy'r Nadolig gofynnodd ei fam i Huw: 'Ei di â'r gwydde i'r Onnen a'r mans rywbryd heddiw?'

'Does dim rhaid ichi ofyn ddwywaith, Mam,' meddai Menna'n bryfoclyd. 'Dydi Anwen wedi dod adre dros yr Ŵyl!'

'Ga i fynd efo fo i weld Taid?' gofynnodd Hywel.

'Pam lai,' cytunodd ei fam. 'Mi gei di fynd â'u han-rhegion 'Dolig iddyn nhw hefyd.'

Galwodd Huw yn yr Onnen yn gyntaf a gadawodd Hywel yno. 'Mi alwa i amdano fo ar fy ffordd adre,' meddai.

Wedi i Huw eu gadael aeth Hywel a'i daid i lawr tua'r beudái i chwilio am William oedd wrthi'n brysur yn trin y tarw Gwernol Saeth y Pumed. 'Ga i ddŵad i mewn atoch chi, Yncl William?' gofynnodd Hywel.

'Cei, ond iti sefyll draw, does dim rhyw lawer o hwyl arno fo heddiw.'

'Mi dw i wedi trefnu i Dic, Coed Ucha ddod â'r fuwch i lawr pnawn 'ma,' meddai'r taid.

'Ew, eisio llo mae hi?' meddai Hywel yn llawn asbri. 'Ga i aros?'

'Na chei,' meddai'i daid. 'Mi gei di ddod yn ôl i'r tŷ efo fi, ac mi gei di weld y cwpane a'r rhosynne mae teirw Gwernol Saeth wedi'u hennill.'

Lliniarodd hynny beth ar siom Hywel am na châi aros i wylio Gwernol Saeth wrth ei waith.

Pan roes Olwen ei phen heibio i ddrws y parlwr bach yn ddiweddarach, roedd y bwrdd a rhan helaeth o'r llawr wedi'u gorchuddio â chwpanau arian a rhosynnau o bob lliw. 'Bobol bach!' meddai, gan gymryd arni fod yn dwrdio, 'Am lanast, a minne newydd fod yn glanhau! Be 'dech chi'n neud eich dau?'

131

'Taid sy'n deud hanes y teirw a'r sioeau,' meddai Hywel yn hapus.

'Wel wir, mi faswn i'n deud 'i bod hi'n hen bryd i tithe gael mynd efo fo i'r sioeau. Be 'dech chi'n ddeud, Taid?'

'Siŵr o fod. Mi fydd rhaid i ni ofyn i dy fam. Pwy ŵyr, falle y cei di ddod i sioe fawr Caernarfon yr ha nesa a gweld Gwernol Saeth yn ennill y brif wobr.'

Cyndyn oedd yr ŵyr i gefnu ar ei daid pan alwodd Huw amdano, ond fe aeth yn hapusach wedi iddo gael cwpan arian fechan yn anrheg Nadolig ganddo.

*   *   *

Cynhaliwyd Noson Lawen a thwmpath dawns yng Ngheulan Goch ar ddiwrnod ola'r flwyddyn, gyda choelcerth ar y ffald i'r ifainc tra oedd y rhai hŷn yn y tŷ yn mwynhau canu carolau ac adrodd storïau o flaen tân coed braf.

Ychydig cyn hanner nos troes pawb allan i'r ffald i groesawu'r flwyddyn newydd ac ar hanner nos, i seiniau ffidil, ymunodd pawb i ganu emyn, ac yna gadawyd y to ifanc i ddawnsio o gylch y goelcerth. Roedd Anwen, Edward a Huw gyda'i gilydd, a thynnodd Edward hi ato a'i chusanu.

'Tyrd i ddawnsio,' meddai.

Pan welodd Huw hynny, ymestynnodd yntau tuag ati gyda'r bwriad o'i chusanu, ond nid oedd Edward yn barod i ildio'i le, ac am eiliadau troes yr awyrgylch yn ffrwydrol. Synhwyrodd Anwen hynny'n syth a thynnodd Huw ati a rhoi cusan iddo, cyn taflu'i breichiau am yddfau'r ddau a'u tynnu i ddawnsio o gylch y goelcerth.

Wedi canu'r emyn, aeth Menna i fyny i'w llofft gan nad

oedd ganddi fawr o awydd dawnsio gyda'r to ifanc. Safodd wrth y ffenest yn eu gwylio, a chydiodd pwl o hiraeth enbyd am Owen ynddi. Rhoddai unrhyw beth am gael teimlo'i freichiau'n cau amdani ac yn ei gwasgu ato. Troes ei chefn ar yr olygfa lawen a mynd i'w gwely, ond nid i gysgu. Mynnai darluniau byw o'r gorffennol ddod o flaen llygaid ei chof gan godi hiraeth enbyd arni. Cysgodd ymhen hir a hwyr a'i gobennydd yn wlyb gan ddagrau.

Hebryngodd Edward Anwen adref ar derfyn y noson, ac wedi croesi pont Gwernol, arafodd y car ac aros cyn cyrraedd rhiw y Tarw Du. Eisteddodd y ddau'n dawel am beth amser gan syllu ar y wlad o'u cwmpas. Roedd haen o farrug wedi'i gwynnu a disgleiriai'r lleuad yng nghanol clwstwr o sêr, a'i golau'n peri i gysgodion du dorri ar y gwynder. Rhoes Edward ei fraich dros ysgwydd Anwen a'i thynnu ato. 'Diolch iti am be wnest ti heno,' meddai. 'Dwn i ddim be fase wedi digwydd rhwng Huw a minne taset ti heb ymyrryd.'

'Faswn i ddim am ddod rhyngoch chi'ch dau, o bawb,' atebodd hithau'n dawel. 'Pan fydda i'n cofio fel y bu pethe yn y gorffennol rhwng dy deulu di a theulu Huw, mae o'n gneud i mi arswydo rhag i ddim byd tebyg ddigwydd eto.'

'Be wyt ti'n feddwl?'

'Wel, yr hyn fu bron â digwydd heno, er enghraifft. Mae'r tri ohonon ni wedi bod yn gymaint o ffrindie. Mi dorra i 'nghalon os bydda i'n troi'n asgwrn cynnen rhyngoch chi. Dw i am iti addo un peth i mi, Edward. Paid byth â chweryla efo Huw.'

'Wna i ddim, Anwen,' addawodd. 'Dyna'r peth ola fynnwn i 'i neud. Ond mae heno wedi peri i minne sylweddoli un peth yn glir iawn. Rwy'n dy garu di. Wnei di addo un peth i mi?'

133

'Beth, Edward?'

'Fy mhriodi i?'

Oedodd hi beth cyn dweud yn dawel, 'Gwnaf, Edward. Ond ar un amod. Ein bod ni'n cadw'n bwriad yn gyfrinach nes y ca i gyfle i ddeud wrth Huw. Dydw i ddim am iddo glywed ar lafar gwlad.'

Er nad oedd yr awgrym yn hollol wrth ei fodd, ildiodd Edward i'w chais. 'Iawn. Well imi fynd â thi adre neu mi ddaw dy rieni i chwilio amdanat ti. Beth am inni fynd i gerdded y mynydd bore fory os bydd hi'n braf?'

'I'r dim,' cytunodd hithau. 'Tyrd acw reit gynnar.'

*　　　*　　　*

Gwawriodd yn fore barugog braf a phan gyrhaeddodd Edward y mans roedd Anwen yn aros amdano a'i mam wedi paratoi pecyn o fwyd iddynt. 'Byddwch yn ofalus ar y mynydd,' meddai wrthynt, 'a chofiwch 'i bod hi'n nosi'n gynnar.'

'Falle daw Huw efo ni,' awgrymodd Anwen ar y ffordd i fyny i Geulan Goch, lle yr oeddynt am adael y car. Er na fynnai Edward mo hynny, ddywedodd o ddim, ond roedd o'n falch o ddeall fod Huw wedi cychwyn yn gynnar am Gwm Tafol i gau bylchau. Fe gâi gwmni Anwen iddo'i hun.

Rhybuddiodd Ifan Dafis hwy hefyd fel yr oeddynt ar gychwyn cerdded: 'Cofiwch, mae hi'n gallu newid yn gyflym ar y mynydd, ac roedd rhywfaint o gochni yn yr awyr ben bore.'

Addawsant fod yn ofalus, er iddynt fod yn cerdded y mynydd lawer gwaith yng nghwmni Huw. Troesant i gyfeiriad y llwybr a arweiniai i'r cwt mochel, fel y'i gelwid

—hen furddun wedi'i addasu gan Ifan Dafis i fod yn fan lechu pe digwyddai rhywun gael ei ddal mewn storm ar y mynydd.

Daethant at y lloches erbyn tua chanol dydd a'r tywydd yn parhau'n braf, ac wedi oedi yno am ychydig, a bwyta cyfran o'u pecyn bwyd, aethant ymlaen i gyfeiriad copa'r Foel Fawr. Daethant yn y man i fan lle y gwahanai'r llwybr yn ddau. Âi un ymlaen tua'r copa a thrôi'r llall i gyfeiriad Cwm Tafol, llwybr creigiog a garw braidd.

'Mae hi'n dal yn braf,' meddai Edward. 'Be nawn ni, mentro am y copa?'

'Mi alle droi'n llithrig yn uwch i fyny, wedi'r holl farrug neithiwr,' meddai Anwen. 'Beth am fynd i gyfeiriad Cwm Tafol? Falle y down ni ar draws Huw.'

Cytunodd Edward a throesant i gyfeiriad y cwm.

Wedi iddynt gerdded ryw filltir, dechreuodd y gwynt godi a daeth ambell gwmwl bygythiol i'r golwg. 'Dw i'n meddwl y base'n well inni droi'n ôl, Anwen,' awgrymodd Edward. 'Mae'r tywydd fel pe ar droi.'

'Os prysurwn ni 'mlaen falle down ni ar draws Huw a chael hwb yn ôl ar y tractor ganddo,' meddai hithau.

Ond pan ddechreuodd hi fwrw eira arhosodd Edward yn syth. 'Na, Anwen,' meddai, ''run cam ymhellach. Cofia be ddwedodd Ifan Dafis. Well inni droi'n ôl. Does wybod ble fydd Huw erbyn hyn.'

'Nac oes, debyg,' cytunodd hithau, 'ac os aiff hi'n waeth mi allwn ni lechu yn y cwt bugail nes gwellith hi.'

Ond doedd hi ddim mor rhwydd i gyrraedd y lloches. Roedd hi wedi tywyllu cryn dipyn ac roedd cymylau bygythiol yn crynhoi uwchben a'r gwynt yn cryfhau. O fewn ychydig amser fe'u daliwyd yng nghanol storm enbyd ac eira mân yn chwyrlïo o'u cwmpas. Fel y gwaethygai'r storm, fe'i caent yn anodd iawn ymlwybro ymlaen.

'Edward! Fedra i ddim dal ati! Mae'r gwynt yn 'y nhrechu!' gwaeddodd Anwen ar ôl ymdrechu'n galed am amser.

Cydiodd yntau'n dynn yn ei braich a'i thynnu ato gan weiddi, 'Feiddiwn ni ddim aros neu chyrhaeddwn ni fyth mo'r lloches!'

Cwympodd y ddau sawl gwaith a'i chael yn anos codi a cherdded ymlaen bob tro. 'Be nawn ni, Edward?' llefodd Anwen.

*   *   *

Yn gynharach yng Nghwm Tafol, adnabu Huw arwyddion y storm oedd ar dorri, a phenderfynodd droi tuag adref yn syth, ond er iddo yrru'r tractor yn galed fe'i daliwyd cyn cyrraedd ffald Geulan Goch.

'Diolch i Dduw dy fod ti wedi cyrraedd,' meddai'i fam yn bryderus. 'Welaist ti mo Anwen ac Edward?'

'Anwen ac Edward! Be 'dech chi'n feddwl? Ble maen nhw?'

'Ar y mynydd. Cychwyn cerdded ganol bore a rhyw sôn am gerdded dros y bwlch i . . . '

'Cerdded dros y bwlch!' torrodd Huw ar ei thraws. 'Y ffyliaid dwl! Mentro'r Foel yr adeg yma o'r flwyddyn! Be ddaeth dros ben Edward? Fe ddyle fo wybod yn well na pheryglu bywyd Anwen fel'na. Ble mae 'Nhad?'

'Mae o wedi mynd i'r stable i nôl lampe rhag ofn y bydd 'u hangen arnon ni. Mi ddaw'n nos yn fuan iti. Roedd o'n bwriadu cychwyn allan i chwilio amdanyn nhw. Duw a ŵyr be ddwedai rhieni Anwen pe gwydden nhw 'u bod nhw allan yn y storm 'ma.'

Ar hynny, daeth ei dad i mewn i'r gegin yn cario lampau stabl a rhaff. 'Diolch i'r drefn dy fod ti wedi cyrraedd, Huw,' meddai. 'Rhaid inni droi allan ar ein hunion, mae'r storm yn gwaethygu. Er, Duw a ŵyr ble mae dechre chwilio am y ddau.'

'Falle y byddan nhw'n llechu yn y cwt bugail,' awgrymodd Menna, oedd wedi ymuno â hwy gyda Hywel. 'Mi ddo i allan efo chi.'

'Gobeithio'r nefoedd 'u bod nhw wedi cyrraedd fan'no,' meddai'i brawd. 'Mi anela i am y cwt, 'Nhad. Mi gewch chi a Menna chwilio'r caeau isa, rhag ofn 'u bod nhw wedi cyrraedd cyn belled. Hywel, ei di i lawr i'r Felin a gofyn ddôn nhw i fyny i helpu?'

'Cofiwch raffu'ch gilydd yn sownd,' meddai Huw wrth ei dad fel yr oedd ar gychwyn. 'Mi allwch golli'ch gilydd mewn tri cham. Ewch â Smotyn efo chi, mi a' inne â Fflei.'

'Cymer dithe'r pecyn 'ma rydw i wedi'i baratoi,' meddai'i fam wrtho. 'Falle y bydd hi'n dda iti wrtho fo.'

Wedi cychwyn allan i'r storm a throi am y llwybr a arweiniai tua chwt y bugail, gallai Huw fod wedi mynd ar goll sawl gwaith oni bai ei fod yn gwbl gyfarwydd â'r llethrau. Chwipiai'r gwynt yr eira'n gymylau mân o'i gwmpas nes bron â'i ddallu ar adegau.

Wedi taith arw yn milwrio'n erbyn yr elfennau llwyddodd i gyrraedd y cwt bugail, a chael siom enbyd. Nid oedd argoel fod unrhyw un wedi bod ar gyfyl y lle. Cliriodd y lluwch oedd wedi crynhoi o gylch y drws a'i wthio ar agor a chamodd i mewn. Agorodd yr hen gwpwrdd ac estyn y lamp stabl a gedwid ynddo, bob amser ac olew ynddi. Fe'i goleuodd a'i gosod ar lintel ffenest yn y talcen gan obeithio y gwelai Edward neu Anwen ei goleuni.

Aeth ati wedyn i wagio sachaid o frigliach sych i'r grât, a'u tanio cyn mynd i gyrchu coflaid o fonion coed oedd wedi cael eu llifio'n barod a'u pentyrru mewn cornel. Fe'u rhoes ar y coed mân oedd bellach wedi cydio'n iawn a chyn hir roedd y fflamau'n ymestyn i fyny'r simnai. Aeth ati wedyn i dynnu nifer o wrthbenni allan o sach a gedwid yn y cwpwrdd, a'u taenu i eirio yng ngwres y tân.

'Dyna ni, Fflei,' meddai wrth y ci, oedd eisoes wedi swatio ger y tân. 'Allan â ni. Mae gwaith i' neud.'

Camodd y ddau allan o'r cysgod i wynebu gerwinder y storm. Chwipiai'r gwynt yr eira yn erbyn ei wyneb nes peri iddo deimlo fel petai rhywun yn ei chwipio â drain. Ymdrechodd i ddilyn y ffordd a arweiniai at y fforch am Gwm Tafol, gan weiddi 'Edward! Anwen!' â'i holl egni yn erbyn cryfder y gwynt. Ond cipiwyd y geiriau oddi ar ei wefusau bron cyn iddo'u hynganu.

Daliodd ati am amser gan chwilio'n ddyfal ond ofer nes i anobaith ddechrau cydio ynddo. Roedd ei benderfyniad i gael hyd i Anwen yn ei yrru yn ei flaen, a chynyddai'i lid yn erbyn Edward â phob cam a gymerai. Roedd grym y storm fel pe'n cynyddu a'i obeithion yntau'n lleihau. Ni wyddai'n iawn beth i'w wneud ond gwyddai yr âi i'r pen eithaf yn ei ymgais i achub Anwen. Bu'n cerdded am sbel cyn iddo sylweddoli nad oedd y ci wrth ei sodlau. 'Fflei! Fflei! . . . Ble'r wyt ti, gi?' gwaeddodd. Tybiodd ei fod yn clywed ei gyfarthiadau drwy sŵn y gwynt a phrysurodd yn ôl orau y gallai. Fel y gwnâi, cryfhâi sŵn cyfarthiadau Fflei ac anelodd yntau tuag atynt nes iddo ddod i fyny ato a'i weld yn cyfarth a chrafu'n wyllt yn yr eira. Mewn eiliad roedd Huw ar ei liniau wrth ei ochr ac yn crafu'r eira i ffwrdd yn wyllt.

Rhoes ochenaid ddofn o ddiolch pan gydiodd mewn

dyrnaid o ddefnydd. Ymhen dim roedd wedi clirio digon o'r eira i ganfod mai Anwen a orweddai yno. 'O! Diolch i Dduw ... Diolch i Dduw! ... Da, gi,' meddai wrth Fflei. Rhoes ei law ar ei gwddf, a oedd mor oer â'r eira a chwipiai o'u cwmpas, a theimlodd trwy'r oerni fymryn o wres yn dechrau treiddio drwodd. 'Anwen!' llefodd. 'Rwyt ti'n fyw! Rhaid inni 'i chael i'r cwt, Fflei,' meddai.

Rhoes un fraich o dan ei hysgwyddau a gwthio'r llall odani, ac ag un ymdrech lew fe lwyddodd i sythu a'i chodi dros un ysgwydd. 'Dilyn, Fflei,' gorchmynnodd, a throes i gyfeiriad y cwt bugail.

Er cryfed oedd Huw, bu'n ymdrech hir a chaled yn erbyn grym y storm cyn iddo lwyddo i gludo Anwen i mewn i ddiogelwch yr hen le. Fe'i rhoes i orwedd o fewn cyrraedd gwres y tân cyn cydio mewn tecell haearn o'r cwpwrdd a mynd allan i'w lenwi ag eira. Yna dychwelodd a'i roi wrth y tân i ddadmer a berwi.

Troes i ymgeleddu Anwen. Gwyddai mai'r gwaith cyntaf fyddai diosg ei dillad er mwyn iddo fedru'i rhwymo mewn gwrthbenni cynnes. Pan ddaeth at ei dillad isaf ni chaniataodd ei swildod iddo'i dinoethi'n llwyr, ond ni fedrodd beidio â syllu ar ei bronnau llawn fel yr anadlai'n ysgafn yn erbyn ei dilledyn, ac ar ei chluniau llyfn. Roedd ei hwyneb fel marmor gwyn. Rhoes ei law ar ei boch a llanwodd ei galon â chariad tuag ati. Wrth deimlo'i gyff-yrddiad ochneidiodd Anwen yn isel a thynnodd yntau'i law i ffwrdd fel pe bai wedi cyffwrdd â thân.

Wedi'i rhwymo mewn dwy wrthban gynnes fe'i rhoes i orwedd ger y tân. Erbyn hynny, roedd yr eira yn y tecell wedi toddi a'r dŵr yn berwi. Gan nad oedd ganddo debot, tywalltodd Huw beth o'r te a'r siwgr a roesai'i fam iddo i'r tecell ac arllwysodd y te i fŵg tun y daeth o hyd iddo yn y cwpwrdd. Rhoes ei fraich am ysgwyddau Anwen a'i chodi ar ei heistedd. 'Yfa hwn, Anwen, mi wneith les iti,' meddai, gan ddal y mŵg wrth ei gwefusau nes iddi yfed y te bron i gyd. Yna fe'i rhoes yn ôl i orwedd cyn tywallt llond mŵg o de iddo'i hun ac eistedd ar ei chyfer i'w yfed a'i gwylio.

Ymhen sbel, dechreuodd hi symud ac agorodd ei llygaid yn araf, araf. Edrychodd o'i chwmpas a chwalodd ton o bryder dros ei hwyneb.

'Anwen, Huw sydd 'ma,' meddai. 'Paid â chynhyrfu. Rwyt ti'n ddiogel.'

Edrychodd hithau arno â syndod am eiliadau, yna eisteddodd i fyny'n sydyn. 'Huw! Ble mae Edward?' llefodd gan geisio'i rhyddhau'i hun o'r gwrthbenni.

Camodd Huw ati a'i dal yn ei freichiau. 'Na, Anwen,' meddai. 'Paid. Rhaid iti gadw'n gynnes, mae'n bwysig.'

Ymlaciodd yn araf yn ei freichiau cyn holi'n gynhyrfus, 'Ond ble mae Edward, Huw? Welaist ti mohono fo? Sut dois i yma?'

Eglurodd yntau wrthi'n dawel fel y bu i Fflei ac yntau ei chanfod. 'Welais i ddim golwg o Edward,' meddai. 'Mi allai fod wedi mynd i chwilio am gymorth.'

'Na!' llefodd Anwen, wedi cynhyrfu'n enbyd. 'Fedre fo ddim! Mae o'n gorwedd yn yr eira yng nghysgod craig yn rhywle. Mi dorrodd 'i goes wrth geisio fy helpu i. Y fi aeth i chwilio am gymorth. Huw! Be nawn ni?' Rhyddhaodd ei hun o'i afael a dechrau tynnu'r gwrthbenni eilwaith. Yna sylweddolodd ei bod bron yn noeth. 'Ai ti dynnodd 'y nillad i?' holodd yn swil.

'Ie,' atebodd. 'Doedd gen i ddim dewis. Roedd yn rhaid imi er mwyn erlid yr oerni o dy gorff.'

'Diolch iti,' meddai'n dawel. 'Wnei di estyn 'y nillad

140

imi? Rhaid inni fynd i chwilio am Edward neu mi fydd o'n marw.'

Nid atebodd Huw yn syth. Roedd meddwl am fentro allan i'r storm unwaith eto yn fwy nag y gallai'i wynebu. Roedd Anwen yn ddiogel, a hynny oedd yn bwysig iddo.

'Huw! Plîs,' erfyniodd Anwen. 'Wnei di fy helpu?'

'Anwen,' meddai, 'chei di ddim mynd allan i'r storm eto. Mi fuest ti o fewn dim i golli dy fywyd. Fentra i mo hynny eto.'

Edrychodd hithau arno â'i hwyneb yn llawn gofid. 'Huw annwyl,' meddai'n daer, 'os digwyddith rhywbeth i Edward, mi fydde'n well gen inne taset ti heb gael hyd i mi.'

Yn yr eiliadau hynny y sylweddolodd yntau'i fod wedi'i cholli, ac am ysbaid hir roedd ei galon yn rhy lawn i'w hateb. Gwyddai hefyd fod dewis anorfod yn ei wynebu. Gwrthod mynd a cholli Edward a cholli'i chyfeillgarwch hithau am byth, neu fynd, a gobeithio'i ganfod iddi, a'i cholli p'run bynnag.

'Mi a' i, Anwen,' atebodd. 'Aros di yma i gadw'r tân ynghynn a'r tecell i ferwi. Oes gen ti ryw syniad ble gadewaist ti o?'

Eglurodd Anwen fel y bu iddi lwyddo i'w llusgo i gysgod craig enfawr nad oedd ymhell iawn o'r fforch lle y gwahanai'r ffordd yn ddwy.

'Paid â phoeni,' meddai Huw, 'fe ddaw'r ci a minne o hyd iddo fo. Tyrd, Fflei.' A chamodd allan unwaith yn rhagor i ryferthwy'r storm.

Ni chofiai Huw storm debyg ers llawer dydd. Erbyn hyn roedd hi'n dechrau nosi a theimlai yntau'i nerth yn pallu. Ni wyddai am ba hyd y gallai ddal ati, ond gwyddai y torrai Anwen ei chalon pe deuai'n ôl heb Edward.

Cwympodd ar ei hyd sawl gwaith ac fe'i câi hi'n anos codi bob tro. Tafod cynnes Fflei yn llyfu'i wyneb oer a'i gorfododd i godi bob tro ac yn y diwedd, ac yntau ar ildio, y ci a'i harbedodd. Troesai oddi ar y llwybr at graig a dechrau crafu a chyfarth, yn union fel y gwnaethai pan ganfu Anwen. Ac ymhen dim roedd yntau, fel cynt, ar ei liniau wrth ei ochr yn crafu'r un mor wyllt.

Yn y man, trwy wynder yr eira, daeth düwch dillad Edward i'r golwg. Gorweddai yno yn anymwybodol. Wedi i Huw lwyddo i'w ryddhau o'r lluwch, dechreuodd guro'i fochau oer a gweiddi arno: 'Edward! Tyrd! Mae Anwen yn ddiogel!' Ond nid ymatebodd a deallodd Huw nad oedd dewis ganddo ond ceisio'i godi dros ei ysgwyddau a'i gario fel y gwnâi â dafad gloff.

Ychydig iawn a gofiai wedyn am enbydrwydd y daith yn ôl i'r cwt bugail. Gwyddai iddo gwympo sawl gwaith ond llwyddodd i godi bob tro a chodi'i ffrind ar ei ysgwydd drachefn. Sŵn Fflei yn cyfarth a dynnodd Anwen i ddrws y cwt i'w agor. Cwympodd y ddau ar eu hyd o fewn cyrraedd i'r tân a diogelwch.

Wedi cynorthwyo Huw i godi a diosg ei gôt drom, wlyb, rhoes Anwen lond mŵg o de berwedig iddo. 'Dyma ti,' meddai. 'Yfa hwn ac mi a' inne i ofalu am Edward.'

Eisteddodd Huw yn ei gwman o flaen y tân a'r mŵg poeth rhwng ei ddwylo. Wrth yfed y te berwedig, teimlai'i wres yn dechrau chwalu peth o'r oerni a oedd bron wedi fferru'i gorff, a chysgodd yn y fan a'r lle, wedi'i drechu'n llwyr gan flinder.

Gorfu i Anwen ei ddeffro yn y man i'w helpu i rwymo Edward yn y gwrthbenni cynnes a'i dynnu'n nes at y tân. 'Dydi o ddim wedi dod ato'i hun eto,' meddai, 'ond mae curiad 'i galon o'n eitha cyson. Mi ddaw'r gwres â fo ato'i hun yn y man.'

'Beth am 'i goes?'

'Mae'n anodd deud. Mae gormod o chwydd o gylch 'i ffêr. Dw i wedi'i rhwymo fel na allith o 'i symud hi'n rhwydd rhag ofn iddo neud mwy o niwed iddo'i hun. Be nawn ni rŵan?'

'Fedrwn ni neud dim bellach. Mae hi wedi nosi'n llwyr. Rhaid inni aros nes iddi wawrio, a gobeithio y bydd y storm wedi cilio. Yna mi eith Fflei a finne i lawr i chwilio am help. Swatio o gylch y tân fydde ore inni.'

A dyna a wnaethant a chyn bo hir roedd Huw wedi syrthio i gysgu unwaith eto.

Anwen a'i deffrôdd. 'Huw!' galwodd, 'Mae hi'n dechre gwawrio ac mae'r storm wedi tawelu.'

Neidiodd yntau ar ei draed yn ffwndrus. 'Dydw i 'rioed wedi cysgu drwy'r nos?' meddai.

'Do,' atebodd hithau, gan wenu arno. 'A pham lai? Os oedd unrhyw un yn haeddu cysgu, ti oedd hwnnw. Dwn i ddim sut i ddechre diolch iti am be wnest ti. Mi fyddwn ni'n ddyledus iti am weddill ein hoes.' Rhoes gusan iddo ar ei wefusau. 'Diolch iti, yr hen ffrind,' ychwanegodd, â'i llygaid yn llawn dagrau.

Ond nid oedd cysur iddo yng nghyffyrddiad ei gwefusau cynnes. Roedd ei galon mor oer â'r eira a orchuddiai'r cwm. 'Sut mae Edward?' gofynnodd.

'Mi ddeffrodd o unwaith neu ddwy, ac yfed ychydig, ac yna mynd 'nôl i gysgu. Gore po gynta inni 'i gael o at y doctor.'

Gwisgodd Huw ei gôt a'i esgidiau'n gyflym a galwodd ar Fflei, a dilynodd y ci ffyddlon ef o'r lloches. Roedd pobman wedi'i orchuddio â haen o eira trwchus. Nid oedd

143

sŵn y gwynt i'w glywed ac roedd pobman mor dawel â'r bedd.

Pan ddaeth Huw o fewn cyrraedd i'r caeau isaf, gwelodd res ddu o ddynion yn symud yng ngwynder yr eira, a chŵn yn symud o'u blaenau. Dechreuodd Fflei gyfarth yn wyllt ac am unwaith gadawodd ei feistr i ruthro ymlaen i'w cyfarfod. Wedi i Huw ddweud wrthynt fod y ddau'n ddiogel yn y cwt bugail, penderfynwyd troi'n ôl am Geulan Goch a cheisio ceffyl a char llusg i ddod â nhw i lawr.

Roedd Huw yn eithaf parod i fynd adref i newid ei ddillad a chael pryd o fwyd poeth cyn eistedd o flaen y tân i adrodd ei hanes.

Cludwyd Anwen ac Edward yn ddiogel i lawr i Geulan Goch a'u cadw yno nes y daeth y doctor i'w harchwilio. Canfuwyd mai wedi streifio'i ffêr yn ddrwg yr oedd Edward ac y byddai'n rhaid iddo'i gorffwys am rai dyddiau. Llwyddodd William i ddod â char yr Onnen i fyny i gludo'r ddau adref, ac erbyn hynny roedd sŵn a sôn am wrhydri Huw yn cerdded y cwm.

'Tase dy dad a minne'n gwybod fel roedd hi ar Edward a thithe mi fydden ni wedi drysu,' meddai Sara Morris. 'Roedden ni'n dau'n meddwl eich bod chi'n llechu yng Ngheulan Goch. Mi gaiff dy dad fynd i fyny yno gynted gallith o i ddiolch i Huw.'

Cyn i'w mam ddiflannu i chwilio am ei thad, torrodd Anwen y newydd fod Edward a hithau wedi dyweddïo.

'Ro'n i wedi ama ers tro mai i hyn'na y dôi hi,' meddai Sara wrth ei gŵr yn nes ymlaen. 'Mae Edward yn fachgen ffeind, a swydd dda ganddo. Ac mae 'na un cysur arall. Ni fydd rhaid i Anwen fyw yn yr Onnen!'

'Na fydd,' cytunodd Alun, 'ond wyddost ti be? Fedra i yn 'y myw beidio â theimlo dros Huw ac ynta, 'nôl pob tebyg, mewn cariad ag Anwen. Y creadur yn 'i hachub i'w cholli.'

'Mi ddaw 'na rywun ar 'i gyfer ynta, gei di weld.'

11

Yn dilyn y digwyddiad ar y mynydd, bu Tomos Ellis yn pendroni'n hir ynglŷn â'r hyn a ddylai'i wneud. Gwyddai fod cyfrifoldeb a dyled arno i fynd i Geulan Goch i ddiolch i Huw am yr hyn a wnaeth. Ond roedd meddwl am wynebu Ifan Dafis ar ei domen ei hun yn boen ar ei ysbryd. Olwen, yn y diwedd, a'i gorfododd i benderfynu.

'Dw i am gael gair â chi, mishtir,' meddai wrtho un bore ar ôl brecwast.

'Be sy'n dy boeni di?'

'Chi,' atebodd hithau. 'Waeth ichi heb nag aros tan yr ha i fynd i fyny i Geulan Goch i neud yr hyn ddylech chi fod wedi'i neud ers tro. Mi fydd hi'n rhy ddiweddar erbyn hynny!'

''Musnes i yw hynny,' atebodd Tomos Ellis yn swta.

'Taro'r haearn tra mae'n boeth, mishtir. Os nad ydech chi am i William fynd â chi yn y car, mi alwa i ar y gwas i harnesu'r ferlen wrth y gert.'

Er ei syndod, fe gytunodd, ac erbyn canol y bore roedd ar ei ffordd i Geulan Goch ar ei ben ei hun.

Digwyddai Menna fod allan ar y ffald pan gyrhaeddodd.

'Taid!' meddai. 'Be sy wedi'ch gyrru chi yma?'

'Dyletswydd, Menna,' atebodd. 'Ydi Huw dy frawd o gwmpas?'

'Siŵr o fod. Ewch i'r tŷ ac mi a' i i alw arno fo.'

Cerddodd Tomos Ellis i'r tŷ yn bryderus, heb fod yn siŵr o'i groeso. Ond doedd dim angen iddo boeni.

'Tomos!' meddai Lisa Dafis mewn syndod pan gamodd yn swil i'r gegin. 'Pwy fase'n meddwl? Tyrd at y tân.'

Derbyniodd yntau'r gwahoddiad. 'Wedi galw i ddiolch i Huw am yr hyn wnaeth o,' meddai. 'Mae arna i ddyled fawr iddo fo. Duw a ŵyr be faswn i wedi'i neud taswn i wedi colli Edward.'

'Mae gynnon ni i gyd le i fod yn ddiolchgar, Tomos,' meddai Lisa. 'Mi allen ninne fod wedi colli Huw hefyd.'

Ar hynny, daeth Ifan Dafis a Huw i'r gegin a Menna'n eu dilyn. Cododd Tomos Ellis yn syth a chamu at Huw ac estyn ei law iddo. 'Huw, 'machgen i,' meddai'n floesg, 'diolch o galon iti am yr hyn wnest ti. Fedrwn ni byth ddiolch digon iti. Mi arbedaist dristwch mawr i ddau deulu. Rwy'n deall iddo gostio'n arw iti—dyled na fedra i byth mo'i thalu. Ond roedd Edward ar fai dybryd yn gneud yr hyn a wnaeth a pheryglu'ch bywyde chi'ch tri. Gobeithio nad wyt ti ddim gwaeth.' Byrlymai'r geiriau, yn union fel pe bai'n falch o gael gwared arnyn nhw.

Perswadiwyd Tomos Ellis i aros am bryd o fwyd, a thra oedd yn sgwrsio roedd o i'w weld yn meirioli. Er hynny, roedd yn amlwg fod arno eisiau torri drwodd i ddweud rhywbeth, ond yn methu. A chodi i fynd heb lwyddo a wnaeth. Ifan Dafis a'i hebryngodd allan, ac fel yr oedd ar ddringo i'r gert, troes Tomos Ellis ato. 'Ifan,' meddai, 'fedra i ddim cefnu heb ddeud yr hyn dw i eisio'i ddeud wrthat ti hefyd.'

'Beth felly, Tomos?'

'Yr hen gweryl 'ma, Ifan. Pan sylweddolais i mor agos y bues i i golli Edward, a chofio fel y collais i Owen, a Jane mor fuan wedyn, mi wnaeth i mi feddwl llawer. Mae'r gweryl 'ma wedi para'n rhy hir, ac wedi creithio gormod arnon ni i gyd. Mae'n hen bryd rhoi terfyn arni.'

'Mae hynny'n ddigon gwir, Tomos. Ac mae'n dda gen i dy glywed di'n deud hynny. Mi fydde er ein lles ni i gyd.'

'Cofia, Ifan, rhaid i mi gyfadde, mi chwerwais i'n enbyd o dan bwyse'r ddwy brofedigaeth. Ond wrth edrych 'nôl, fel rydw i wedi gneud y dyddie dwetha 'ma, rhaid i mi gyfadde fod cryn dipyn o'r bai arna i. Mi fues i'n styfnig a chyndyn i ildio, ac mi gostiodd hynny'n ddrud, ac nid i mi'n unig. Dydi hyn ddim yn hawdd i mi, Ifan,' ychwanegodd yn floesg. 'Wnei di fadde imi?'

Gwyddai gŵr Geulan Goch fod pris y dweud wedi bod yn uchel iawn i Tomos Ellis. Er hynny, ni allodd beidio â dweud, 'Mi gostiodd yn ddrud inni i gyd, Tomos. Collodd Menna'i gŵr yn gynamserol a Hywel bach 'i dad. Ryden ni i gyd wedi diodde. Duw faddeuo inni. Ac fel rwyt ti'n deud, mae'n hen bryd rhoi terfyn ar yr hen gweryl felltith, a madde i'n gilydd. Ddaw dim da o rygnu ar y gorffennol. Dyma fy llaw iti, Tomos.' A chaewyd bwlch blynyddoedd.

'Diolch iti, Ifan,' meddai gŵr yr Onnen yn floesg. 'Mi fyddwn ni yn yr oedfa gymun nesa ym Methesda. Ddoi di?'

'Mi fyddwn ni yno fel teulu, Tomos.'

Dringodd yr hen frawd yn araf i'r gert. Cyn cychwyn troes at Ifan Dafis. 'Wyt ti'n meddwl y cytunai Menna i Hywel ddod i ambell sioe efo mi, pan ddaw'r ha?' gofynnodd.

'Synnwn i damed, Tomos. Mi sonia i wrthi.'

147

Prin fod y ferlen a'r gert a'i pherchennog wedi diflannu o'r ffald nag yr oedd yntau'n brasgamu tua'r tŷ i rannu'r newyddion da.

*   *   *

Drannoeth ymweliad Tomos Ellis â Geulan Goch, der-byniodd Alun neges yn gofyn iddo alw yn yr Onnen.

'Wyt ti'n meddwl fod rhywbeth yn bod, Alun?' holodd Sara'n bryderus. 'Gobeithio'r annwyl nad oes dim o'i le rhwng Anwen ac Edward.'

'Paid â mynd i gwrdd â gofidia, Sara fach. Y fi sy'n arfer gneud hynny. Eisio sgwrs mae o iti.'

Roedd y wên ar wyneb Olwen pan gyrhaeddodd y gweinidog yr Onnen yn ddiweddarach yn adrodd ei newydd ei hun. Nid oedd lle i bryderu.

'Mae gwell hwyl arno fo nag sy wedi bod ers blynydd-oedd,' meddai. 'Aeth i weld teulu Geulan Goch ddoe a dydi o ddim yr un dyn. Be 'ddyliech chi? Mae Ifan Dafis ac ynte wedi cymodi o'r diwedd!'

'Wel, diolch i'r nef am newydd da, Olwen,' meddai Alun yn llawen. 'Ble mae o?'

'Yn y parlwr bach, ond peidiwch â sôn 'run gair 'mod i wedi deud wrthoch chi.'

Cododd Tomos Ellis i groesawu Alun Morris pan ymunodd ag ef yn y parlwr, ac adroddai ei wyneb yntau'r newydd da.

'Rhaid imi ddeud na chlywais i ddim gwell newydd er dwn i ddim pryd, Tomos Ellis,' meddai'r gweinidog wedi i Tomos Ellis adrodd hanes ei ymweliad â Geulan Goch. 'All dim ond bendith ddeillio ohono.'

'Digon gwir, Mr Morris. Ond cofiwch, doedd cymodi ddim yn hawdd.'

'Fu cymodi wedi cweryl hir a chwerw 'rioed yn hawdd,' cytunodd Alun. 'Ond does dim modd mesur 'i werth.'

'Mae hynny'n wir. Rwy'n hapusach heddiw nag ydw i wedi bod er pan gollais i Owen a Jane. Wnewch chi gymwynas â mi?'

'Unrhyw beth o fewn 'y ngallu.'

'Yn fy siom a'm chwerwder mi gyflawnais weithred annheilwng iawn, fel y gwyddoch, sef mynd â'r llestri cymun o'r capel. Wnewch chi 'u derbyn nhw'n ôl?'

'Gwnaf yn llawen, Tomos Ellis.'

Lledodd hanes y cymodi drwy'r cwm ac adlewyrchwyd hynny yn y gynulleidfa yn yr oedfa gymun nesaf ym Methesda. Eisteddodd Tomos Ellis yn sedd y teulu gydag Edward, Olwen a'r forwyn fach, tra eisteddai William yn hen sedd ei dad yn y sêt fawr ac Ifan Dafis gyferbyn ag ef yn ei hen gadair, a'i deulu yntau yno'n gryno.

Pan weinyddwyd y cymun rhoes Alun y platiau bara i Llew Pritchard a Rhys Morgan, a'r llestri gwin i William ac Ifan Dafis, gan amneidio ar hwnnw i gyflwyno'r cwpanau yn ochr teulu'r Onnen i'r capel. Wrth ei wylio'n cyflwyno cwpan i Tomos Ellis, teimlai Alun fod yno awyrgylch na fu yno ers dyddiau'r drychineb. Roedd y dyfodol, ar waethaf pob arwydd o anghydfod ar lwyfan y byd, yn obeithiol yng Nghwm Gwernol.

*   *   *

Ar derfyn y tymor ŵyna a chyn adeg cneifio, torrodd Huw newydd cwbl annisgwyl i'w rieni. Roeddynt wedi amau ers tro fod rhywbeth ar y gweill ond ni chawsant unrhyw awgrym beth oedd. Roeddynt wedi sylwi fod Ifor Post yn galw yno'n gyson â llythyrau i Huw ac âi yntau â hwy i'w lofft i'w darllen. Wrth y bwrdd swper un noson y datgelodd Huw gyfrinach y llythyrau, a chyhoeddi'r newydd oedd i'w siglo i'w seiliau.

'Mam . . . 'Nhad,' meddai, 'mae gen i rywbeth i' ddeud wrthoch chi.'

Parodd ei wedd a'i ddifrifoldeb i'r ddau roi'u holl sylw iddo. 'Be sy'n dy boeni di, Huw?' gofynnodd ei dad.

'Dw i'n bwriadu gadael Geulan Goch.'

Ni ddywedwyd 'run gair gan neb am rai eiliadau cyn i'w dad holi, a chryndod yn ei lais, 'Gadael Geulan Goch, ddwedaist ti? Be wyt ti'n feddwl? Fan hyn mae dy gartre di.'

'Mi wn i hynny, 'Nhad. Ond mae'n rhaid i mi gael mynd.'

'Mynd i ble, Huw bach?' holodd ei fam a phryder lond ei llais. 'Am fynd ar wylie wyt ti?'

'Na, nid gwylie. Mynd odd'ma i weithio.'

'Mynd odd'ma i weithio!' meddai'i dad. 'Ond pwy sy'n dy yrru? Fan hyn mae dy gartre di. Ti fydd piau'r lle ar ein holau ni. Be wnaiff dy fam a minne ag o? I ble'r ei di?'

'Dw i wedi cael lle ar fferm ddefaid fawr yn Seland Newydd,' atebodd Huw. 'Mi ga i fwy o brofiad yn fan'no.'

Pe bai wedi dweud ei fod yn bwriadu ymfudo i'r lleuad, ni allai fod wedi peri mwy o syndod. 'Seland Newydd!' meddai'i fam a braw yn ei llais. 'Ond mae fan'no ym mhen draw'r byd! Be wnei di mor bell oddi wrth dy deulu?'

'Mae Menna a Hywel yma, ac mi ellwch chi gyflogi gwas arall.'

'Ond pam na ddoi di â gwraig yma, Huw? Mi wneith dy fam a minne bopeth allwn ni i dy helpu.'

Cododd Huw oddi wrth y bwrdd a'u gadael heb ddweud gair.

'Oedd raid ichi ddeud hyn'na, 'Nhad?' gofynnodd Menna.

'Pam? Be wyt ti'n feddwl?'

''Dech chi ddim yn deall? Dyna sydd wrth wraidd y cyfan. 'I galon o sy'n 'i yrru o odd'ma. Mi ddylech chi wybod sut roedd o'n teimlo tuag at Anwen y mans, a rŵan mae hi'n priodi Edward, yn dydi. Gadael iddo fynd heb greu rhyw stŵr fawr fydde ore. Falle y bydd 'i galon yn 'i yrru o'n ôl cyn bo hir.'

'Y nef a ŵyr, Menna fach, dydw i ddim yn deall. Does 'na ddigon o enethod deche yn y cwm 'ma.'

'Dydi hynny ddim yn hollol 'run fath, 'Nhad.'

'Be 'den ni'n mynd i neud hebddo, Lisa?' gofynnodd Ifan yn y gwely'r noson honno.

'Byw, Ifan, fel ryden ni wedi gorfod 'i neud drwy lawer o bethe. Fo piau'r dewis,' atebodd hithau'n dawel, er bod ei chalon yn gwaedu wrth feddwl am ei golli oddi ar yr aelwyd.

'Gobeithio y bydda i byw i'w weld o'n ôl yma,' meddai'i gŵr yn drist.

Pan oedd hi gartref ar benwythnos o'i gwaith y clywodd Anwen y newydd. 'Dydw i ddim yn deall, Mam,' meddai'n ofidus. 'Pam sy raid i Huw o bawb gefnu ar y cwm? Fan'ma mae'i fywyd o. Roedd Edward yn bwriadu gofyn iddo fod yn was priodas iddo fo.'

'Anwen fach,' meddai'i mam, 'dichon dy fod ti ac Edward wedi dysgu llawer am drin clwyfa dyn ac anifail, ond mae gynnoch chi beth wmbredd i'w ddysgu am deimlada pobol.'

'Be 'dech chi'n feddwl?'

'Dwyt ti ddim mor ddwl siawns nag y gwyddet ti beth oedd teimlada Huw tuag atat ti?'

'Ro'n i'n meddwl 'i fod o wedi derbyn y ffaith fod Edward a minne'n mynd i briodi.'

'Oeddet, debyg. Wel, mi wyddost ti'n wahanol bellach.'

'Mi a' i i fyny i' weld o. Falle y ca i o i newid 'i feddwl, neu o leia i aros tan ar ôl y briodas.'

'Anwen fach!' meddai'i mam yn ddiamynedd, 'Dyna'r lle ola y bydd o eisio bod. Gad lonydd iddo fo. Neu os wyt ti'n mynnu mynd i'w weld o, gofala nad wyt ti'n deud dim i'w glwyfo. Mae dyled Edward a thitha'n rhy fawr iddo fo. Dymuna'n dda iddo a dywed wrtho am frysio'n ôl.'

Cafodd Anwen fenthyg car ei thad i fynd i Geulan Goch ond er cychwyn yn hy, gan fwriadu dweud llawer, pan ddisgynnodd hi o'r car a'i weld yn sefyll ar y ffald, sychodd ffrwd ei geiriau. Gwyddai fod ei mam yn iawn, a'r cyfan a allod ddweud oedd, 'O! Huw, oes rhaid iti fynd?'

'Oes, Anwen,' atebodd yntau'n dawel. 'Dyna fydde ore.'

'Pryd?'

'Mae'r llong yn hwylio o Lerpwl y diwrnod ola o Orffennaf.'

'Cyn y briodas felly! O! Huw annwyl, be nawn ni hebddat ti?'

'Mi fyddwch yn hapus iawn eich dau, Anwen. Dywed

wrth Edward 'mod i'n dymuno'r gore iddo ac nad oes dim dig yn 'y nghalon.'

Gwnaeth Anwen un apêl arall. 'Plîs Huw, aros i'r briodas?'

'Na, Anwen,' atebodd yntau'n bendant. 'Mae'r trefniade i gyd wedi'u gneud. Rhaid imi fynd rŵan, mae gwaith yn aros. Galw i'w gweld nhw yn y tŷ.'

'Na, ddim heddiw, Huw. Fedra i ddim. Pob lwc iti'r hen ffrind annwyl.' Rhoes gusan frysiog ar ei foch cyn neidio i'r car a gyrru i ffwrdd drwy niwl o ddagrau.

Gwyliodd yntau hi'n mynd gan ddyheu am y dydd y byddai yntau'n cefnu ar y cwm i chwilio am fywyd newydd.

Pan wawriodd y diwrnod iddo gychwyn, ni allai'i rieni feddwl am ei hebrwng i Lerpwl, a William, Menna a Hywel aeth ag ef i gwrdd â'r llong.

'O! William, mae o'n edrych yn unig,' llefodd Menna wrth ei wylio'n dringo i'r llong.

Safodd y tri i wylio'r *Empress of Australia* yn tynnu i ffwrdd yn araf oddi wrth y lanfa ac yntau, gyda channoedd eraill ar ei bwrdd, yn chwifio'i ffarwél. Diflannodd y llong yn araf o'u golwg i lawr afon Merswy tua'r môr mawr a'r daith bell. Troesant hwythau eu tri am adre â'u calonnau'n drwm.

*　　　*　　　*

Penderfynodd Anwen ac Edward mai priodas dawel a fynnent ac ar fore braf o hydref fe'u priodwyd ym Methesda gan Alun. Roedd y capel yn rhwydd lawn o wylwyr oedd am weld merch eu gweinidog yn priodi. Ac roedd chwiorydd yr ofalaeth wedi mynnu paratoi'r wledd briodas yn festri'r capel.

Ar derfyn y dydd, wedi i firi'r briodas dawelu ac i'r pâr ifanc gychwyn ar eu mis mêl i Gernyw, mwynhaodd Alun a Sara seibiant tawel i fwrw golwg dros ddigwyddiadau'r dydd.

'Sylwaist ti fod William a Menna i weld yn mwynhau cwmni'i gilydd?' gofynnodd Alun.

'Do, sylwais i pan ddaethon nhw'n ôl ar ôl bod â Huw i gwrdd â'r llong.'

'Wyt ti'n meddwl y daw rhywbeth o'r peth?'

'Synnwn i damed. Er dwn i ddim sut y dôi teulu Geulan Goch i ben hebddi rŵan bod Huw wedi mynd.'

'Falle y basa'n haws ganddi fynd 'nôl i'r Onnen rŵan a Tomos Ellis wedi meirioli cymaint.'

'Amser a ddengys, Alun. Gyda llaw, gobeithio yr eith Eurwyn ati o ddifri i baratoi ar gyfer yr ysgoloriaeth i Gaer-grawnt. Dydi o wedi gneud fawr ddim ers tro, hyd y gwela i.'

'A deud y gwir, dwn i ddim pa mor awyddus ydi o i fynd yno bellach. Dydw i ddim yn dallt.'

'Dw i'n siŵr fod yr holl sôn 'ma am ryfel yn anesmwytho llawer ar yr hogia 'ma. Maen nhw'n amau ydi hi'n werth trafferthu.'

'Falle dy fod ti'n iawn. Tria di gael gair efo fo. Mae o'n fwy tebyg o siarad efo ti.'

*   *   *

Bu dyfroedd afon Gwernol yn gymharol dawel am amser. Cyn belled ag yr oedd pobl y cwm yn y cwestiwn nid oedd mwy na mwy i beri gofid. Roedd dyfroedd anesmwyth Ewrop yn ddigon pell.

Ifor Post a ddaeth â charreg i'w bwrw i mewn a chynhyrfu peth ar ddyfroedd teulu'r mans. 'Clywed fod priodas gynnoch chi'n o fuan, Mr Morris,' meddai un bore.

'Oes,' atebodd Alun.

'Merch Bob a Winnie Rowlands?'

Gwyddai Alun fod yr hen lwynog yn gwybod yr ateb eisoes. 'Ia. Pam, Ifor? Oes rhywbeth o'i le?'

'Falle nad fy lle i ydi deud, Mr Morris, ond dw i'n credu'i bod hi'n deg ichi gael gwybod. Mae 'na dipyn o siarad yn mynd ymlaen.'

'O! Ynglŷn â be felly?'

'Deud maen nhw 'i bod hi wedi mynd dau fis.'

Roedd yr wybodaeth hon yn gwbl newydd i Alun, ac ni wyddai ar y funud sut i ymateb. 'Pwy ydan *nhw* felly?' gofynnodd.

'Go brin y dylwn i enwi neb, Mr Morris, ond mae o wedi dŵad o le da. Geneth sy'n gweithio efo hi ym mhlas Pensarn. Mae rhai o'r swyddogion yn gwybod hefyd a'r farn ydi na ddylie hi ddim cael priodi yn y capel.'

'Tebyg mai mater i'r swyddogion a minna ydi hynny, Ifor. Da boch chi,' meddai Alun yn sychlyd.

Aeth ar ei union i'r gegin at Sara. 'Mi fydda i'n tagu hwn'na ryw ddiwrnod, cyn wired â phader iti!' meddai, ac eglurodd yr hanes wrthi.

'Mae Miriam wedi dy dwyllo di felly,' meddai Sara. 'Dydi hynny ddim yn deg iawn. Be wnei di?'

'Sgen i ddim dewis. Mae'r stori ar led, felly rhaid i mi gael y gwir, a does ond un lle i gael hwnnw.'

'Gan Bob a Winnie?'

'Ia, neu Miriam 'i hun. Mi a' i i lawr yno heno wedi iddi ddod adre o'i gwaith.'

'Bydd yn ofalus, Alun. Maen nhw'n deulu bach annwyl.'

'Ydan, ond dydi o ddim yn iawn iddyn nhw 'nhwyllo i.'

Winnie y fam a agorodd y drws iddo pan alwodd yn ddiweddarach. 'Mr Morris,' meddai, a gwên groesawgar ar ei hwyneb, 'dewch i mewn.'

Dilynodd hi i'r gegin lle'r eisteddai Bob ei gŵr a chododd yntau i'w dderbyn. ''Steddwch, Mr Morris,' meddai.

'Wedi galw ynglŷn â threfniade'r briodas rydech chi debyg,' meddai'r wraig. 'Dydi Miriam ddim wedi cyrraedd adre eto. Fydd hi ddim yn hir ichi.'

'Wel, ia,' meddai Alun. 'Mi hoffwn i gael gair â hi, ac efo chi fel teulu hefyd, ond cystal inni aros nes daw hi.'

Buont yn sgwrsio am hyn ac arall nes i'r ferch ddod adref o'i gwaith. 'Y gweinidog am dy weld ynglŷn â'r briodas, Miriam,' meddai'i mam.

'Popeth yn iawn, gobeithio, Mr Morris?'

Penderfynodd yntau nad oedd fawr o bwrpas hel dail. 'Mae hynny'n dibynnu arnoch chi, Miriam,' atebodd Alun yn dawel. 'Rwy'n ofni fod 'na gwestiwn y mae'n rhaid i mi 'i ofyn ichi.'

Diflannodd y wên o'i hwyneb.

Edrychodd ei rhieni o'r naill i'r llall, yn amlwg yn methu dirnad beth oedd yn bod.

'Dydw i ddim fel rheol yn cymryd fawr o sylw o ryw hen glecs,' meddai Alun, 'ond ambell dro does gen i ddim dewis.' Lledai'r gwrid yn araf dros ruddiau'r ferch. 'Miriam,' meddai Alun yn dawel, 'ydi o'n wir eich bod chi'n disgwyl plentyn?'

Syrthiodd rhyw dawelwch rhyfedd dros y gegin, a gellid clywed yn eglur dipiadau cyson yr hen gloc a safai y tu cefn i'r ferch. 'Mam!' llefodd a rhedodd o'r gegin.

Aeth ei mam ar ei hôl.

'Ger bron Duw, Mr Morris, wyddwn i ddim,' meddai'r tad yn y man, 'ac mi a' ar fy llw na wyddai Winnie ddim chwaith. Chelodd hi 'rioed ddim oddi wrtha i.'

Dychwelodd y ddwy ymhen rhai munudau. 'Miriam,' meddai'i mam, 'dywed wrth y gweinidog.'

'Ydi, mae o'n wir, Mr Morris,' meddai hithau, a dagrau ar ei gruddiau, 'ond doedd Goronwy a minne ddim wedi bwriadu'ch twyllo chi. Mae'n wir ddrwg gen i. Roedd arnon ni ofn deud rhag i chi wrthod gadael i ni briodi yn y capel, a do'n i ddim am i 'Nhad a Mam gael 'u brifo.'

'Trueni na fyddech chi wedi deud wrtha i, Miriam, cyn imi glywed ar lafar gwlad.'

'Pwy ddwedodd wrthoch chi, Mr Morris?' gofynnodd y tad.

'Fedra i ddim datgelu hynny,' atebodd Alun. 'Yr hyn sy'n 'y mhoeni ydi imi gael 'y nhwyllo, a bod pobol eraill yn gwybod hynny. Bydd raid imi drafod y peth gyda'r swyddogion.'

'Chaiff Miriam ddim priodi yn y capel felly, Mr Morris?' gofynnodd y fam yn drist.

'Dydw i ddim yn deud ie na nage ar hyn o bryd. Mi gewch chi wybod yn y man.'

Fe'u gadawodd â rhyw deimlad o euogrwydd gan iddo fod yn gyfrwng i ddifetha dedwyddwch aelwyd, er nad arno ef yr oedd y bai am hynny.

Adroddodd yr hanes wrth Sara wedi iddo gyrraedd adref.

'Beth wyt ti'n bwriadu'i neud?' gofynnodd hithau wedi iddo orffen.

'Sgen i ddim dewis, Sara. Rhaid imi alw cwrdd diaconiaid.'

'Wyt ti'n amau na chaiff hi ddim priodi yn y capel? Chosbwyd mo Tomos Ellis am fynd â llestri'r cymun o'r capel ac roedd hynny, i mi, yn waeth pechod o lawer. Ond dyna fo, nid fi ydi'r gweinidog.'

*   *   *

Pan gyfarfu'r diaconiaid yn y festri i drafod achos Miriam, adroddodd Alun Morris hanes ei ymweliad â'r aelwyd ac yna gadawodd iddynt drafod y mater ymysg ei gilydd.

'Ddyle hi ddim cael priodi yn y capel,' meddai Rhys Morgan. 'Mae gynnon ni'n safone i'w hanrhydeddu.'

'Os agorwn ni'r drws iddi hi, pwy ŵyr be ddigwyddith nesa,' ategodd un o'r lleill.

'Gneud gwaith siarad fyddwn ni wrth roi caniatâd,' meddai un arall.

'Gyfeillion,' meddai Alun, wedi iddynt fod yn trafod am sbel, 'mi alwais i'r cyfarfod 'ma yn unol â threfniada'r ofalaeth. Ro'n i wedi gobeithio clywed rhywfaint o sôn am faddeuant a thrugaredd. I'r gwrthwyneb y bu. Yn 'y marn i, mae'n hen bryd inni ymdeimlo â gwendid dynion, ac felly rwy'n eich hysbysu y bydda i'n gwasanaethu ym mhriodas Miriam a Goronwy yma ym Methesda ar y dydd a drefnwyd eisoes. Mi gân nhw gerydd gen i, ond chosba i mohonyn nhw na'u teuluoedd. Os ydach chi'n anghytuno ac am fy rhwystro, yna rwy'n barod i gyflwyno fy ymddiswyddiad fel gweinidog yr ofalaeth. Ac ar hynny rwy'n sefyll. Mi'ch gadawaf i drafod ymhellach.'

'Sut aeth hi?' gofynnodd Sara pan gyrhaeddodd adref a dywedodd yntau beth oedd wedi digwydd.

'Diolch iti, Alun,' meddai hithau, gan roi cusan iddo ar ei foch. 'Dw i'n falch ohonat ti.'

Priodwyd Miriam a Goronwy yn y capel ymhen y mis. Y bore dydd Llun dilynol galwodd Ifor Post yn y mans. 'Mr Morris,' meddai, 'sgen i ddim llythyr ichi heddiw ond ro'n i am alw i ddiolch ichi am fod mor wrol. Rwy'n falch mai chi ydi 'ngweinidog i. Bendith arnoch.'

12

Crynhoai'r cymylau rhyfel uwchben Ewrop ym misoedd cynnar 1938, a pharai gweithrediadau Hitler i lawer o'r gwledydd bychain a gofiai'r Rhyfel Byd Cyntaf ofni am eu dyfodol. Mewn ymgais olaf i geisio osgoi'r anorfod, teithiodd prif weinidog Prydain, Neville Chamberlain, i Munich i gwrdd â'r unben. Wedi trafod hir a chaled, hedfanodd adref i Lundain wedi sicrhau cytundeb a gadarnhâi heddwch yn Ewrop am y dyfodol. Rhoes miliynau o bobl ochenaid ddofn o ddiolch am y waredigaeth. Roedd gobaith eto i drigolion y gwledydd bychain.

Yr un modd, codwyd gobeithion Tomos Ellis y câi weld cynnal Sioe Fawr Amaethyddol Cymru yng Nghaernarfon yn ystod yr haf, gan roddi cyfle iddo weld gwireddu dyhead blynyddoedd, sef arwain ei darw buddugol Gwernol Saeth y Pumed ar flaen yr orymdaith fawr ar derfyn y sioe.

Anwesu gobaith gwahanol a wnâi Alun a Sara yn y mans sef cael gweld Eurwyn yn troi'i wyneb i gyfeiriad Caer-grawnt, wedi iddo sicrhau'r ysgoloriaeth y ceisiodd amdani. Os llwyddai yn ei arholiadau terfynol yn ysgol Tywyn yn yr haf fe fyddai'r ffordd yn glir iddo gyflawni'u gobeithion. Am Eurwyn ei hun, parhau i gelu'i deimladau a wnâi.

Teulu'r Onnen a fwynhaodd y cyfle cyntaf i ddathlu, wedi iddynt fynd â dwy o wartheg o'r fuches o wartheg Duon Cymreig ynghyd â Gwernol Saeth, y tarw, i'r sioe. Daeth un o'r gwartheg i'r brig yn ei maes, a llwyddodd Gwernol Saeth y Pumed i wneud yr un modd, gan godi gobeithion Tomos Ellis i'r uchelder.

Aeth William adref nos Fercher fel y gallai gludo Menna a Hywel i'r sioe fore trannoeth. Roedd Alun a Sara yno eisoes, yn aros gyda Daniel a'i chwaer, a disgwylid i Edward ac Anwen fod yno erbyn y diwrnod mawr.

Cychwynnodd Alun a'r gweddill yn weddol gynnar o gartref Nansi, gyda'r bwriad o groesi i gae'r sioe dros bont yr Aber. Coleddai Alun obaith y câi weld Daniel, ei ffrind, a Tomos Ellis yn cymodi o'r diwedd.

Wedi cyrraedd y maes gadawodd Sara a Nansi'r dynion i fynd i chwilio am adran y da. Yn y man daethant o hyd i Tomos Ellis yn paratoi'r tarw a'r fuwch gyda chymorth William a Hywel.

Roedd Alun wrth ei fodd pan welodd yr hen chwarelwr yn cyfarch ei gyn-gymydog â'r geiriau: 'Lwc dda iti, Tomos. Rwyt ti'n haeddu ennill wedi'r holl lafur.'

Edrychodd Tomos Ellis arno am eiliad neu ddwy cyn gollwng y brws a ddaliai yn ei law. 'Diolch iti, Daniel. Does gynnon ni ond gobeithio'r gore bellach. Sut wyt ti wedi cartrefu yn yr hen dre 'ma? Mi ddylet droi'n ôl i'n gweld ambell waith.'

Gallai Alun fod wedi troi am adref yn ŵr hapus, ac yntau wedi gweld y cymodi yr oedd wedi dyheu amdano yn digwydd. Dymunodd yntau'n dda i ŵr yr Onnen, gan ychwanegu, 'Rhaid inni beidio ag oedi, mae gynnoch chi waith i'w gwblhau. Mi awn ninna i chwilio am Edward ac Anwen.'

Yn ddiweddarach yn y dydd, Gwernol Saeth y Pumed oedd yn arwain yr orymdaith fawr o gwmpas y cylch. Roedd wedi gwireddu gobeithion ei berchennog. Cerddai Tomos Ellis wrth ei ben yn cydio'n dynn yn y tennyn. Doedd dim gŵr hapusach ar y maes; roedd ei galon a'i lygaid yn llawn. Yr ochr arall iddo, yn cadw llygad manwl arno ef a'r tarw, roedd William a thu ôl i'r ddau, yn tywys y fuwch fuddugol, roedd Hywel, uwchben ei ddigon.

Ar derfyn dydd hapusaf ei oes, bu Tomos Ellis yn goruchwylio'i dda gwerthfawr yn cael eu llwytho'n ofalus ar gyfer eu taith adref. Yna eisteddodd gyda Hywel yng nghefn car William, y naill a'r llall yn anwesu cwpanau arian a rhosynnau coch. Eisteddai Menna yn y sedd flaen gyda William. Gollyngwyd y taid a'i ŵyr yn yr Onnen i aros am y lorri a gludai'r da, ac aeth William â Menna yn ôl i Geulan Goch.

'Diolch iti am ddiwrnod mor hapus, William. Mi gysgith dy dad yn dawel heno.'

'Gneith siawns, os na fydd yr holl ddigwyddiade wedi cynhyrfu gormod arno. Menna, dydw i ddim am ddwyn atgofion trist yn ôl i amharu ar dy fwynhad heddiw, ond cofia fod gen tithe ddyfodol o hyd. Tybed wnei di ystyried 'i rannu efo fi?'

'Wyt ti am imi ddod yn ôl i'r Onnen?'

'Ydw. Fel 'y ngwraig i'r tro hwn. Ddoi di?'

'Be ddwedith dy dad?'

'Dw i'n credu dy fod ti'n gwybod, fel finne, nad yr un

161

dyn ydi 'Nhad â phan oedd Owen druan yn fyw. Chei di ddim trafferth, dw i'n addo.'

Rhoes Menna gusan iddo ar ei foch. 'Diolch iti am ofyn, William. Mi fydde Hywel wrth 'i fodd.'

*　　　*　　　*

Clywodd Eurwyn ganol Awst iddo lwyddo yn ei arholiadau terfynol a bod y ffordd yn glir iddo fynd i Gaer-grawnt. Yn naturiol, roedd ei rieni wrth eu bodd, er eu bod yn synnu nad oedd Eurwyn ei hun yn byrlymu o lawenydd.

'Rhaid i mi gyfadde nad ydw i ddim yn 'i ddallt o, Sara,' meddai Alun. 'Mi faswn i'n neidio o gylch y tŷ 'ma taswn i yn 'i le o. Mae o mor ddiffrwt ynghylch y peth rywfodd.'

'Mi wyddost nad ydi o ddim yn un am fynegi'i deimlada, Alun. Dyna'i natur o.'

'Ia, debyg.'

Ymhen rhai wythnosau roedd Sara yn llofft Eurwyn pan gerddodd yntau i mewn a holi, 'Be 'dech chi'n neud, Mam?'

'Dechrau hel dy ddillad di at ei gilydd yn barod iti fynd i ffwrdd. Choelia i byth nad ydi hi'n bryd i titha gael dy lyfra'n barod hefyd.'

'Mam,' meddai Eurwyn yn dawel, 'mae gen i rywbeth i' ddeud wrthoch chi. Newch chi eistedd am funud.'

Rhoes Sara'r dilledyn a ddaliai o'i llaw ac edrych arno, a phan welodd hi'r wedd ddifrifol yn ei wyneb cydiodd rhyw ofn rhyfedd ynddi. Eisteddodd ar erchwyn y gwely. 'Be sy'n bod, Eurwyn? Wyt ti'n sâl?' holodd yn bryderus.

'Nac ydw, Mam. Dim byd felly.'

'Be sy 'te?'

'Dydw i ddim yn bwriadu mynd i Gaer-grawnt.'

162

'Tynnu 'nghoes i wyt ti?'

'Nage. Dw i wedi penderfynu ers tro ond 'mod i'n methu gwybod sut i ddeud wrthoch chi.'

'Wyt ti wedi deud wrth dy dad?'

'Naddo. Roedd arna i ofn y basa fo'n codi stŵr.'

'Mae o'n siŵr o neud iti! A wela i ddim bai arno fo. Chlywais i ddim byd gwirionach erioed! Rwyt ti'n gwybod fel mae o wedi llawenhau yn dy lwyddiant di a faint oedd o'n edrych ymlaen at dy weld di'n mynd i Gaer-grawnt.'

'Dyna'r drwg, Mam. Mae pawb eisio imi fynd, a neb yn gofyn be dw i eisio.'

Cododd Sara oddi ar y gwely a mynd i alw ar ei gŵr.

'Be sy?' gofynnodd yntau, gan brysuro i fyny'r grisiau.

'Mae gan Eurwyn rywbeth i' ddeud wrthat ti.'

Edrychodd Eurwyn yn anesmwyth ac meddai, â'i wyneb yn welw, 'Dad, dydw i ddim eisio mynd i Gaer-grawnt.'

Ni chynhyrfodd Alun fwy na mwy. 'Ofn gadael cartre wyt ti, debyg,' meddai. 'Paid â phoeni. Unwaith y byddi di wedi setlo mi fyddi wrth dy fodd.'

'Na, Dad. Dydech chi ddim yn deall. Dydw i ddim yn bwriadu mynd o gwbwl.'

'Paid â siarad yn wirion! Rwyt ti'n mynd. A dyna ben arni.'

'Nac ydw, Dad,' mynnodd Eurwyn. 'Dydw i ddim. Mi dw i wedi penderfynu ers tro, ond rŵan, mae pethe wedi dod i ben.'

Troes Alun at Sara. 'Wyddet ti rywbeth am hyn?' gofynnodd.

'Ddim hyd y funud yma, Alun. Dwn i ddim be sy wedi dod dros 'i ben o. Ond rwy'n erfyn un peth. Er mwyn popeth peidiwch â ffraeo. Rhaid inni geisio trafod hyn yn rhesymol.'

'Rhesymol!' meddai Alun, a'i lais yn codi. 'Sut aflwydd y gall rhywun drafod rhywbeth afresymol yn rhesymol? Chlywais i ddim byd gwirionach yn 'y nydd. Ond mi wn i un peth,' ychwanegodd, gan droi at Eurwyn, 'mi gei di fynd tase raid i mi dy lusgo di yno! Wyt ti'n sylweddoli faint mae dy fam a minna wedi'i aberthu er mwyn i ti gael y cyfle gora posib? A dyma ti'n taflu'r cyfan yn ôl i'n hwyneba ni! Be sy'n bod arnat ti?'

'Alun! Paid, plîs,' erfyniodd Sara. 'Rho gyfle iddo fo egluro. Dydi hynny ond yn deg.'

Roedd yn amlwg fod Eurwyn ar fin torri i lawr. 'Dad, newch chi plîs drio deall,' erfyniodd. 'Dydw i ddim eisio gadael y cwm. Dw i'n hapus yma. Pam na cha i aros yma? Mae'r holl sôn 'ma am ryfel yn 'y nychryn i. Dw i'n cofio rhai o'r hanesion ofnadwy y byddech chi'n 'u hadrodd am y pethe oedd yn digwydd pan oeddech chi'n gaplan.'

'Ond, Eurwyn, os ei di i Gaer-grawnt, mi gei di lonydd i gwblhau dy gwrs. A tasa rhyfel yn torri allan fasa dim rhaid iti ymuno â'r Lluoedd Arfog, a siawns na fasa'r cyfan drosodd cyn i ti orffen dy gwrs. Hynny ydi, *tasa* 'na ryfel, a does 'na ddim sicrwydd o hynny.'

'Dydw i ddim yn bwriadu ymuno â'r Lluoedd Arfog os bydd 'na ryfel, Dad. Mi a' i i garchar cyn y gwna i hynny.'

'Duw a'n helpo, Eurwyn bach. Rwyt ti mor ddibrofiad i neud penderfyniada mor dyngedfennol. Cer i Gaergrawnt i ti gael profi bywyd cwbl wahanol i fywyd Cwm Gwernol, sy'n gallu bod mor gul a chaeth.'

'Dw i'n hapus yma, Dad. A sawl gwaith ydw i wedi'ch clywed chi'n deud yn eich pregetha fod hapusrwydd yn rhywbeth sy raid inni ddal arno fo. 'I fod o'n rhy werthfawr i'w golli.'

Cipiodd hynny'r gwynt o hwyliau'i dad, ac nid oedd yn siŵr sut i ymateb. 'O'r gora 'ta,' meddai. 'A sut wyt ti'n bwriadu byw? Ar y gwynt? Be wnei di? Fedri di ddim ffarmio heb ffarm, a go brin y basat ti'n fodlon bod yn was ffarm. Be wnei di?'

'Does 'na ddim byd o'i le ar fod yn was ffarm, Dad. Ond nid dyna dw i eisio. Dw i'n bwriadu trio am waith efo'r Adran Goedwigaeth.'

'Nefoedd annwyl!' meddai'i dad, a'i amynedd yn pallu. 'Mynd i'r coedwig fel mwnci i osgoi bywyd! Dwyt ti ddim hanner call.'

'Alun!' erfyniodd Sara.

'Mae gen i gystal hawl i ddewis be dw i eisio'i neud â sy gan Dad i 'ngorfodi i,' heriodd Eurwyn. ''Y mywyd i ydi o.'

'Wneith dadla fel hyn ddim ond creu mwy o helynt a gadael creithia, a Duw a ŵyr, mae digon o hynny wedi bod yn y cwm 'ma,' meddai Sara. 'Ewch i lawr i'r stydi eich dau a thrafodwch â'ch gilydd yn rhesymol. Gwranda di ar Eurwyn, Alun, a phaid â gwylltio. Cofia beth ydi dy swydd a dy gyfrifoldeb. A thitha, Eurwyn, rhaid iti egluro dy resyma'n well i dy dad. Dydw i ddim am glywed 'run gair croes eto. Mi a' inna i lawr i baratoi swper.'

Ufuddhaodd y ddau'n dawel a dilynodd Sara hwy i lawr y grisiau a'i chalon yn llawn gofid.

'Mi dw i'n barod i wrando arnat ti, Eurwyn,' meddai'i dad wedi iddynt eistedd yn y stydi, 'ond er mwyn dy ddyfodol tria ditha weld rheswm.'

'Dad, mi fedra i ddeall eich ochr chi,' meddai Eurwyn wedi i'r ddau fod yn trafod yn dawel am sbel. ''Dech chi

165

am imi gael y cyfle gore. Ond nid fel 'na dw i'n 'i gweld hi. Rydw i wedi bod yn mynd o gwmpas y cwm 'ma efo chi er pan o'n i'n hogyn bach. Gweld bywyd cefn gwlad ar 'i ore. Adeg y gwanwyn a'r ŵyn, dyddie cneifio a'r dyrnwr. Cael mynd i efail y go a helpu efo'r fegin. Pob math o bethe. Mynd efo Hywel o gwmpas y ffermydd. A dyna dw i eisio, Dad. Be sy o'i le ar hynny?'

'Dim ar y ddaear, Eurwyn. Mae o'n ddarlun hyfryd o fywyd cefn gwlad. A wela i ddim bai arnat ti am fod eisio aros yma. Ond nid dyna'r darlun cyflawn. Dydi Cwm Gwernol ddim yn Eden berffaith, fel y gwn i o brofiad. Os ydi hi'n braf ar adega, mae 'na stormydd yn gallu dod hefyd. Mae pobol yn byw, marw a ffraeo yma fel ym mhobman arall. Cofia dy Feibl. Roedd 'na sarff yn Eden! Yr hyn dw i am iti'i neud ydi cyfoethogi dy hun fel y gelli di fwynhau bywyd yn well.'

'Dad,' meddai Eurwyn yn y diwedd, 'mi dw i'n barod i fentro Cwm Gwernol os gnewch chi a Mam gytuno.'

Sylweddolodd Alun fod dewis yn ei wynebu. Fe allai orfodi Eurwyn i fynd i'r coleg a'i golli, ac o bosib dorri calon ei fam. Neu fe allai gytuno iddo aros yn y cwm, fel y dymunai, llyncu'i siom ei hun, a gadael i Eurwyn gymryd ei siawns. 'O'r gora,' meddai. 'Mi gei di dy ffordd, os cytunith dy fam. Ar un amod. Os canfyddi di o fewn y flwyddyn dy fod ti wedi gneud camgymeriad, ddoi di'n ôl aton ni a deud dy fod ti'n barod i roi ailgynnig am Gaer-grawnt.'

'Mi wna i hynny, Dad. Rwy'n addo. A diolch ichi.'

Ac wrth weld y wên hapus ar ei wyneb, teimlodd Alun ei fod yn nes ato nag y bu ers amser hir.

*   *   *

Llwyddodd Eurwyn i gael gwaith gyda'r Awdurdod Coedwigaeth yng nghyffiniau'r cwm a chael aros gartref yn y mans. I bob golwg roedd wrth ei fodd, yn mwynhau'i hun a'i gyfeillgarwch â Hywel yn dyfnhau.

Priodwyd Menna a William yn dawel wythnos cyn y Nadolig, ac aeth y ddau i ffwrdd am benwythnos cyn dychwelyd i fyw yn yr Onnen.

Yn y mans, mwynhawyd gŵyl dawel a hapus yng nghwmni Anwen ac Edward, ac roedd Eurwyn yn hapus yn eu plith.

*   *   *

Daeth y gwanwyn yn gynnar a gobeithiol, ac yn wahanol iawn i'r hyn ydoedd mewn rhannau eraill o Ewrop lle'r oedd y sefyllfa'n gwaethygu a'r arwyddion yn ddrwg. Roedd grym y Natsïaid i'w weld yn cynyddu'n fygythiol, ac yn yr Eidal roedd Mussolini'n clochdar fel ceiliog ar ben tomen. Ond cyn i'r storm dorri ar Ewrop, daeth gofid gwahanol i fygwth hapusrwydd trigolion Cwm Gwernol.

Prynodd John Watkins, Cil-cwm ddwy fuwch odro ym mart Croesoswallt. Rhyw ddeuddydd yn ddiweddarach, pan aeth i gyrchu'r da i'w godro, sylwodd fod un o'r ddwy fuwch yn gloff. Fe'i harchwiliodd yn ofalus a pharodd yr hyn a ganfu i ofn enbyd gydio yn ei galon. Aeth i lawr i'r pentre yn syth i alw'r milfeddyg.

O ganlyniad i ymweliad hwnnw rhoed gwaharddiad ar ymwelwyr i'r fferm; gosodwyd cafn o ddŵr diheintio wrth ei mynediad a chyflwynwyd gorchymyn yn atal symud da o fewn cylch o ugain milltir. Anfonwyd samplau o'r fuwch i arbenigwyr heintiau da yn yr Adran Amaeth-yddiaeth yn Amwythig ac yn swydd Surrey ac o fewn deuddydd cadarnhawyd bod clwy'r traed a'r genau wedi taro fferm Cil-cwm. Lledodd braw ac ofn drwy holl gymoedd Tafol a Gwernol ac ymhellach.

Diwrnod garw yn hanes y cymoedd oedd yr un pan welwyd cwmwl o fwg du yn codi uwchben fferm Cil-cwm, a'r holl dda ewyn-fforchiog yn cael eu llosgi. Lledai'r mwg â'i arogl drewllyd dros bobman ac, yn ei gysgod, ofn enbyd i'r holl aelwydydd.

Nid oedd Tomos Ellis yr Onnen yn wahanol i unrhyw un o ffermwyr eraill y cymoedd yn ei bryder, yn enwedig wedi'i fuddugoliaeth yn sioe fawr Caernarfon. Ofnai y gallai'i darw Gwernol Saeth, heb sôn am ei fuches, fod mewn peryg enbyd. Cerddai o gylch y da bob nos a phob bore, ac nid oedd awydd bwyd arno o gwbl. Methai Menna ac Olwen yn lân â'i gael i ymlacio a gorffwys.

Un bore, pan oedd William a Hywel yn galw'r da i'w godro sylwodd William fod un ohonynt yn gloff. Gyrrodd Hywel i'r tŷ ar ei union i alw ar ei daid.

'Mae Siwsi'n gloff,' meddai William pan gyrhaeddodd y beudy lle'r oedd ei dad yn disgwyl amdano.

Tomos Ellis a wahanodd y fuwch oddi wrth y gweddill a mynd â hi i feudy ar wahân i'w harchwilio'n fanwl. Daeth allan o'r beudy yn y man yn welw'i wedd ac yn crynu fel deilen. 'William,' meddai'n floesg, 'cer i'r post i ffonio Edward.'

'Yden ni'n mynd i golli'r fuches, Edward?' gofynnodd yr hen ŵr i'w fab wedi iddo ef a dau arbenigwr arall o'r Adran Amaethyddiaeth yn Amwythig archwilio'r fuwch.

'Rhaid cadarnhau ffaith y clwy gynta, 'Nhad, ond mae arna i ofn mai felly bydd hi.'

'A Gwernol Saeth hefyd?'

'Fydd gynnon ni ddim dewis.'

Ymhen tridiau roedd gwŷr yr Adran Amaethyddiaeth yn yr Onnen yn arolygu'r trefniadau i ddifa'r fuches gyfan. Turiwyd bedd enfawr yn un o'r caeau uchaf ac arweiniwyd y da yno. Ni ddaeth bref oddi wrth yr un ohonynt. Mynnodd Tomos Ellis ei hun dywys ei darw hyd at ymyl y bedd, lle y gorweddai cyrff ei fuches werthfawr. Safodd yno'n dawel yn gwylio'r anifail a gyflawnodd obaith oes iddo yn cael ei ladd.

Roedd William wedi mynd i lawr at yr afon gan na fedrai wynebu'r drychineb, ond safai Menna, Olwen a Hywel ar gyrion y cae yn gwylio'r cyfan. 'Hywel,' meddai Menna yn y man, 'cer i nôl Taid, a thyrd â fo i'r tŷ.'

Ufuddhaodd yntau gan gerdded i fyny at y bedd yn araf. Cydiodd ym mraich ei daid. 'Taid,' meddai, 'mae Mam am ichi ddod i'r tŷ.'

Ond ni symudodd Tomos Ellis. Safodd yno a'i ŵyr wrth ei ochr yn gwylio'r dynion yn pentyrru gwellt a thanwydd dros gyrff y da. Yna goleuodd un ohonynt ffagl a'i thaflu i'r canol a ffrwydrodd y cyfan yn un fflam enfawr. Bu'r ddau'n gwylio'r mwg du yn esgyn i'r awyr las uwchben am ysbaid.

'Mi awn ni rŵan, 'ngwas i,' meddai Tomos Ellis a cherddodd y ddau law yn llaw i lawr y cae tua'r tŷ.

*   *   *

Yn ystod y dyddiau erchyll pan gerddai'r haint y cymoedd, bu Alun Morris yntau'n cerdded yn gyson o fferm i fferm yn cynnig cysur a chymorth, nes ei fod wedi ymlâdd.

'Fedri di ddim dal ati fel hyn,' meddai Sara un noson, wedi iddo ddychwelyd a golwg flinedig a thrist arno.

'Os na alla i fod o gysur ar adeg fel hyn, waeth imi roi'r gora iddi ddim.'

'Fuest ti yn yr Onnen?'

'Fedrwn i mo'u hwynebu nhw heno, Sara. Mi a' i yno fory.'

Cododd yn gynnar fore trannoeth a mynd o'r tŷ yn dawel bach. Aeth heibio i dalcen y Tarw Du a throi i gyfeiriad yr Onnen. Wrth fynd, meddyliai am y penwythnos hwnnw pan aeth yno am y tro cyntaf.

Cyrraedd nos Sadwrn, i ganol prysurdeb godro, a llond y ffald o wartheg breision ar eu ffordd i'r beudái. Y bechgyn yn ifanc a llawn bywyd. Mynd i'r tŷ a chael croeso cynnes gan Tomos Ellis a'i briod Jane, ynghyd ag Olwen, y forwyn. Wedi mwynhau swper a chwmnïaeth ddifyr, troi am y gwely, a chael ei esgidiau wrth ddrws ei lofft yn y bore wedi'u glanhau. Cwrdd â'r teulu wrth y bwrdd brecwast a'r tad yn cadw dyletswydd. Cofiai fel y cerddodd y teulu i gyd gydag ef i'r capel i gynnal ei oedfa gyntaf ym Methesda.

Pan gyrhaeddodd y ffald, nid oedd na dyn nac anifail i'w weld yn unman. Roedd pobman mor dawel nes peri iddo arafu'i gam wrth fynd i gyfeiriad y tŷ. Cydiodd pwl o hiraeth enbyd ynddo am yr hyn a gollwyd.

'Diolch ichi am ddod, Mr Morris,' meddai Menna'n dawel wrth ei wahodd i'r tŷ. 'Mi fydd Taid yn falch o'ch gweld. Mae William allan yn rhywle yn chwilio am rywbeth i' neud. Ewch drwodd at Taid. Mae o yn y parlwr bach.'

'Fan'ma rydach chi, Tomos Ellis?'

'Ia, Mr Morris. I ble arall a' i yntê? 'Steddwch. Mae'n dda cael eich cwmni chi.'

Bu Alun Morris yno am amser yn gwrando ar yr hen ŵr yn rhannu'i ofid ag ef, gan geisio cyflwyno gair o gysur iddo yn awr ac yn y man. 'Tomos Ellis,' meddai wedi i'r ffrwd geiriau sychu, 'mae hi'n fore braf. Beth am inni fynd i lawr at yr afon am dro?'

Er ei syndod, fe gytunodd yr hen ŵr, ond yn lle troi i gyfeiriad yr afon, fel y disgwyliai Alun, troes Tomos Ellis i gyfeiriad y caeau uchaf, a'i arwain yn y man at lan bedd ei fuches, lle y chwalwyd ei holl obeithion. Roedd fel craith lwyd enfawr yng ngwyrddlesni gweddill y cae.

Wedi sefyll ar lan y bedd am beth amser, meddai'r hen frawd: 'Wyddoch chi be sy'n fy lladd i'n fwy na dim, Mr Morris?' A chyn iddo gael cyfle i ateb, ychwanegodd: 'Y distawrwydd annaturiol 'ma sy dros bob man. Mi dw i'n 'i deimlo hyd at fêr fy esgyrn. Does 'na ddim bref buwch na chân aderyn i'w glywed yn unman. Mi fyddwn i wrth 'y modd yn cerdded y caeau fin nos a gwrando ar y da'n pori. Sŵn 'u shwfflan, a'r adar yn 'u dilyn fel tasen nhw'n aros am 'u pryd. Does ond clust ffermwr a'i clyw, wyddoch chi. Ac mae 'i golli fel tynnu cân o'r enaid.'

'Dydi o ddim yn naturiol, nac ydi,' meddai Alun. 'Ond tawelwch dros dro ydi o, cofiwch. Mi ddaw'r sŵn yn ôl i'r meysydd. Dyddia profi yw'r rhain. Mae'r haf ar y trothwy.'

'Falle wir, Mr Morris, ond ddaw'r un haf â'r fuches a gollais yn ôl i mi. Mae rhywbeth wedi mynd ar goll yn 'y mywyd. Duw a ŵyr, roedd colli Jane ac Owen yn ergyd ddychrynllyd, ond roedd y fuches gen i. Does gen i ddim byd yn awr. Meddyliwch am gymryd darn o oes i feithrin buches a'i cholli dros nos.

'Colli'r arferiad o godi'n gynnar a mynd i lawr i'r beudái i odro. Camu i mewn i gynhesrwydd y beudy ar fore

171

barugog a chlywed sŵn shwfflan y gwartheg a'u hanadlu trwm. Eistedd ar stôl drithroed a gosod y piser o dan bwrs y fuwch. Gosod eich pen ar 'i chrwmp a chydio yn 'i thethi cynnes. Clywed hisian y llaeth yn tasgu i'r piser. Duw a ŵyr, Mr Morris, mae darn o 'mywyd i wedi'i gymryd oddi arna i a sgen i ddim byd i'w roi yn 'i le. Mae William yn cerdded y lle 'ma fel dyn diarth, ac mae'r gweision ar goll.'

Wrth wrando ar gyffes ffydd yr hen frawd yn ystod y munudau cyfrin hynny ar lan y bedd, teimlodd Alun ei fod yn nes ato nag y bu erioed. 'Tomos Ellis,' meddai, 'all neb ddwyn yr hyn a gollwyd yn ôl ichi, ond cofiwch fod William a Hywel gynnoch chi i sugno maeth o'ch profiad chi, a phan fydd y caea 'ma'n lân o'r haint a'r da'n pori yma unwaith eto, mi fydd y ddau'n falch o'ch cymorth. Dowch, mi awn ni'n ôl i'r tŷ. Synnwn i damed na fydd Menna ac Olwen wedi paratoi paned inni'n dau.'

Ar ei ffordd adref yn ddiweddarach, cofiodd Alun Morris eiriau Menna wrth iddo adael yr Onnen: 'Diolch ichi am ddod, Mr Morris. Mi wnaethoch fyd o les iddo.' Teimlai'n hapus ei fod wedi cyflawni rhan o'i ddyletswydd fel gweinidog.

'Wel,' meddai Sara, pan gyrhaeddodd adref, 'sut aeth hi?'

'Mi ges i fwy nag a roddais,' atebodd yntau'n dawel.

13

Daeth yr haf i lonni'r cwm a chiliodd cymylau du'r clwy a barodd gymaint o ofid, er iddo adael creithiau ar ei ôl.

Gwelwyd gwartheg unwaith eto'n pori ar gaeau a fu'n dawel a gwag ac, fel petai rhagluniaeth yn ceisio gwneud iawn am y colledion a'r gofid a fu, cafwyd wythnosau o dywydd heulog, braf. Erbyn canol Gorffennaf roedd Ifan Dafis, Geulan Goch, fel gweddill ffermwyr defaid y cymoedd, wedi gorffen y gwaith o olchi a chneifio ac yn edrych ymlaen at rai dyddiau o seibiant cyn dyfod prysurdeb cynhaeaf gwenith a haidd.

Ond os ciliodd y cymylau uwchben Cwm Gwernol, crynhoi'n fwyfwy a wnaethant uwchben Ewrop, gan fygwth clwy mwy dinistriol o lawer. Roedd y flwyddyn o ysbaid a sicrhaodd Neville Chamberlain yn prysur ddirwyn i ben. Roedd byddinoedd yr Almaen yn trawsdroedio'n hy ac yn dechrau crynhoi o gylch ffiniau gwlad Pwyl, gan yrru iasau o ofn drwy'r wlad. Bygythiwyd yr heddwch simsan yr oedd Hitler wedi cytuno iddo.

Gwrando ar y newyddion diweddaraf yr oedd Ifan Dafis un bore pan glywodd lais Ifor Post yn galw yn ôl yr arfer: 'Oes 'ma bobol?' Cerddodd i mewn i'r gegin a gosod amlen felen ar y bwrdd. 'Neges arbennig ichi o Seland Newydd.'

Edrychodd Ifan a Lisa Dafis ar yr amlen mewn syndod.

'*Cable* oddi wrth Huw,' meddai Ifor, yn blasu'r foment.

'Llythyr 'den ni'n arfer 'i gael,' meddai Ifan, a braw yn ei lais.

'Mae rhywbeth wedi digwydd iddo iti,' meddai Lisa, wedi cynhyrfu. 'Agor o, Ifan.'

Cydiodd yntau yn yr amlen fel petai'n ddarn o lestr gwerthfawr. Fe'i hagorodd yn ofalus a thynnu ohoni un tudalen o lythyr. 'Tyrd â'n sbectol imi, Lisa.'

Fe'i gosododd yn ofalus ar flaen ei drwyn a dechreuodd

ddarllen. Roedd ei wefusau'n symud ond doedd yr un gair i'w glywed. Yna, ebychodd: 'Brenin Mawr! Lisa!'

'Ifan!' llefodd hithau, wedi cynhyrfu'n enbyd. 'Be sy'n bod? Darllen o'n uchel, bendith iti!'

'*Coming home with my wife. Arriving Liverpool August 10.*'

Roedd Lisa'n beichio crio. Cododd Ifan a chydio ynddi. 'Dŵad adre mae o, Lisa. Nid wedi marw!'

'Ond efo gwraig, Ifan! A ninne 'rioed wedi'i gweld hi. Be nawn ni? Be tase hi ddim yn siarad Cymraeg?'

'Mi ddown ni i ben, Lisa. Y peth mawr ydi 'i fod o'n dŵad adre.'

'Synnwn i damed 'i fod o'n dŵad am 'i fod o ofn i ryfel dorri allan a fynte ble mae o,' meddai Ifor. 'Mynd i ben draw'r byd i chwilio am wraig! Pwy fase'n meddwl yntê?'

Ac fe'u gadawodd â mwy o newyddion i'w rhannu nag oedd ganddo yn ei gwdyn llythyrau.

'Ifor!' galwodd Ifan Dafis ar ei ôl. 'Wnei di alw yn yr Onnen a gofyn i Menna ddŵad adre?'

Bu'r ddau'n trafod yn hir cyn i Menna gyrraedd.

'Mae dy dad a minne wedi bod yn siarad,' meddai'i mam wrthi, 'ac os bydd Huw a'i wraig yn penderfynu aros, mi fydde'n well iddyn nhw gael y lle iddyn nhw'u hunain.'

'Ond i ble'r ewch chi'ch dau?'

'Mae Gruffydd y Felin wedi bod yn sôn am roi'r gore iddi ers tro,' meddai'i thad. 'Dydi o fawr o le ond mi fydde'n iawn i ni'n dau, ac mi fydden ni'n ddigon agos i Huw i roi help llaw iddo pan fydde angen.'

'Mae'n bryd i dy dad ymlacio peth,' meddai'i mam. 'A fydde fo ddim yn dal 'i ddwylo felly. Be wyt ti'n feddwl?'

'Mi fydde'n beth gwych, os bydd Huw am aros,' cytunodd Menna.

*   *   *

Wedi cadarnhau'r amser y byddai'r llong yn glanio yn Lerpwl, aeth William a Menna i gwrdd â hi a chludo Huw a'i wraig yn ôl i Geulan Goch. Roedd Ifan Dafis wedi gwahodd Alun a Sara yno i'w helpu i dorri'r garw. Pan gyrhaeddodd y pedwar o Lerpwl yn ddiweddarach, cyflwynodd Huw ei briod iddynt yn swil: 'Dyma Fiona. Mae'i rhieni'n dod o'r Alban, ac mae hi wedi addo dysgu Cymraeg.'

Cyn troi am adref cafodd Sara gyfle i holi Menna a'i mam, 'Wel, be 'dach chi'n feddwl ohoni?'

'Mae hi i' weld yn ferch annwyl iawn,' atebodd Lisa Dafis. 'Geneth gre ac iach yr olwg. Mi ddyle neud gwraig ffarm dda.'

'Dw i'n meddwl fod Huw wedi bod yn lwcus iawn,' cytunodd Menna. 'Wela i'r un rheswm pam na all hi setlo'n hapus yn y cwm.'

'Maen nhw'n bwriadu aros felly?'

'Yden, ac mae Ifan fel finne'n falch o galon. 'Nenwedig o gofio y galle rhyfel dorri allan unrhyw ddiwrnod.'

Galwodd Alun yn yr Onnen drannoeth a chyn iddo gael cyfle i dorri gair â Tomos Ellis, fe gydiodd hwnnw yn ei fraich a'i dywys i lawr i'r beudái. Arhosodd ger un ohonynt a gwthio rhan uchaf y drws ar agor. 'Dyna chi,' meddai. 'Be 'dech chi'n feddwl ohono?'

O'u blaenau safai tarw ifanc hardd.

'Mae o'n greadur hardd iawn, Tomos Ellis. Llawn bywyd ddwedwn i. Gwernol Saeth arall?'

'Nage, Mr Morris. Perthyn i'r gorffennol mae'r llinach honno bellach. Perthyn i'r dyfodol mae hwn. William a Hywel sy wedi'i enwi—Arran y Cyntaf. Be 'dech chi'n ddeud?'

'Gwych o beth, Tomos Ellis. Bywyd a gwaed ifanc i ailgychwyn.'

'Ia, a diolch i Dduw am hynny. Fynnwn i ddim byw i weld hunlle caeau gwag eto.'

Wrth droi oddi yno, ni fedrai Alun beidio â meddwl am yr hunllef oedd yn bygwth meysydd Ewrop.

*   *   *

Cyn bod y cynhaeaf wedi'i gludo i'r ysguboriau, roedd y storm wedi torri uwchben Ewrop a milwyr Hitler yn disgyn yn gawodydd ar wlad Pwyl, ac o fewn ychydig ddyddiau roedd Prydain unwaith yn rhagor mewn rhyfel â'r Almaen. Ar y bore Sul cyntaf o Fedi 1939, cerddodd Alun a Sara drwy'r glaw i'r capel â'u calonnau'n drwm, wedi clywed hysbysiad ar y radio y byddai'r prif weinidog yn cyfarch y genedl am un ar ddeg o'r gloch.

Gadawsai Alun y bregeth yr oedd wedi'i pharatoi ar fwrdd y stydi a throes yr oedfa'n gwrdd i weddïo am gymorth i wynebu'r treialon oedd o'u blaenau. Gorweddai tristwch ac ansicrwydd dros bawb, ac ar derfyn y cyfarfod troesant yn dawel tuag adref.

Fel miliynau eraill drwy'r wlad, eisteddai Alun, Sara ac Eurwyn wrth y radio yn aros am gyfarchiad y prif weinidog. Clywsant seiniau trwm Big Ben yn taro'r awr, fel seiniau cnul ar ddydd angladd. Yna llais undonog Neville Chamberlain, yn floesg gan deimlad, yn cyhoeddi fod stad o ryfel cydrhwng Prydain a'r Almaen.

Ar derfyn ei gyfarchiad byr, ni symudodd yr un o'r tri nes i Alun dorri ar y tawelwch: 'Duw a ŵyr beth fydd effeithia rhyfel arall ar ein bywyda ni i gyd, ac ar yr Eglwys hefyd.'

'Dydw i ddim yn mynd i ymuno â'r lluoedd arfog a lladd rhywun na welais i mohono 'rioed,' meddai Eurwyn yn bendant. 'Mi gofrestra i fel gwrthwynebydd cydwybodol.'

'Ti piau'r penderfyniad, Eurwyn,' meddai'i dad, 'ond cofia un peth, mae'r llwybr hwnnw'n un anodd, a bydd llawer yn gweld bai ac yn edliw. Ond mi gei di bob help gan dy fam a minna.'

'Mae'n haws gen i feddwl amdano'n wynebu hynny na wynebu gelyn sy'n ceisio'i ladd,' meddai'i fam yn dawel.

*　　　*　　　*

Am wythnosau ni welwyd fawr o effaith y rhyfel ar Gwm Gwernol, ar wahân i'r ffaith fod gwŷr o'r Weinyddiaeth Amaeth wedi bod o gylch y ffermydd yn dweud faint a pha fath o gnydau y disgwylid iddynt eu cynhyrchu, ynghyd â'u rhybuddio y byddai gwerthu cynnyrch eu ffermydd heb ganiatâd yn anghyfreithlon.

Wedi trechu gwlad Pwyl, arafodd milwyr yr Almaen, ac ar wahân i ambell gyrch awyr uwchben Prydain, doedd dim arwydd ei bod hi'n adeg rhyfel. Eithr tawelwch cyn y storm oedd hyn. Cyn hir daeth cyrchoedd awyrennau'r Almaen i ddinistrio a llosgi dinasoedd a threfi a phrysurwyd y gwaith o symud y plant i ddiogelwch y wlad.

Tua chanol Chwefror, arhosodd bws y tu allan i neuadd Abergwernol a disgynnodd nifer o blant ohoni ynghyd â'r ddwy athrawes oedd yn eu gwarchod. Edrychent yn flinedig ac ofnus, a'u mygydau nwy mewn bocsys carbord yn crogi fel tlysau hyll o'u gyddfau. Tywyswyd hwy i'r neuadd a'u rhoddi i eistedd wrth fyrddau oedd wedi'u hulio â bwyd ac â chroeso, ond roeddynt yn rhy ofnus a blinedig i'w fwynhau.

Wedi iddynt fwyta hynny a allent, fe'u galwyd oddi wrth y byrddau i'w dosbarthu i'r teuluoedd oedd wedi cytuno i'w derbyn. Cafodd rhai o'r bechgyn hŷn eu lleoli'n ddidrafferth mewn ffermydd a hynny, mae'n debyg, am y gwelid cyfle i gael gweision bach yn rhad. Er hynny, byddent hwythau'n ffodus o gael cartrefi clyd a digon o fwyd.

Fel yr âi'r nifer yn llai, a mwy o ferched ar ôl nag o fechgyn, sylwodd Sara ar ddwy'n sefyll law yn llaw, beth ar wahân i'r gweddill, yn union fel petaent ar werth mewn marchnad a neb am eu prynu. Teimlodd ei chalon yn gwaedu drostynt. Aeth atynt a'u holi'n dawel, a deallodd mai chwiorydd oeddynt a'u bod yn dod o Wolverhampton: Doris, yr hynaf, yn naw oed ac Elaine ei chwaer yn saith.

Penderfynodd Sara ar unwaith y byddai'n mynd â'r ddwy adref gyda hi ac, yn wir, erbyn i Alun gyrraedd adref yn ddiweddarach, roedd y ddwy fach wedi ymagor fel blodau swil yng ngwres haul cynnes o dan ofal caredig Sara.

'Doedd dim gwahaniaeth gen ti i mi ddewis y rhain?'

'Dim o gwbwl, Sara fach. Roedd 'na ryw olwg fach drist ac unig ar y ddwy. Maen nhw i gyd wedi'u gosod bellach, ac mae'r ddwy athrawes yn y rheithordy.'

'Gân nhw gysgu yn llofft Anwen. Mae 'na rai o'i hen degana hi yno o hyd.'

Sgwrsio'n dawel yn y gwely yr oedd Alun a Sara pan neidiodd hi ar ei heistedd yn sydyn. 'Maen nhw'n crio,

Alun,' meddai gan redeg o'r ystafell ac yntau wrth ei chwt.

Roedd y ddwy ifaciwî ar eu heistedd yn y gwely a'r dagrau'n llifo i lawr eu gruddiau, a'r hynaf o'r ddwy'n anwesu'i chwaer fach. Cymerodd Sara'r fechan yn ei chôl a rhoes Alun ei fraich am ysgwyddau'r llall a'i dal nes i'w dagrau arafu. Yna dringodd Sara i'r gwely atynt a chymryd un dan bob cesail. 'Dyna ti, Alun,' meddai. 'Cer di'n ôl i dy wely rŵan. Mi arhosa i efo nhw tan y bore.'

Ni fu'r ddwy'n hir yn ymgartrefu yn awyrgylch gynnes y mans, a bu Eurwyn o gymorth mawr trwy ddod â phethau o'r goedwig iddynt a chwarae gemau â hwy. Deallwyd mai gweithiwr rheilffyrdd oedd eu tad a bod eu mam yn gweithio mewn ffatri arfau.

Cyn diwedd Chwefror, derbyniodd Eurwyn wŷs i fynd gerbron llys Gwrthwynebwyr Cydwybodol a gynhelid yn y Trallwng.

'Mi ddo i efo ti,' cynigiodd ei dad, 'ac mi alla i drefnu i Yncl Môn siarad ar dy ran.'

'Na,' meddai Eurwyn yn bendant. 'Dydw i ddim am i neb ddod efo fi. Ac os byddan nhw'n gorchymyn imi ymuno â'r Lluoedd Arfog, rwy'n barod i fynd i garchar, os bydd raid.'

Glynodd wrth ei benderfyniad a chafodd fenthyg car ei dad i fynd ar ei ben ei hun i'r Trallwng.

Bu Sara ac Alun ar bigau'r drain drwy'r dydd. 'Tasa fo ond wedi cytuno i rywun ddeud gair drosto,' meddai Alun am y canfed tro. 'Does dim twysu na thagu arno fo. Mae o fel penbwl. Dwn i ddim be ddaw ohono, wir.'

Cyn gynted ag y clywsant sŵn y car, roedd y ddau wrth y drws.

'Wel,' meddai'i dad, 'sut aeth hi?'

'Iawn. Mi fuon nhw reit deg. Dw i'n cael parhau i weithio yn y goedwig, ond os a' i odd'no mi ga i 'ngalw i fyny'n syth.'

'Diolch byth,' meddai Sara'n llawen. 'Fydd dim rhaid iti newid dy waith, na fydd?'

'Mi gawn ni weld, Mam. Mi a' i i gadw'r car.'

'Be oedd o'n 'i feddwl wrth ''gawn ni weld'', Alun?'

'Dewin a ŵyr! Dw i wedi rhoi heibio ceisio'i ddallt o bellach.'

Gwahoddwyd rhieni Doris ac Elaine i aros dros y Pasg a chawsant benwythnos wrth eu bodd. Fe gerddon nhw filltiroedd a bu'r plant yn ceisio dysgu rhywfaint o Gymraeg iddynt. Daeth Anwen ac Edward i fwrw'r Sul gyda nhw, a chyn ymadael nos Lun dywedodd Anwen wrth ei mam ei bod hi'n disgwyl plentyn rywbryd yn yr hydref.

Ar ôl y Pasg dwysawyd yr ymgyrchoedd awyr a throes byddinoedd yr Almaen eu hwynebau tua gwledydd y Cynghreiriaid. Cwympodd Denmarc a Belg yn fuan, a bu ymladd ffyrnig yn yr Isalmaen nes iddynt, yn y diwedd, orfod ildio. Ysgubodd y Natsïaid ymlaen fel tân eithin yn cael ei yrru gan wynt cryf. Cwympodd amddiffynfeydd Gogledd Ffrainc wrth i filwyr yr Almaen anelu am ddinas Paris a chalon y wlad. Gorfu i filwyr Prydain droi ac ymladd am eu heinioes ar hyd yr arfordir nes cyrraedd Dunkirk, enw oedd i'w gerfio'n ddwfn ar galon y genedl oherwydd yr hyn oedd i'w gyflawni yno. Er gwaethaf amgylchiadau erchyll llwyddwyd, gyda chymorth cychod bychain a llongau bach a mawr, i achub dros hanner miliwn o filwyr Prydain a'u dwyn i ddiogelwch De Lloegr, gan wadu i Hitler y fuddugoliaeth a fynnai.

Yn ystod yr wythnosau dilynol, cwympodd Ffrainc a llwyddodd milwyr yr Almaen i ymestyn eu gafael hyd at Fôr y Canoldir.

Ym Mhrydain galwodd Winston Churchill, y prif weinidog newydd, ar y genedl i ymladd ar dir, môr ac awyr, gyda'r Gwarchodlu Cartref yn ceisio'i arfogi'i hun â phob math o arfau yn barod i herio'r milwyr Natsïaidd pe glanient ar draethau'r wlad.

Roedd yn haf digymar a ffermwyr Cwm Gwernol, fel gweddill ffermwyr Prydain, wrthi â'u deg ewin yn cynaeafu er mwyn llenwi'r stordai bwyd, yn wyneb y colledion enbyd oedd yn digwydd ar y môr wrth i longau masnach Prydain gael eu hela'n ddidostur gan longau tanfor yr Almaen a'u hawyrennau.

Gwyddai pawb fod dyddiau garw o'u blaenau, ond ni chlywyd si na sôn am ildio.

14

Ymhen rhai wythnosau yn dilyn dihangfa wyrthiol Dunkirk, daeth Eurwyn adref o'i waith ac wedi bwyta a newid troes i gyfeiriad y pentre gan obeithio cwrdd â rhai o'i ffrindiau. Wedi cerdded o gwmpas y lle am sbel heb weld fawr neb—ac wedi i'r rhai y digwyddodd eu gweld gerdded o'r tu arall heibio—teimlai'n flin ac anniddig.

Roedd o wastad wedi bod yn un o'r criw, wrth ei fodd yn cael hwyl ddiniwed yng nghwmni'r llanciau, ond ers peth amser, yn dilyn yr hyn a ddigwyddodd yn Dunkirk, daethai'n ymwybodol nad oedd trigolion y pentre'n ei gyfarch fel cynt a bod rhai o'r bechgyn a'r genethod yn tueddu i'w osgoi.

Cofiai i'w dad ei rybuddio y gallai pethau droi'n anodd iddo, ac am y rheswm hwnnw ni fynnai droi ato a rhannu'i ofidiau ag ef. Ofnai y byddai'n edliw iddo gael ei ffordd ei hun. Cludai yn ei boced lythyr a gafodd gan un o'r merched ifanc y bu'n gyfeillgar â hi yn dweud nad oedd hi am fynd allan efo fo eto. Ymyrrwyd â'i dun bwyd yn y gwaith, unwaith trwy roi dyrnaid o ddail marw yn gymysg â'r bwyd; dro arall trwy roi llygoden farw yn y tun. Dyheai am fedru trafod y cyfan â'i fam, ond roedd hithau bellach wedi ymgolli yn ei gofal am y ddwy ifaciwî.

Wedi blino aros am rai o'i ffrindiau troes i mewn i'r Tarw Du, er y gwyddai'n dda y byddai'n ennyn gwg ei dad pe gwyddai. Roedd dau fachgen oedd yn yr ysgol yr un pryd ag ef yno yn eu gwisg filwrol. Anwybyddodd hwy a gofyn am wydraid o lemonêd; talodd amdano a mynd i eistedd wrth fwrdd yn y gornel.

'Conshi gythral!' meddai un ohonynt wrth iddo fynd heibio, yn ddigon uchel iddo'i glywed. Ni chymerodd sylw ohono.

Wrth iddo sipian ei ddiod sylwodd eu bod nhw'n edrych i'w gyfeiriad ac yn sisial â'i gilydd. Yna, cododd y ddau eu gwydrau cwrw oddi ar y bar a dechrau cerdded tuag ato. Cyn iddo gael cyfle i ddianc roedd y ddau rhyngddo a'r drws.

''Drycha be mae o'n yfed, Now! Lemonêd, myn diawl! Diod babi!'

'Siwtio fo i'r dim. Babi Mam fuo fo 'rioed. Mae gen ti ofn y Germans on'd oes?' meddai gan droi at Eurwyn. 'Cer di'n ôl i'r coed, mi fyddi'n saff yn fan'no!'

Penderfynodd yntau mai eu hanwybyddu fyddai orau. Y peth olaf a fynnai oedd cael ei dynnu i stŵr mewn tafarn.

'Cysgu yn 'i wely bach efo Mami a'r hogie a ninne'n chwysu gwaed drosto yn Dunkirk! Cic yn dy ben ôl sy eisio arnat ti. Be wyt ti'n ddeud, Griff?'

'Gad inni weld ai lemonêd sy gynno fo,' meddai hwnnw a chyn i Eurwyn lwyddo i'w rwystro roedd wedi cydio yn ei wydr a'i arogli. 'Ach a fi! Piso gafr ydi o!' meddai gan gymryd cegaid o gwrw o'i wydr ei hun a'i boeri i wydr Eurwyn. 'Dyna ti,' meddai gan ei roi'n ôl o'i flaen. 'Yfa hwnna iti gael blew ar dy frest a thân yn dy fol.'

Nid ymatebodd yntau am eiliad neu ddwy. Yna cododd yn araf gan gydio yn y gwydraid lemonêd a'i daflu i wyneb ei heriwr.

'Yfa fo dy hun, y diawl!' meddai, gan wthio heibio iddynt ac anelu am y drws.

'Y cythral!' meddai hwnnw â'r hylif yn llifo i lawr ei wyneb. 'Ar 'i ôl o, Now!'

Bu'r tafarnwr yn gwylio'r tri'n ofalus ond heb ymyrryd. Roedd yn hen gyfarwydd â chlywed lleisiau'n codi mewn diod, a bygythiadau'n cael eu hyrddio. Ond mab y gweinidog oedd hwn, a phan welodd y ddau'n cychwyn ar ei ôl galwodd ar ei wraig: 'Elin! Tyrd i wylio'r bar, mae mab y gweinidog mewn trwbwl.'

Erbyn iddo fynd allan roedd y ddau wedi cael gafael ar Eurwyn ac yn ei bannu'n ddidrugaredd.

'Hei!' gwaeddodd, 'Be 'dech chi'n neud, y ffyliaid?' Cydiodd yn y ddau gerfydd eu gwarrau a'u llusgo oddi ar Eurwyn. 'Oes 'na ddim digon o gwffio yn y rhyfel heb ichi ddod i fan hyn i bwnio'ch gilydd? Ewch adre i sobri cyn imi alw ar Huws y plismon i'ch setlo chi.'

Ufuddhaodd y ddau'n gyndyn ond gan fygwth nad oeddynt wedi gorffen efo'r conshi diawl eto.

Cododd y tafarnwr Eurwyn ar ei draed. Llifai'r gwaed o'i drwyn ac o doriad ar ei dalcen, ac roedd llawes ei gôt wedi'i rhwygo. 'Tyrd i mewn am funud,' meddai. 'Mi gaiff y wraig olchi'r gwaed 'na i ffwrdd a thwtio tipyn arnat ti cyn iti fynd adre, neu mi ddychrynith dy fam am 'i bywyd.'

'Dyna chi,' meddai gwraig y dafarn, wedi iddi orffen ei ymgeleddu. 'Ewch adre ar eich union rhag ofn fod y ddau yna'n sgelcian yn rhywle.'

Derbyniodd yntau'i chyngor, a throes tuag adref gan obeithio y byddai'i dad allan yn ymweld. Ond ei siomi a gafodd. Roedd ei rieni'n eistedd yn y gegin gefn, a doedd dim modd eu hosgoi.

Ei fam ymatebodd gyntaf. 'Eurwyn! Be ar y ddaear sy wedi digwydd? Mae golwg y byd arnat ti.'

Nid oedd ganddo ddewis ond dweud yr hanes wrthynt.

Cododd ei dad a'i wyneb yn welw. 'Be felltith oeddet ti'n neud yn y dafarn o gwbwl? Os na fedret ti gael hyd i dy ffrindia pam na fasat ti'n dŵad adra? Mynd i'r dafarn i yfed a chwffio! A be wyt ti'n feddwl ddwedith pobol? Mab y gweinidog yn feddw yn y dafarn ac yn ymladd! Dwyn cwilydd arnon ni.'

'Do'n i ddim yn feddw. Yfed lemonêd o'n i. A be sy o'i le yn hynny?'

'Dydi o ddim dafn o bwys be oeddet ti'n yfed. Meddw fyddi di'n ôl y rhai fydd yn adrodd dy hanes di drwy'r cwm 'ma. Os mai eisio ymladd wyt ti waeth iti wisgo'r siwt briodol ddim!'

'Alun! Dyna ddigon.'

'Na, mae'n hen bryd iddo sylweddoli'i gyfrifoldeb

184

mewn dyddia fel rhain. Tasa fo wedi derbyn cyngor flwyddyn yn ôl, mi fasa yng Nghaer-grawnt rŵan nid yn y fan yma yn ymladd ar lawr tafarn. Cer o 'ngolwg i, wir. Dwn i ddim be ddaw ohonat ti.'

'Dyna ddigon, Alun,' meddai Sara wedyn. 'Dydi rhuo fel hyn ddim amgenach nag ymladd! A be wyt ti'n feddwl mae'r ddwy fach 'na'n 'i feddwl, yn clywed lleisia'n codi fel hyn? Eurwyn, cer di i gael bath poeth. Gad dy gôt i lawr fan hyn imi gael cymoni peth arni.'

'Reit, Mam,' meddai yntau'n dawel.

'Rhag cwilydd iti, Alun,' meddai Sara wedi i Eurwyn fynd. 'Roedd yn ddigon i'r truan gael 'i guro fel'na heb i ti droi arno fo mor ffiaidd.'

'Gwylltio wnes i. Ond Duw a ŵyr be ddaw ohono fo os aiff petha 'mlaen fel hyn.'

'Mwya yn y byd o'n help ni sy eisio arno fo felly, nid 'i geryddu fel'na. Dwyt ti ddim wedi madda iddo fo am beidio â mynd i Gaer-grawnt, nac wyt? Wel, mae'n hen bryd iti anghofio hynny rŵan a chofio beth wyt ti'n 'i bregethu ar y Sul! Os na chaiff mab gweinidog gydym-deimlad a chefnogaeth 'i dad ar adeg fel hyn, pa obaith sy 'na i neb arall? Dw i'n synnu atat ti.'

Oddi ar ddydd eu priodas ni allai Alun gofio iddi droi arno yn y fath fodd. Gwyddai 'i fod wedi'i chlwyfo i'r byw ond nid oedd yn siŵr sut i wneud iawn am hynny. 'Mi a' i i fyny i'w weld o,' meddai'n dawel.

'Mi faswn i'n meddwl wir,' meddai hithau'n swta.

*   *   *

Bu'r awyrgylch yn bur anesmwyth ar yr aelwyd am amser yn dilyn yr helynt, ac Eurwyn fel petai'n pellhau oddi

185

wrthynt gan gilio fwyfwy i'w gragen. Prin y torrai air â'i dad. Gofidiai yntau drosto, yn enwedig gan fod y sefyllfa ar y meysydd rhyfel yn gwaethygu a'r Natsïaid yn llwyddo ym mhob cyfeiriad. Ni allai beidio â theimlo fod teimladau pobl y pentre'n caledu tuag at Eurwyn, yn arbennig felly wedi i ddau o'r bechgyn gael eu clwyfo'n ddrwg. Ond ni fedrai yn ei fyw â thorri trwodd ato i'w helpu, ac roedd hynny'n ei boeni'n enbyd.

Roedd yn amlwg fod Sara'n gofidio hefyd. 'Rhaid iti geisio'i helpu rywfodd, Alun,' meddai un min nos wedi i Eurwyn ddod adref o'i waith, bwyta'i swper a mynd i'w lofft gyda'i radio.

'Taswn i ond yn gwybod sut, Sara fach. Dw i wedi ceisio sawl gwaith ond does dim yn tycio. Ddaw o ddim hyd yn oed i bysgota efo fi. Be mwy alla i 'i neud?'

'Paid rhoi i fyny, Alun. Rwy'n erfyn arnat ti. Does wybod pa mor ddwfn yw 'i ofid. Mae 'na ryw ofn rhyfedd yn cydio ynddo i weithia.'

'Ofn be, Sara? Ofn iddo newid 'i feddwl ac ymuno â'r fyddin?'

'Dwn i ddim. Falle mai dyna fasa ora.'

'Mi dria i 'i gael o i fynd i bysgota efo fi heno.'

Ond gwrthod wnaeth Eurwyn.

'Does gen i fawr o awydd, Dad.'

'Gwranda, Eurwyn, fedri di ddim llechu yn dy lofft bob nos. Dydi'r peth ddim yn iach. Os oes 'na rywbeth yn dy boeni di pam na ddwedi di wrthon ni? Mae dy fam a minna'n poeni yn dy gylch.'

'Rydw i'n boen ichi ers tro bellach, yn dydw?'

'Paid â siarad fel'na, Eurwyn. Ryden ni eisio dy helpu di, dyna i gyd. Be'n union sy'n dy boeni di? Wyt ti eisio newid dy feddwl?'

186

'A gneud be? Mae'n well gen i dorri coed i lawr na dynion.'

'Mi allet ti neud cais i ymuno â'r adran Ambiwlans. Achub dynion mae'r rheini.'

'Sgen i mo'r cymwystere. A pheth arall, cyfaddawdu fase hynny.'

'Eurwyn bach,' meddai Alun, yn methu'n lân â gwybod beth i'w awgrymu, 'fedri di ddim cael y gora o ddau fyd. Er mwyn y nefoedd, wyneba dy broblem. Be am roi cynnig arall am Gaer-grawnt.'

'Na. Dianc fase hynny.'

'Duw a'n helpo! Dwn i ddim beth i ddeud wrthat ti. Fedrwn ni ddim dal ymlaen fel hyn. Mi fydd dy fam wedi gneud 'i hun yn sâl. Gwna dy feddwl i fyny y naill ffordd neu'r llall, bendith iti.'

'Mi wna i, Dad. A fydd dim angen ichi boeni wedyn.'

*　　　*　　　*

Ym mis Medi, hyrddiodd Marsial Goering holl rym ei awyrlu yn erbyn Prydain, gan obeithio y gallai glirio'r ffordd i'r fyddin Natsïaidd lanio ar draethau'r wlad. Am ddyddiau bu awyrenwyr y ddwy wlad megis yng ngyddfau'i gilydd, ac awyrenwyr ifanc Prydain yn cyflawni gwrhydri anhygoel, nes i'r Marsial yn y diwedd orfod galw'i awyrlu yn ôl.

Treuliai Eurwyn bob munud sbâr â'i glust yn dynn wrth ei radio yn gwrando ar hanes y cyrch a'r gwrthwynebu. Roedd fel petai rhywbeth yn ei ddenu i wrando'n ddi-baid.

'Eurwyn, gad i'r radio 'na fod er mwyn y nefoedd,' meddai Alun un noson. 'Rwyt ti'n edrych fel drychiolaeth! Mae dy fam bron â gwirioni. Tyrd i lawr at yr afon i bysgota.'

Er ei syndod, fe gytunodd. Pan welodd Sara'r ddau'n cario'u genweiriau i lawr llwybr yr ardd rhoes ochenaid dawel o ryddhad. 'Falle y cawn ni bysgod i ginio fory,' meddai wrth y merched bach.

'Gawn ni fynd hefyd, Nanna?' gofynnodd Doris.

'Na, well ichi beidio. Mae dynion yn hoffi mynd i bysgota ar 'u pennau'u hunain.'

'Doeddan nhw ddim yn codi heno,' meddai Alun pan ddychwelodd. 'Rhy braf, debyg. Mae Eurwyn wedi penderfynu rhoi tro arni yn is i lawr yr afon. Fydd o ddim yn hwyr, medda fo.'

Noswyliodd y ddau yn y man, ac aeth Alun i gysgu'n dawel. Roedd yn hapusach wedi i Eurwyn gytuno i fynd i bysgota. Gorwedd yn effro am amser a wnaeth Sara, gan ddisgwyl ei glywed yn dychwelyd. O'r diwedd rhoes bwniad i Alun.

'Dydi Eurwyn byth wedi dod adra,' meddai.

'Mi ddaw o yn y man iti,' atebodd Alun. 'Tria gysgu,' a throes yn ôl ar ei ochr.

Ond ni allai Sara gysgu a phan edrychodd ar ei wats a gweld ei bod hi wedi troi dau o'r gloch y bore, rhoes bwniad arall i Alun.

'Alun! Rhaid iti godi. Dydi Eurwyn byth 'di dod adra.'

'Fydd o ddim yn hapus os a' i i lawr at yr afon i chwilio amdano fo.'

'Sdim ots am hynny. Fedra inna ddim gorwedd fan hyn yn hel meddylia.'

188

'O'r gora,' cytunodd Alun. 'Ond cofia, arnat ti fydd y bai os bydd o'n cwyno'n bod ni'n ffysian.'

Gwisgodd amdano ac aeth allan i'r nos gan anelu am y llwybr a arweiniai at y Pwll Du. Gobeithiai y byddai Eurwyn wedi dychwelyd yno ond doedd dim sôn amdano. Dechreuodd gerdded i lawr ochr yr afon gan weiddi, 'Eurwyn!' bob hyn a hyn. Yr unig ateb a gâi oedd ei lais ei hun yn cael ei daflu'n ôl oddi ar graig y chwarel yr ochr draw i'r afon.

Bu'n cerdded am amser heb weld na chlywed dim ac yn y man dechreuodd yntau, fel Sara, bryderu y gallai rhywbeth fod wedi digwydd. Prysurodd ymlaen gan alw'n uwch ac yn uwch ac yn sydyn baglodd a chwympo ar ei hyd. 'Fflamio'r mieri 'ma!' meddai gan geisio'i ryddhau'i hun o'u gafael. Pan ganfu mai cwympo ar draws gwialen ac nid miaren a wnaethai, daliodd ei anadl mewn braw. 'O, na!' llefodd. Gwaeddodd â'i holl egni: 'Eurwyn!' Taflwyd yr enw'n ôl ato, i'w watwar. Chwiliodd yn wyllt o gylch y fan nes ei fod wedi ymlâdd yn llwyr.

'Rhaid imi gael help,' meddai wrtho'i hun a throes i gyfeiriad y pentre heb fod yn siŵr i ble nac at bwy yr oedd yn mynd. O'r diwedd fe'i cafodd ei hun yn sefyll y tu allan i ddrws Huws y plismon. Curodd arno'n drwm nes i'r heddwas ei hun ei agor.

'Mr Morris! Be ar y ddaear sy'n bod?'

'Eurwyn, Huws ... Eurwyn ... mae o ...' a methodd ddweud dim mwy.

Cydiodd Huws yn ei fraich a'i helpu i'r tŷ. 'Rhowch honna i mi,' meddai, gan gymryd yr enwair oddi arno. 'Rŵan, be sy wedi digwydd?'

'Genwair Eurwyn ydi hi,' atebodd Alun yn gynhyrfus.

'Fe aethon ni i 'sgota a dydw i ddim yn gwybod ble mae o.'

Roedd o'n crynu fel deilen erbyn hyn.

'Reit, Mr Morris, 'steddwch yn fan'na. Fydda i'n ôl rŵan.'

Dychwelodd a gwydr yn ei law. 'Diferyn o frandi, Mr Morris. Mi wneith les ichi.'

Llyncodd Alun y brandi fel petai'n ddŵr.

'Rŵan, Mr Morris, be'n hollol sy wedi digwydd?'

Adroddodd Alun yr hanes i gyd wrtho.

'Reit, does dim amser i' wastraffu. Ewch chi'n ôl adre at Mrs Morris ac mi ofala i am bopeth arall. Trïwch beidio â phoeni, falle fod 'na esboniad digon syml.'

Pan gyrhaeddodd Alun adref roedd Sara yn y gegin, yn gwisgo côt dros ei choban. 'Alun! Welaist ti mono fo? Ble mae o?' llefodd, wedi dychryn am ei bywyd.

'Mi fethais i gael hyd iddo fo. Mae'n rhaid 'i fod o wedi crwydro 'mhellach nag o'n i'n feddwl.'

'Pam ddoist ti'n ôl 'ta?'

'Sara, dw i wedi bod efo Huws y plismon, ac mae o'n mynd i chwilio amdano fo. Well i mi aros yma efo ti. Rhag ofn i Eurwyn ddod adra.'

'Alun! Be wyt ti'n 'i gelu? Mae rhywbeth wedi digwydd iddo, on'd oes?' Roedd y dagrau'n llifo i lawr ei gruddiau.

Gafaelodd Alun ynddi a'i dal nes i'w dagrau arafu. 'Dyna ti, 'stedda. Mi wna inna baned inni. Rhaid inni beidio â mynd i gwrdd â gofidia.'

Ar ôl iddi yfed ei the aeth Sara i wisgo amdani.

Bu'r ddwyawr nesaf fel darn hir o oes iddynt, ac Alun yn codi bob yn ail a pheidio i fynd i edrych trwy'r ffenestr. Roedd hi wedi gwawrio cyn iddynt glywed sŵn curo wrth y drws. Roedd Sara wedi'i agor bron cyn i Alun godi o'i gadair.

'Mr Huws,' meddai. 'Welsoch chi o?'

Ymunodd Alun â hwy, a chydiodd yn ei braich. 'Dowch i mewn, Mr Huws,' meddai.

'Rwy'n ofni nad oes gen i ddim newydd o fath yn y byd ar hyn o bryd,' meddai'r heddwas gan eu dilyn i'r gegin. 'Mi fu'r dynion yn chwilio'r ddwy ochor i'r afon nes iddi wawrio ac maen nhw wedi mynd adre am damaid cyn ailgychwyn. Wyddoch chi am unrhyw beth alle'n helpu ni? Tybed ydi o wedi mynd i weld rhywun?'

'Ganol nos, Mr Huws, a gadael 'i enwair ar lan yr afon?' meddai Alun yn drist.

'Na, go brin y gwnâi o hynny, yntê,' meddai'r heddwas. 'Ond peidiwch â digalonni. Byddwn yn ailddechre chwilio ar unwaith. Rwy'n siŵr y cawn ni fenthyg cwch y beiliff.'

'Alun,' meddai Sara wedi i'r heddwas fynd, 'dywed y gwir wrtha i. Be wyt ti'n feddwl sy wedi digwydd?'

'Rhaid inni ddal i obeithio,' atebodd yntau, gan gelu'r hyn oedd yn ei galon am na fynnai ddiffodd ei gobeithion. 'Mae rhywun yn crwydro 'mhell ambell dro, a hynny'n ddifeddwl. Falle'i fod o'n trio dod i ryw benderfyniad ynglŷn â'r rhyfel felltith 'ma.'

'Taswn i ond yn gallu credu hynny, Alun, fasa'r lwmp 'ma sy yn 'y mrest i ddim yn bod.' A dechreuodd y dagrau lifo drachefn.

*   *   *

Ganol y bore daeth yr heddwas yn ôl a Llew Pritchard gydag ef. Alun a agorodd y drws iddynt a phan welodd eu gwedd, gwasgodd ofn am ei galon.

'Dowch i'r stydi,' meddai. 'Mi gawn ni lonydd yn fan'no. Mae Sara wedi mynd i drio gorffwys. Dydi hi ddim wedi cau'i llygaid drwy'r nos.'

'Newyddion drwg sy gynnon ni mae arna i ofn, Mr Morris,' meddai'r heddwas wedi iddyn nhw gyrraedd y stydi. 'Well ichi eistedd. Canfuwyd corff Eurwyn ymysg y brwyn ryw ddwy filltir i lawr yr afon. Keenor y beiliff ac un o'r dynion ddaeth o hyd iddo wrth chwilio yn y cwch. Mae o yn y stafell y tu cefn i'r dafarn ar hyn o bryd.'

Syllodd Alun arnynt am eiliadau fel pe bai wedi'i barlysu. 'O! Dduw Mawr!' llefodd yn drist. 'Sut ydw i'n mynd i ddeud wrth Sara?'

Yn ddiarwybod i'r tri, roedd hi wedi dod i lawr o'i llofft ac yn sefyll wrth ddrws y stydi pan ychwanegodd Huws: 'Doedd dim marc ar 'i gorff, Mr Morris. Rhaid 'i fod o wedi llithro i'r afon rywfodd ac i'r lli 'i gipio.'

'Na, Alun!' llefodd Sara'n dorcalonnus. 'Nid Eurwyn ni?'

Daliodd yr heddwas hi fel y cwympodd mewn llewyg. Fe'i cludwyd i'r llofft a'i gadael yng ngofal Alun.

'Mi a' i i ffonio Edward a'r doctor,' meddai Huws. 'Llew, wnewch chi alw heibio Blodwen Fron-deg a gofyn iddi ddaw hi yma nes cyrhaeddith Anwen.'

'Gwnaf. Chaiff Sara neb gwell na Blodwen. Hi ddaeth ag Eurwyn i'r byd. Mi gaiff y ddwy ferch fach ddod i aros aton ni.'

Wedi i'r hen fydwraig gyrraedd, aeth Alun i'r stydi i aros am Anwen, a bu'r ddwyawr nesaf yn hunllef iddo. Torrodd Anwen ei chalon yn lân pan welodd ei thad, a phan aeth ef â hi i lofft ei mam, roedd y ddwy ym mreichiau'i gilydd mewn dim, a'u dagrau'n llifo'n lli.

Lledodd y newydd am y drychineb fel tân gwyllt drwy'r

cwm, ac Edward a ysgwyddodd y baich o dderbyn y bobl a fu'n tyrru i'r mans i fynegi'u cydymdeimlad a chynnig cymorth. Edward hefyd, ynghyd â William ei frawd, a aeth i ardystio adnabyddiaeth o gorff Eurwyn.

*   *   *

Yn dilyn trengholiad ar y corff yn ysbyty Aberystwyth, pryd y cadarnhawyd mai boddi a wnaeth Eurwyn, rhyddhawyd ei gorff i'r teulu ar gyfer ei gladdu, wedi i'r crwner nodi dyddiad y cwest.

Angladd i'r teulu'n unig a drefnwyd, o dan ofal y Parch. Môn Williams, hen ffrind i Alun. Rhai o gyd-weithwyr Eurwyn yn yr Adran Goedwigaeth oedd y cludwyr, ac yn dilyn gwasanaeth syml yn y capel rhoddwyd ei gorff i orffwys ym mynwent Bethesda.

Arhosodd Anwen ac Edward am ychydig ddyddiau wedi'r angladd ac yna bu'n rhaid i Edward ddychwelyd at ei waith yn Amwythig, ac aeth Anwen gydag ef. Pryderai'i mam yn arw amdani gan ofni i'r drychineb amharu arni a hithau o fewn deufis i eni ei phlentyn.

Dychwelodd Doris ac Elaine i'r mans. Roedd y ddwy'n dawel a thrist iawn ond, er iddynt fod yn ymwybodol o'r drychineb, roeddynt yn rhy ifanc i wisgo clogyn tristwch yn hir, ac yn y man daeth sŵn eu chwarae a'u chwerthin i ysgafnhau'r awyrgylch, a bu gofal Sara drostynt yn gyfrwng iddi fwrw ymaith rhyw gyfran fechan o'i gofid.

Cynhaliwyd y cwest yn neuadd y pentref ymhen mis. Roedd y ffaith mai dim ond llond dwrn o bentrefwyr oedd yno yn dangos maint y cydymdeimlad tuag at y teulu. Gorfu i Alun dystio i gyflwr meddwl Eurwyn ar y pryd, ond mynnodd na allai gredu am funud ei fod wedi mynd i'r afon yn fwriadol.

Wedi gwrando ar bob tystiolaeth ac ystyried yr holl amgylchiadau, dyfarnodd y crwner reithfarn o farwolaeth trwy ddamwain, gan fynegi'i gydymdeimlad â'r teulu yn eu profedigaeth.

*　　　*　　　*

Bwrw'i hun dros ei ben a'i glustiau i'w waith a wnaeth Alun mewn ymgais i anghofio'i ofid a'i golled. Gorfu iddo wynebu'r dasg o glirio dillad Eurwyn a'i eiddo personol o'r tŷ ond ni fynnai Sara iddo gael gwared o'i lyfrau ysgol, a thra byddai Alun a'r merched allan treuliai hi lawer o'i hamser yn mynd drwyddynt, gan sugno llawer o gysur o'u cynnwys.

Er ei holl brysurdeb bwriadol, methai Alun yn lân â dygymod â'r drychineb, ac â'r amheuon a fynnai godi'u pennau i'w flino. Mynnai un cwestiwn ddod i'r wyneb yn gyson: ai damwain oedd hi mewn gwirionedd? Meddiannwyd ef â theimlad o euogrwydd, a chredai mai arno ef yr oedd y bai am yr hyn oedd wedi digwydd. Roedd un frawddeg o eiddo Eurwyn yn dychwelyd i'w feddwl dro ar ôl tro: 'Mi wna i, Dad. A fydd dim angen ichi boeni wedyn.' Beth oedd o'n ei olygu? Oedd o wedi bwriadu gwneud amdano'i hun? Codai'r un cwestiynau yn ei feddwl o hyd ac o hyd ac ni allai ateb yr un ohonynt. Cadwodd hyn i gyd oddi wrth Sara gan na fynnai ychwanegu at ei gofid hi.

Un diwrnod, ac yntau wedi bod allan drwy'r dydd, dychwelodd adref a chael Doris ac Elaine wrthi'n paratoi swper. 'Ble mae Nanna?' gofynnodd.

194

'Mae hi yn y llofft,' atebodd Doris.

Aeth yntau i fyny i chwilio amdani, a chael hyd iddi yn llofft Eurwyn, yn eistedd ar erchwyn ei wely'n anwylo hen gwilt clytiau lliwgar a wnïodd hi iddo, a'r dagrau'n llifo i lawr ei gruddiau.

'Sara annwyl,' meddai, a'i galon yn gwaedu drosti. 'Be wyt ti'n neud fan hyn ar ben dy hun?'

'Pwl o hiraeth gydiodd ynddo i,' atebodd drwy'i dagrau. 'Dw i'n teimlo'n nes ato fo fan hyn nag yn unman arall.'

Eisteddodd Alun wrth ei hochr a rhoi'i fraich am ei hysgwyddau. 'Pam na fasat ti'n deud wrtha i?'

'Dwyt ti byth yma, Alun, a dw i ar 'y mhen fy hun nes daw'r merched adra o'r ysgol. Sgen i neb i rannu 'ngofid â nhw.'

Trywanodd ei geiriau ef i'r byw. Sylweddolodd iddo fod mor brysur yn ymgolli yn ei ofid ei hun nes methu gweld ei hangen hi. 'Sara, 'nghariad annwyl i, madda imi,' meddai'n floesg. 'Yma y dylwn i fod, nid yn rhedeg fan hyn a fan draw.'

'Methu gwybod sy'n 'yn lladd i, Alun.'

'Methu gwybod be, Sara?'

'Be ddigwyddodd i Eurwyn. Un munud dw i'n derbyn mai damwain oedd hi, a'r munud nesa dw i'n ofni mai boddi'i hun wnaeth o. Ac os dyna ddigwyddodd, fedrwn i byth fadda i mi fy hun am imi fethu'i helpu yn 'i angen. Be wnaeth o, Alun?'

Pe cyffesai mai dyna'r union amheuon a'i poenai yntau gwyddai mai dyfnhau ei gofid hi a wnâi. 'Sara,' meddai'n bwyllog, 'rhaid inni wynebu'r ffaith na fydd neb byth yn gwybod yn iawn. Ond rhoes y crwner ddedfryd o farwol-aeth trwy ddamwain ac mae o'n ŵr cyfrifol iawn. Mae'n rhaid inni gredu hynny neu mi dorrwn ein c'lonna. Fasa

195

Eurwyn byth wedi mynd i'r afon o'i wirfodd iti. Mi faglais i ar draws miaren drwchus pan ddes i o hyd i'w enwair. Mi allai ynta fod wedi gneud yr un peth yn hawdd.' Roedd yn ymwybodol ei fod, wrth geisio'i pherswadio hi, hefyd yn ceisio'i berswadio'i hun.

'Wyt ti *wir* yn credu hynny, Alun?' gofynnodd hithau, gan edrych i fyw ei lygaid.

Duw faddeuo imi, meddai wrtho'i hun ac meddai'n uchel: 'Ar 'y ngwir, Sara. Dyna dw i'n 'i gredu.'

Gwelodd y gofid yn cilio'n araf o'i llygaid a chymerodd y cwrlid oddi arni a'i roddi ar y gwely. 'Tyrd,' meddai, 'mi all y lle 'ma fod fel y cwrlid 'na'n ein hatgoffa am Eurwyn beunydd. Dydw i ddim am 'i anghofio—dyna'r peth ola a fynnwn byth—ond wyt ti'n meddwl y dylwn i chwilio am alwad?'

'Na, Alun. Mi ddois i yma heb nabod neb. Bellach mae gen i dwr o ffrindia yma. Mae Anwen wedi priodi bachgen o'r cwm, ac yma mae Eurwyn, 'y mhlentyn, yn gorwedd. Dydw i ddim eisio troi cefn. Paid byth â gofyn i mi symud odd'ma. Yma y bydd rhaid inni'n dau wynebu'n gofid a'i drechu efo'n gilydd. Mi fydda i'n well rŵan, wedi siarad â thi fel hyn.'

'Ti ŵyr ora, Sara, fel arfer. Well inni fynd i lawr rŵan neu mi fydd y merched bach yn siomedig a nhwtha wedi paratoi swper i ni.'

*   *   *

Yn dilyn eu sgwrs, ceisiodd Alun dreulio mwy o amser yng nghwmni Sara, ond er iddo ymdrechu'n deg, ni fedrai yn ei fyw â threchu'r ymdeimlad o euogrwydd oedd wedi'i feddiannu. Teimlai'i fod wedi methu fel tad, ac fel

196

priod yn ogystal, am iddo fethu sylweddoli angen Sara. Ymdrechai i fod mor siriol ag y gallai yn ei gŵydd, ond roedd hynny fel pe'n sugno pob dafn o'i nerth gyda'r canlyniad fod ei waith fel bugail yn mynd yn anos bob dydd.

Daeth pethau i ben un min nos pan oedd yn ei stydi yn ceisio cyfansoddi pregeth at y Sul. Roedd Sara wedi mynd i'r Onnen i weld Menna, gan adael Doris ac Elaine gydag ef yn y tŷ. Bu wrth ei ddesg am amser yn ymdrechu â'i dasg, ond doedd dim yn tycio. Bob tro y câi afael ar ryw thema codai'r dadlau a fu cydrhwng Eurwyn ac yntau i'r wyneb. Pa hawl oedd ganddo i bregethu am gymod a chariad ac yntau wedi methu yn ei ymwneud â'i fab ei hun? 'Ddaw hi ddim, ddaw hi ddim,' meddai wrtho'i hun yn uchel gan syllu ar y darnau papur yn bentwr wrth ei draed. Gwthiodd ei gadair oddi wrth ei ddesg, cododd a mynd i eistedd ger y tân ac estynnodd am ei getyn, ond ni wnaeth unrhyw ymgais i'w lenwi â baco. Fe'i daliodd yn ei law gan syllu i'r tân a'i lygaid yn dilyn y fflamau nes i'r gwres a'r blinder ei drechu.

Clywodd lais yn galw arno o gyfeiriad yr afon. Syllodd drwy'r gwyll a gwelodd fod rhywun yn ceisio ymestyn am y lan. Llwyddodd i gael gafael yn ei law sawl gwaith ond fel roedd ar fin ei dynnu o'r dŵr, llithrai o'i afael. 'Fedra i ddim . . . Fedra i ddim!' gwaeddodd. Yna clywodd lais Eurwyn yn galw: 'Dad, helpwch fi! Dw i'n boddi!' Ond cyn iddo allu gwneud dim llithrodd o'i olwg i'r dyfnder ac yntau'n gweiddi: 'Eurwyn, aros!'

Deffrôdd yn sydyn i sŵn ei lais ei hun yn galw: 'Eurwyn!' Neidiodd ar ei draed yn chwys diferol, heb fod yn sicr ar y funud ble'r oedd na beth oedd wedi digwydd. 'Nefoedd fawr!' meddai'n uchel. 'Be wnes i?' A sylweddolodd iddo fod yng ngafael hunllef unwaith yn rhagor.

'Fedra i ddim dal ati fel hyn,' meddai wrtho'i hun. 'Os na fedra i 'i drechu fydd hi ar ben arna i.'

Aeth allan o'r stydi, cydiodd yn ei gôt a'i het a rhoes ei ben heibio i ddrws y gegin: 'Dwedwch wrth Nanna 'mod i wedi mynd i lawr at yr afon,' meddai wrth y merched. 'Fydda i ddim yn hir.'

Gadawodd y tŷ ac am y tro cyntaf oddi ar y noson y boddodd Eurwyn anelodd am yr afon. Dilynodd y llwybr a arweiniai i'r Pwll Du lle bu Eurwyn ac yntau'n pysgota â'i gilydd am y tro olaf. Roedd barrug ysgafn yn gwynnu'r llwyni ac uwchben roedd tri chwarter lleuad fel pe'n chwarae mig â chymylau duon oedd yn drwm gan law. Ni fu'n hir cyn cyrraedd glan yr afon a safodd yn syllu i ddüwch y dŵr am beth amser cyn mynd i eistedd ar hen foncyff gerllaw. Bu Eurwyn ac yntau'n eistedd yn yr union fan lawer gwaith wrth iddo'i ddysgu sut i roi pluen ar ei enwair.

Bu yno am amser nes iddo deimlo'r oerni'n dechrau brathu, a chododd a mynd yn ôl at y pwll. Roedd wyneb y lleuad wedi'i guddio â chwmwl du a chollwyd ei lewyrch gwan, a gwisgai'r pwll ryw ddüwch ychwanegol. Syllodd i'w ddyfnder a cherddodd ias oer i lawr ei feingefn. Saethodd cwestiwn i'w feddwl: be wnest ti, Eurwyn?

Camodd yn nes i'r ymyl gan deimlo rhyw rym rhyfedd yn ei dynnu fel magned cryf. Safodd o fewn modfeddi i'r dyfnder a chydiodd awydd angerddol ynddo i blymio i'w waelod a chwrdd ag Eurwyn. Câi wybod y gwir wedyn, wedi iddo gefnu am byth ar ei ofidiau. 'Eurwyn!' bloedd-iodd, a thaflodd y graig ddideimlad ei enw'n ôl o'r ochr draw. Erfyniodd yntau o eigion ei galon: 'O Dad tirion, helpa fi.'

*   *   *

Pan gyrhaeddodd Sara adre'n ddiweddarach a holi'r merched ble'r oedd Alun, Doris atebodd: 'Mae o wedi mynd i lawr at yr afon, Nanna. Fydd o ddim yn hir, medde fo.'

'Fe glywson ni o'n gweiddi rhywbeth yn y stydi, Nanna,' meddai Elaine.

'Gweiddi! Gweiddi be felly?'

' "Eurwyn", dw i'n meddwl,' meddai Doris.

Ni wyddai Sara a ddylai redeg ar ei ôl ynteu gadael llonydd iddo gan ei fod wedi dweud na fyddai'n hir. Troes at y merched: 'Mae hi'n hen bryd i chi'ch dwy fod yn y gwely. Ewch rŵan ac mi ddo i â diod boeth ichi.'

Roedden nhw newydd fynd pan glywodd hi rywun yn curo ar y drws. Prysurodd i'w agor a'i chalon yn curo fel gordd. Pan welodd hi mai Llew Pritchard oedd yno, gwasgodd llaw oer ofn yn dynn am ei chalon. Yna, sylwodd ei fod yn gwenu, a llaciodd y tyndra beth. Go brin y byddai'n cludo newydd drwg a gwên ar ei wyneb.

'Dowch drwodd i'r gegin, Llew,' meddai. 'Dydi Alun ddim i mewn ond fydd o ddim yn hir.'

'O biti,' meddai, 'a minne wedi meddwl cael torri newydd da ichi efo'ch gilydd.'

'O! Pa newydd felly?'

'Edward newydd ffonio acw o'r ysbyty ym 'Mwythig i ddeud fod Anwen wedi geni bachgen a'i bod hi a'r babi'n iawn. Llongyfarchiade ar ddod yn daid a nain. Mi fydd o fendith fawr ichi wedi blwyddyn mor arw.'

199

Ar y foment ni wyddai Sara beth i'w wneud, p'run ai chwerthin ynteu beichio crio. 'O! Dyna beth yw newydd da, Llew,' meddai'n ddiolchgar. 'Mi fydd Alun wrth 'i fodd. Roedd o wedi gobeithio am fachgen.'

'Mi a' i i'w gyfarfod o os liciwch chi, Mrs Morris.'

Oedodd hi cyn ateb. 'Sgwn i wnewch chi gymwynas â mi?' gofynnodd yn y man. 'Mi hoffwn i fedru deud wrth Alun fy hun.' Doedd hi ddim am rannu'i hofnau ag ef, rhag creu gwaith siarad. 'Wnewch chi aros i warchod y merched? Fydda i ddim yn hir.'

'Â chroeso.'

Trawodd gôt drosti a brysiodd i gyfeiriad yr afon gan ddilyn y llwybr yr arferai Alun ei gymryd. Fel y nesaodd at yr afon, gwaeddodd: 'Alun! Ble'r wyt ti?'

Safai yntau ar fin y pwll, mor llonydd â chwningen wedi'i pharlysu gan lygaid wenci.

'Alun! Ble'r wyt ti?' galwodd Sara'n uwch.

Fe'i clywodd. Chwalodd ton o gryndod enbyd drosto a chamodd yn ôl o'r ymyl mewn braw, yn ymwybodol o'r hyn a allai fod wedi digwydd. Troes ei gefn ar y pwll. 'Dyma fi, Sara. Dyma fi!' gwaeddodd, gan brysuro i'w chyfarfod.

Mewn eiliadau roeddynt ym mreichiau'i gilydd. 'O, Alun! 'Ddyliais i na fasat ti byth yn f'ateb i.'

'Sara! Sara!' meddai'n floesg, gan ei thynnu ato.

'Mae gen i newydd da iti, Alun. Mae Anwen wedi cael bachgen bach, ac mae hi a'r babi'n iawn. Edward wedi ffonio'r Post ac mi ddaeth Llew i ddeud.'

Safodd y ddau ym mreichiau'i gilydd am rai eiliadau, a dagrau ar eu gruddiau. Ni wyddai'r naill na'r llall yn iawn pam roeddynt yn wylo.

'Gad inni fynd adre,' meddai Alun yn llawen. Roedd y cymylau duon wedi cilio.

Pan ddaethant i olwg y mans roedd y goleuni a lewyrchai drwy'i ffenestri fel pe'n ymestyn mewn croeso. Gwasgodd Alun ei braich yn dynnach. 'Diolch i Dduw, Sara,' meddai. 'Mae gobaith eto.'